THE WAY WE WERE

归去来

高璇 任宝茹 著

中国友谊出版公司

图书在版编目（CIP）数据

归去来 / 高璇，任宝茹著. — 北京：中国友谊出版公司，2018.4（2018.6重印）
ISBN 978-7-5057-4333-5

Ⅰ. ①归… Ⅱ. ①高… ②任… Ⅲ. ①长篇小说－中国－当代 Ⅳ. ①I247.5

中国版本图书馆CIP数据核字（2018）第048097号

书名	归去来
作者	高　璇　任宝茹
出版	中国友谊出版公司
发行	中国友谊出版公司
经销	新华书店
印刷	北京嘉业印刷厂
规格	880×1230毫米　32开 9.75印张　246千字
版次	2018年5月第1版
印次	2018年6月第3次印刷
书号	ISBN 978-7-5057-4333-5
定价	42.00元
地址	北京市朝阳区西坝河南里17号楼
邮编	100028
电话	（010）64668676

如发现图书质量问题，可联系调换。质量投诉电话：010-82069336

● 萧清（唐嫣 饰演）

书澈（罗晋 饰演）

THE
WAY WE WERE

缪盈（许龄月 饰演）

宁鸣（于济玮 饰演）

成然（王天辰 饰演）

绿卡（马程程 饰演）

成伟（张晞临 饰演）

毓文（史可 饰演）

书望（王志文 饰演）

何晏（施京明 饰演）

THE
WAY WE WERE

萧云（张凯丽 饰演）

刘彩琪（曲栅栅 饰演）

莫妮卡（高丽雯 饰演）

/ 主创寄语

三年前，我得了焦虑症，痛苦不堪，看不到明天。是佛法和"一定要拍好《归去来》这个如此精彩的故事"的决心，让我走出焦虑并且彻底治愈了它！非常感谢高璇和任宝茹提供给我一个如此精彩的剧本！拍摄《归去来》历时半年，是我目前所有戏里拍摄周期最长、转场次数最多，更是被感动次数最多的一部戏。我相信：这份感动，一定会传递给观众。我一直不认为《归去来》是所谓"留学生题材"的故事，因为它探讨的不是"如何当一名留学生"，它探讨的是如何当"人"！探讨的是社会的公平正义！而小说《归去来》，是高璇、任宝茹作为作者更为深邃的思想表达，是电视剧《归去来》的一个补充和提升，期待这份精彩！

——刘江（导演）

40天美国大学实地采访，一年零四个月剧本定稿，半年筹备，170天拍摄，辗转北京、美国加州、柬埔寨、石家庄、天津五地，从挥汗如雨拍到瑟瑟发抖，我们完成了《归去来》。这部作品对得起我们为之付出的时间，更撑得住我们的表达。《归去来》是一部关于价值观的作品，是精致的利己主义世俗价值观和即使不利己也坚持做对的事的普世价值观的碰撞。每个人，在任何一个人生阶段，都逃不开在两者之间何去何从的选择。

——王彤（制片人）

真的很幸运我遇到了《归去来》，感谢高璇老师、任宝茹老师和刘江导演的信任，让我成为萧清。我会永远记得北京的眼泪、洛杉矶的阳光、柬埔寨的丛林……那些点点滴滴的记忆都会变成我的珍藏。萧瑟雨歇，清风如沐，归去终归来。我很期待打开这本书的那一刻。

——唐嫣（饰萧清）

《归去来》中的书澈只是这大千世界中小小的一员，每个人都会站在矛盾的岔路口，左手囹圄，右手桎梏。书澈选择了心之所向，你呢？

——罗晋（饰书澈）

　　我是颗葡萄，剥了皮，撕裂了肉，碾碎了心，揉在一起，变成了醇美的红酒，变成了缪盈，她是那么层次丰富，并且厚重。我把自己忘掉了，彻头彻尾变成了她，演完依然久久无法离开她。佩服两位编剧大人的深厚功力，最好的导演，最好的编剧，最用心的演员，呈现出来最好的《归去来》。

——许龄月（饰缪盈）

　　台词很美、很有力量，每个人物都形象丰满，每个人都个性分明，几个不同类型的人在交织的命运和感情中抗争和抉择，他们的生活十分接近现实，每一个阶段，每一段感情，每一个人的改变都寓意深刻。谢谢编剧姐姐们写出这么好的作品，也谢谢导演选择我来诠释宁鸣这个角色，我很幸运！

——于济玮（饰宁鸣）

　　看到故事大纲时我期待剧本，开始选角儿了我期待试戏，拿到剧本了我期待拍戏，而现在，我留恋成然，想念《归去来》。

——王天辰（饰成然）

　　绿卡的有限篇幅里，不但完成了一个只会买买买的熊孩子的人生成长，更完成了从商婚到责任的爱情成长，丰富深刻的人物给我提供了酣畅淋漓表演的空间，唯一遗憾，就是没有演过瘾。

——马程程（饰绿卡）

/《归去来》记事

迄今为止,《归去来》是我们最刻骨铭心的一次创作,不知道能否绝后,但无疑是空前的。

不仅因为它是我们编剧生涯截至目前为止写得最好、自己最热爱的一部剧本,更因为我们从它的缘起到写出它的前前后后,所经历的一切。

《归去来》始于我们的人生低谷,权且管那个阶段叫"低谷"吧,虽然发生的不过是每个人生活里那些正常的起起落落,说出来也没什么大不了。上一个酝酿两年、付出一年时间和努力的项目的中止、一段长达十四年的亲密工作关系的暂停、两个父亲几乎在同时一个被诊断出小细胞肺癌、一个被诊断为尿毒症。在我和我妈考虑何时开始给我爸做透析、这意味着从此生活换了一种秩序和内容时,任宝茹和她的两个姐姐做着更艰难的选择,要不要向他爸隐瞒罹患癌症的事实?其实,是作为女儿如何接受这个事实?并如何帮助父亲接受?因为根本瞒不住,除非老人自己不想知道,并且以最好的心态抵御疾病,维持最好的生活质量,迎接谁也无法确定长短的剩余生命时光。

这些远远谈不上苦难,但是磨难是写作者的财富,这话一点不假,所有安逸满足春风得意时,自觉都是思维停滞和知觉驽钝时,可能是因为自信的妄念和动力的暂停吧;但是相反,面对所有挫折困顿迷茫时,你会打开感知的触角,过往当下未来不停反刍,思绪如大河奔涌、生生不息。

《归去来》就在这个狼奔豕突的时刻，不期而至。

一个故事的生成，职业编剧往往会从主题、人物、大情节线索几个方向，缓慢地接近它，耗时长久，才能一点一点看清它的面目。但是《归去来》，在一两周时间里，便在心里完整成形，先有了书澈和萧清，随即又了缪盈和宁鸣，他（她）们现在那些催人泪下的纠结缠绵，在2015年刚来到我们脑海时，就已经让我们为之泪目。《归去来》现在呈现的最终模样，和我们心里它最初的样子一模一样，没有丝毫篡改。

我把这样的创作缘起，叫"浑然天成"，但任何浑然天成，都绝非一蹴而就。《归去来》有着清晰的价值观表达、留学生活的全景呈现、中国当代社会现实的侧影和不同阶层不同个性的人物塑造，是多年来我们对生活的观察思索而来。

每个作者书写着的都是他自己的当下，我们也是如此，二十岁写爱情，三十岁写自我实现，到了某个人生阶段，就像电灯开关"啪"一声打开，我们想写的，不再仅仅是爱、自我实现和生活理念，而有了一种想写价值观和信仰的欲望。这个创作的心路历程，就像是自我生活的映照，我们在这个年纪完成了自我塑造，有了足够保障的生活和足够自豪的事业，关注的不再是"小我"，而把目光从自身投向了社会。生活里有是非，爱情里也有是非，那些是与非、甚至大是大非，不再像我们年轻时感觉的那样，遥不可及、与己无关，你会蓦然惊觉：是非无处不在，与你休戚相关，你无时无刻不在做着关于价值观的选择，甚至被它撕扯和撕裂，即使在你认为那些大是大非与自己风马牛不相及的懵懂年代。将作品放置于关注社会现实的层面，人物情感和戏剧冲突不局限于家长里短，人的痛苦纠结来自于价值观和信仰的何去何从，《归去来》最终呈现的格局和思想性，至少，没有辜负我们的年纪，没有辜负我们的观察阅读和所思所想。

天才的编造也不及真实生活给你的万一，《归去来》一顺百顺的创作过程,根植于长达40天的赴美实地采访。洛杉矶、纽约、旧金山、西雅图,四城5所名校,30名留学生受访对象,构建了此前对海外留学一无所知的我们对于这个群体和时代大潮的深刻认知。去美国前,我们的清澈鸣盈还悬浮在戏剧情节上,从美国归来,他们已经纤维毕现地站在面前,我们摸到了他们的血肉。记得就在到达洛杉矶第二天的午餐上,我们就从受访留学生的讲述中听到了耸人听闻的代课代考和商婚的真实事例,当时,我和宝茹对了一个默契的眼神,心里共同的念头就是:十几至二十集的情节有了。很感谢刘江导演在2014年题材确定之初就毫不犹豫接受了我们赴美采访的要求,感谢他在宝茹父亲刚做完第一期化疗、我父亲做瘘手术的第四天就催着我们、推着我们去了美国,更感谢完美世界影视对我们赴美行程的财物和人员支持。一个编剧的最大幸事,莫过于你想写什么、制片方就帮你发现什么,你想走进哪里,他就把你送到哪里。

创作周期并不短,从大纲到剧本,动笔于2016年1月,完稿于2017年3月15日,用时一年三个月,但写作过程之顺,一次一次在验证这个故事的浑然。感谢我妈对我爸360度无死角的管教式照顾,感谢宝茹的两个姐姐在她父亲身边的殷勤陪护,更感谢宝茹父亲和上天佑护,给了我们平静安稳的一年,创作从未被打扰。

没有波折,没有困顿,没有分歧,没有损耗;

只有心灵默契、惺惺相惜,还有彼此信任、精诚合作。

写作和拍摄《归去来》的两年过程,引领着我们走出困局和迷雾,从互联网资本进入和IP盛行这四五年带来的创作之惑、行业之惑和市场之惑中,一步一步,走向一个清晰的方向,更重要的是,重新找回了那种久违的幸福感和无可替代的成就感,我们如此,刘江导演也是如此。

只能解释为要给这次顺利的过程留下一个刻骨铭心的Logo吧。2017年7月27日北京时间14:00、柬埔寨时间13:00,

归去来
THE WAY WE WERE

在前往柬埔寨西南海岸的看景路上，一场车祸在我们身上打上了永久的印记。当时，我们驱车离开金边已经4个小时，距离外景地只剩10分钟车程时，我在浅睡眠里被汽车猛然失控的巨大一甩惊醒，第一个念头就是：车祸这种事儿也能被我谨慎的人生赶上？！载着一行8人的商务车爆胎翻车，至今我们没有一个人能说清车以怎样的轨迹在地上打了几个滚。汽车向左翻扣、左侧车身第一次剧烈撞击地面的一瞬间，窗玻璃全部炸裂脱落，秒碎的玻璃秒割裂了靠左侧车窗而坐的三人包括我所有裸露在外的部分，儒意的席总的左臂缝了40多针，我几处伤口总计缝了50多针。因为没有系安全带，我像一个滚笼里的老鼠，随车翻滚，又造成两根肋骨骨折和腰椎横突骨折。人家任老师因为系了安全带，除了腿上的挤压伤，安然无恙。（我俩亲身示范了发生车祸时系不系安全带的差别，请引以为鉴！）短短四五秒钟里，我的意识流却十倍于物理时间那么长，经历了完整的两落两起，有两个瞬间，脑海里蹦出来"完了，这回就撂在这儿了"的认命。最后终于停下时，车窗洞开，车厢变形，车轮压瘪，车门打不开，车头调向，冲着我们来时的方向，那就意味着：汽车不但打滚，还在翻滚中完成了漂移，所幸停下时车顶朝上，我们没有大头朝下。就这样，柬埔寨看景之旅就在距离景地10分钟的地方结束了，我们在两小时后赶来的救援直升飞机上，鲜血淋漓地欣赏了观众在电视剧完成片里看到的壮丽的热带雨林画卷。

返回北京，抽丝拉线地养了两个月伤，等回了赴美拍摄两个月的剧组，然后没事儿就去现场探个班，用一步一步接近完成的喜悦修复一颗小小的惊魂。我们以为：这一次无常，让《归去来》刻骨铭心，足够了。

然而，还有。

所谓无常，就是你永远无法预知它何时降临……

2017年11月27日早晨，放化疗后身体状况日益渐好的宝茹父亲，在楼下花园散步时直挺挺向后仰倒，脑出血陷入深度昏迷，在 ICU 里躺了 7 天，于 2017 年 12 月 3 日 19：30，与世长辞。

就在这一晚，《归去来》全戏杀青。

这是老天冥冥之中制造的巧合吗？

这部戏，始于两个父亲的病情确诊，杀青于一个父亲的离世，其间之大喜大悲，就像中途发生的那次意外在身上留下的痕迹一样，永远的，铭刻在心。

也会永远铭记在 12 月 5 日晚我们缺席的杀青宴上，刘江导演带领全组起立、向宝茹父亲举杯致敬的一幕。

最感谢的人，无疑是刘江导演吧，还有制片人王彤，最珍惜的，是我们彼此契合的三观，还有他对创作和编剧因为懂得而自然生发的尊重，和他仿佛能包容一切的好脾气。几年前，我是被《黎明之前》那种惺惺相惜的剧组气氛吸引而来，对刘江萌生合作之愿，这一次，我们深处其中，真的感到幸福！希望继往开来。

特别感谢两个小朋友：陈虹羽和刘宁律师。

虹羽领着我们在美国走了 40 天，安排食宿行，刷卡买单，联系采访，她本人就是我们观察体验留学生的第一对象，后来在长达一年的剧本创作期里，她被我们随时随地拎过来咨询。如果电视剧和小说中出现了关于留学的 bug，请归咎于陈虹羽。

刘宁是虹羽介绍给我们的海归律师，我们请她对每一集剧本中涉及中美司法的部分逐字逐句地筛查考证，确保万无一失。她的认真令我们瞠目结舌，她对每集剧本回复的鉴定意见不但是书面的，还列成了表格，不但给出了修改结果，还在备注里引经据典，详细陈述为什么如此修改。我猜她也是我们大摩羯，如果法律部分出现了 bug，也请归咎于刘宁律师。

还要感谢给我们莫大帮助的留学生受访者们：@ 只是一只卷、王诗霖、沈玮、孙通、许颖、Rudy、袁旭、王雅珣、赵羽嘉、赵颖洁、丁海丽、孙维肖，包括之前就认识的两位小朋友：刘安琪导演和夏天导演，等等，不一一列举了，谢谢你们讲述的一切，让我们从留学盲变成留学通。

感谢儒意影业的柯利明柯总、席小唐席总、优联地产的龙倩龙总、和李哲然、袁牧、张国栋、司机小徐，在我们受伤和养伤期间的悉心照顾。共同经历一场杯具的难友，也没谁了，但愿这个朋友群体永远不要扩充。

最后，感谢两位编剧同行朋友陈彤和张巍的引荐，让我们结识了磨铁图书的沈浩波沈总，把《归去来》的小说出版托付给了值得信赖的书商，也感谢一直为这本小说的出版努力工作的文学编辑王晶。

小说改编对剧本的忠实度达到了百分之百，除了适应文学叙述的微小结构调整，完全可以将《归去来》的小说视为文学化的剧本，在小说里，剧本的场景和台词得到了全盘保留。我们是想以这种方式，完整地留下这部值得纪念的作品，并与观众和读者分享。

在我们的编剧生涯里，没遭遇过比《归去来》更意外横生、内外交困的创作环境，也没有比《归去来》更水到渠成、酣畅淋漓的创作过程了。写《归去来》的经历告诉我们：写作无法挽留亲人的离去，无法阻止意外的发生，但它可以改善我们自己，它可以让我们在任何处境下都把自己变得更好，尤其是深陷困苦时，写作是唯一的自救方式，也是最大的快乐和成就。

高璇写于 2018 年 3 月 9 日

归去来

第1章

宁鸣站在饭盆和足球齐飞、毛巾和袜子一色的清华大学男生宿舍里,对着一面镜子,穿上学士袍,搭上工科黄色垂布,戴上学士帽。他推门走出宿舍,走廊里的喧嚣扑面而来。

这一天,是毕业季的华彩日,学位授予典礼。

满宿舍楼道都是因为毕业兴奋或者焦虑的清华学子,宁鸣穿行在一片躁动的学士袍中间,只有他平静如水,因为只有他心如死灰。

金融男拦住去路:"证监会、银监会、中银国际,如果你是我,怎么选?"

这是一个穷人回答不了的富人问题,与其说求问,不如说对方在炫耀。如此好命,何不就相信命运、随波逐流?

宁鸣苦笑着回答他:"翻牌子。"

"宁鸣你落哪儿了?"

"飘着。"

他挂着既无欢喜,也无悲伤的表情,走进清华校园,汇入更多的学士袍,走向同一个方向——清华礼堂,在那里,毕业典礼即将举行。

宁鸣听到一对情侣的对话:

男生说:"我父母为了让我进那个单位,走了很多关系,花了很

第 1 章

多钱,我不能辜负他们,回老家旱涝保收,总比留京没着没落、没吃没喝强。"

女生说:"四年爱情,就敌不过一个国企编制?我们分手吧。"

男生不置可否长久沉默,宁鸣知道:那何尝不是一种确认?

每年六七月,是毕业季。对一些人而言,是希望的开始;对另一些人而言,是美好的结束。不管你踌躇满志,还是不知所往,都会被一把推进那个叫社会的地方,现实正微笑抬手,准备打肿你的脸,还是连环掌。

这是一个分手季,坚守的成本太高,要勇气,更要实力加能力;而分手只要几句话,甚至连几句话都可以省掉。

对于宁鸣,这是一个终结季。一段他无比狂热地妄想过,却始终不曾开始的人生,在这一天,将彻底结束。从走进清华第一天,宁鸣就是一条看得见来路、看得见去向的河流,他的人生按部就班,一眼见底。今天过后,他就要流向自己该去的地方。那个不曾开始的妄想,只存在于他一个人的心底,就连被入戏的她,都不曾知情。今天,他和她将就此别过,各奔东西,很久很久以后,她将长眠在他记忆的深海,直到地老天荒。

宁鸣随着人流,踏上清华礼堂的台阶,然后就看见——迎面而来的缪盈!

看见缪盈的一刻,宁鸣的世界,时钟停摆,万物静止。

这一眼,一如他们人生初见。

那是四年前,2009年,清华大学计算机与科学技术系大一新生宁鸣,正踏上这一级台阶,去参加新生入学典礼。他比周围人反应滞后,等发现身前身后的男生集体变成雕塑,所有的脸和目光都朝向一个方向时,才追根溯源,后知后觉地去找他们的目光交会处——

缪盈在那里!和现在一样,正拾级而上。她在一群经济管理学院女生当中,毫不喧嚣,却全身散发着清俊通脱的高光,她让身边所有

009

女生不幸沦为背景板。

缪盈兼容了环肥燕瘦、上至阳春白雪、下到下里巴人的男性各种审美，在场男生无一免俗，集体对她一见钟情。

宁鸣只不过是他们中间最不起眼的一枚。

不幸以及幸运的是，缪盈高不可攀，让人望尘莫及。她有个富豪父亲，自己有着市值几十亿上市公司第三股东（第一股东是她爹成伟，第二股东是她弟成然）和未来继承人的身份。相比人中龙凤的清华学子，她更是一个"长得比你们美、父母比你们壕（土豪）、学得比你们好，还比你们更努力"的非凡存在！

缪盈的追求者从校内排到校外，大一期间，宁鸣目睹他们一个接一个地前仆后继、死而后已。他和他们唯一的不同，就是——能预见自己的死。所以在裙下之臣一批接一批阵亡时，宁鸣还没有和缪盈说上一句话。

但是，没动作不代表就偃旗息鼓，像所有事情一样，宁鸣不说、只做，他从未放弃过努力，一直在向缪盈的方向——蠕动！

第一学期，他把公共课上自己和她的阶梯教室座位距离，从十米缩短到两米，实现历史性的跨越。

第二学期，他和她终于挨到一起！公告板上，《2009级大学语文课期末考试成绩单》，缪盈和宁鸣两个名字一上一下，紧挨在一起，让宁鸣看得如痴如醉、流连忘返。这是迄今为止他们之间的最短距离，之后整个暑假，宁鸣都仿佛在云端。

大二开学，缪盈主动对宁鸣说了第一句话，在图书馆逼仄的书架间，缪盈对挡路的宁鸣说："同学，借光。"开天辟地！

在向缪盈缓缓蠕动的漫长两年里，面对追求者一个个扑街而亡的大势所趋，做出"是否要向女神表白"这一生死抉择时，宁鸣动用数字统计学，把已死和准备赴死、暴露或潜伏的追求者，汇编成大数据，以家庭背景、经济实力、个人能力、未来发展潜力为参考数值，

第 1 章

进行综合评估，列出一个战力值排行榜。最后发现自己在百人榜里的位置相当显著——垫底！面对科学数据，宁鸣以科学的态度得出"不作死就不会死"的结论，将自己的爱情封存心底。

但他忽略了一个能量守恒定律：不放肆、不消磨的爱情，它会自己生长！对缪盈的爱情，不以是否表白为转移，在宁鸣心底疯涨。

他身不由己。

女神会吹陶笛，他就淘宝了一个陶笛。每当宁鸣吹起陶笛，舍友就有做马加爵的冲动，终于他引起公愤，招致一通群殴！

女神攀冰，宁鸣就去学攀冰。大三开学，他以一种大无畏的姿态申请加入清华登山队，招来教练的王之藐视。

"就你？有啥资格，凭啥觉得自己能进清华登山队？"

"凭我——一不怕摔，二不怕死。"

教练被他的气焰吓到了，宁鸣言必信、行必果，头一个月摔得身残志坚依然毫不退缩，死皮赖脸，赖在了登山队。强行拉近的距离和奇葩的存在，终于让缪盈注意到了宁鸣，他们之间有了只属于两个人的私密对话：

"宁同学，我很好奇，你为什么要进登山队？"

"挑战自我。"

"我觉得不像……"

"那像啥？"

"自杀！"

大三寒假，清华登山队组织了一次西藏绒布冰川的探险之旅。绒布冰川有千姿百态的塔林、冰茸、冰桥和冰塔，还有高数十米的冰陡崖和步步陷阱的明暗冰裂缝，以及险象环生的冰崩雪崩区。

意外发生了，居然还是发生在攀登技巧最好、战力最强的缪盈身上！当时，登山队正分组挑战一面数十米、二十层楼高的冰陡崖，九十度的垂直陡崖立面上，队员每人相隔几米，向上攀冰。宁鸣速度最慢，落在最低处，他向上仰望：所有人都在他头顶之上，缪盈更高，他只能看见她攀冰鞋底的五齿冰爪。

缪盈右脚正踏冰，寻找立足点，突听一声清脆的冰裂，猛抬头，只见头顶上方，她冰镐扎进的冰面突发脆裂，冰裂纹向四面八方扩散。此刻她右脚悬空，右手冰镐入冰点又摇摇欲坠，情况危急。她努力自救，试图拔出冰镐，右脚加速踏冰……然而，冰面碎裂得太快，镐头脱冰而出！缪盈立足不稳，三个身体附着点顿时失去两个，一声尖叫，急速下坠！

缪盈的尖叫一把攥紧了宁鸣的心脏，他目睹她从天而降，越过他的高度，向下坠落。

失去意识前，缪盈最后的视觉记忆，是近在咫尺的崖底。就在和冰面即将发生惨烈撞击时，她的下坠之势戛然而止，缪盈被巨大的重力加速度和与其成正比的安全绳阻力扯得瞬间失去意志，悬吊在崖底之上三米处，听不到宁鸣在头上呼喊："缪盈！缪盈！你怎么了？"

缪盈随绳摆动的身体和对呼唤的置若罔闻，让宁鸣热血上涌天灵盖，他做出了一个匪夷所思的举动：奋力拔出冰镐，双脚踢冰，脱离冰面，在队友们的一片惊叫声中，任自己自由下落，飞向缪盈！

宁鸣的"自杀性跳崖救人"，就像他的攀冰技巧一样蠢萌，弄巧反成拙。他张牙舞爪降落到缪盈头顶上方时，手里胡乱挥舞的冰镐带着急坠加速度，一镐刨断了她的安全绳。缪盈失去最后的保护，直挺挺摔到崖底。好在只有三米高度，没有摔伤，却生生被摔醒。宁鸣摔到缪盈身边，扔了冰镐，不顾个人安危，手脚并用、连滚带爬到她身边，一把抓住她。

缪盈神志完全清醒时，发现自己被宁鸣的双臂箍在怀里，而他，化身成被他砍断的安全绳，牢牢捆住了她。

"我终于知道了你进登山队，不光想杀自己，还想杀我！"

"对不起……你有没有受伤？"

第 1 章

"没有。"

宁鸣长吁一口气,举臂向队友示意他俩安然无恙,心里正在庆幸缪盈全须全尾、自己没有酿成大祸,就听见一声比刚才裂冰更大的声响,咔嚓嚓……

缪盈也同时听见了,两人紧张对视,四下寻找裂冰处,就见——他和她身下的冰面正在开裂,两人中间的一条冰缝正在扩大,像只猛兽正张开大嘴,原来,薄脆的冰面,刚才被两人的坠落砸开,此刻又被合力压塌。

缪盈最后的动作,是冲正向他们跑来救援的队友高呼预警:"快别过来!"

而宁鸣最后的动作,则是更紧地抱住缪盈!

随即,他们被身下的暗冰缝一口吞噬。

宁鸣和缪盈一起摔进暗冰缝!

紧抱连体的两人,在蜿蜒曲折的暗冰缝里,向下坠落……

他们的身体,不停撞击着冰壁……

每一次撞壁前,宁鸣的内心就升起恐惧,恐惧这次撞击让他们分离,于是就在撞击来临前几秒,运起毕生前所未有之力,更紧地拥抱;然后在每次撞击后,升起死而复生的涕零,感激上天还让他们在一起。

每一次撞击,都减缓了两人下落的重力,最后,宁鸣的安全绳救了他俩,他和她停止坠落,悬挂在暗冰缝中间,头上不见天日,脚下深不可测,但他们,还活着。四只脚训练有素,各自用冰爪在倾斜的冰面上找到立足点,终于稳住身体。劫后余生,两人紧紧相拥,气喘吁吁,面面相觑。

悬挂在上下不着边的天地间,垂下的一根绳索,是两人生之所依,还有,就是他们彼此,他们从未如此之近,也从未如此生死相依。

对于把处境糟糕的缪盈拖累进更加糟糕的境地,宁鸣非常内疚:

"对不起,为什么我总是帮倒忙?如果不是我,你不会这么糟。"

缪盈凝视着这一根亲手砍断她安全绳的活体安全绳:"如果没有你,我可能更糟。谢谢你,宁同学!"

她看见他距离自己几厘米的脸,在这一刻,紫透了!

冰缝顶端传来队友的呼喊:"缪盈、宁鸣你们坚持住!我们马上实施救援!"

在等待救援的过程中,宁鸣出现体温骤降,动作受限的缪盈用尽各种办法,依然阻止不了他逐渐模糊的意识。这个生死攸关的危险过程,在宁鸣的感受里,却和缪盈的恐惧截然相反,他甚至……记得那是一种幸福的感觉。他们肌肤相亲,耳鬓厮磨,她的头发散落在他肩头,狭窄幽暗的被困之地,突然洒进来一束阳光,险境化作天堂,他们挣脱了重力的牵绊,像一对自由悬浮在空中的天使。

宁鸣阳光灿烂地笑出来:"如果能一直这样,到永远,该有多么好……"

缪盈听到了这句话,但更被他双眼失焦、眼神迷离的异样吓到——这是宁鸣陷入昏迷的征兆,她抽出一只手使劲拍打他的脸,大声呼唤:"宁鸣!宁鸣!醒醒!不能睡!你体温骤降得太快,保持清醒宁鸣!"

她的声音遥远缥缈,仿佛来自天外……这是死亡临近的感觉吗?死竟然这样美丽?!宁鸣的大脑皮层失去了控制和约束力,像泄洪的闸门突然开启,潜伏的记忆和思想奔涌而出,他张开嘴,却听不见自己在说什么……最后的意识,是缪盈的表情突然发生了变化,像震惊于一件意外得知的真相。随即,他闭上双眼,在她的身体、手臂和气息的包裹中,向死亡,自由降落。这一刻,幸福到极致。

缪盈在此刻,却是绝望的心碎,她只能更紧地搂住宁鸣,抬头仰望:一个绳梯正从冰缝顶端缓缓下降。

当宁鸣再次睁开眼睛,他看到晃动的车窗和穿白大褂的身影,举起缠满绷带的手,努力地抓着空气,然后,抓到另一只绷带缠绕的手,他知道那是缪盈,她的笑靥进入他的视野,时而清晰,时而虚化。

比确定此刻是活着还是死了更加重要的是,抓住她,和抓住这一刻。

因为伤情轻重程度不同,缪盈先于宁鸣返回北京。当痊愈的宁鸣重返攀岩馆,推开训练馆的大门,缪盈正往身上穿攀岩装备,回头,看见了他。

"宁同学,为了大家的生命安全,你不打算退出登山队吗?"

"咱俩不都活得挺好嘛。"

他们相视而笑。

冰缝坠险,好比在两种不发生化学作用的物质中间,投下一种可产生变量的介质。在宁鸣心里,他和她,不再是不相交的两条平行线。于是,在本科最后一年来临之际,他产生了做一件事情的勇气。

元旦跨年夜,清华学子相约涌向世贸天阶,缪盈、宁鸣也在其中。倒计时开始,万众呼喊"十、九、八、七、六、五、四、三、二、一"时,宁鸣掏出他的手机;天顶巨幕打出"2013新年快乐!",所有人向上仰望的一刻,宁鸣按下操作键。

哇!

所有人都惊讶于天顶的变化:巨幕上,出现了一个女孩的背影。

缪盈随众人一起抬头仰望,她第一个认出了那个背影居然是自己,这个发现让她目瞪口呆。

被黑客入侵操控的巨幕播放的是一组偷拍视频,每段视频都从跟踪缪盈的背影和侧影开始,最后以她猝不及防地转头转身、让偷拍者人仰马翻为结束:缪盈走在校园里,缪盈坐在教室前排,缪盈和同学在食堂吃饭,缪盈骑自行车,缪盈站在宿舍窗口……缪盈……缪盈……偷拍者自始至终没有在镜头里现身,但他那份深邃而怯懦、隽永而蠢萌的爱情,溢于画面,现场观众被这个狠狈又深情的偷窥狂逗得前仰后合。

现场的清华同学认出了被偷拍的女主角,他们齐声呼喊出她的名字:"缪盈!缪盈!"

缪盈感觉千万目光顷刻汇于自己,她无地自容,心如止水、云淡风轻地拒绝过无数次花式求爱,但这一次,竟然让她手足无措。

当她的形象从巨幕上渐隐消失,视频最后,浮现出几行字:

"请原谅我的入侵,也请原谅我占用新年第一分钟,我只想让这个女孩知道在她看不见的角落,有份深爱,真实地存在。

你不必知道我是谁,因为你不在乎我是谁。

即便不能和你在一起,爱你,也是最美的事情;

就算为你而死,也是最好的归宿。"

没有落款,没有名字。

这是一场主角把自己藏匿起来的表白,求爱者没有留下任何蛛丝马迹。

片刻静谧后,清华同学再次集体发出"你是谁?站出来!在一起!"的呐喊。

缪盈突然怦然心动,说不清自己为什么做出下面的举动之前,她已经把目光投向四周,在人群中捕捉那个身影,最后,她看到了——宁鸣。

宁鸣正把手机揣进裤兜,一抬眼,就和缪盈的目光相遇。

他们,隔着几十上百欢呼雀跃的人,隔着遥远却亲近、熟悉又陌生的距离,他对她,绽放出一脸傻笑。

这个痴呆的傻笑,让除了缪盈以外的所有人都自动忽略了——宁鸣来自计算机系——这一个重要线索,没有一个人察觉到如此惊天动地的表白和木讷的程序猿有什么关联。这场惊世骇俗的跨年夜"无名氏表白",被全清华、全北京看到、听到,成为一个不朽的传说,但创造奇观的黑客爱慕者,依然无迹可寻。

第 1 章

缪盈那一束从人群里找到自己的目光,在宁鸣随后的记忆里辗转反侧,他千百次断喝自己:那一眼,只是她纾解尴尬的偶然一瞥,是看见熟人的几秒钟暂避和栖息,什么也不意味。但他又万千次憧憬意淫:为什么在那个时刻,她望向的不是别人而是自己?宁鸣蠢蠢欲动,他觉得自己攒了三年多的勇气,终于化成一只有力的大手,推着他走到缪盈面前,对她顶天立地、气壮山河地大声宣告:"世贸天阶那个人是我!从第一次迈上清华礼堂台阶开始,我爱你三年了!"

就在宁鸣沐浴熏香、更衣祭天、择日向缪盈表白的当天,他见到了——书澈!那天,他寻到音乐教室,在门外看见了正在里面独自练习陶笛的缪盈,走进去。在缪盈纳闷、疑惑的目光中,他吞吞吐吐说到"那晚世贸天阶……"时,还是卡壳了。她在追问:"世贸天阶怎么了?"他在积攒最后冲顶的勇气,手机铃响,一个中断,没有了然后。

宁鸣看着缪盈的脸在接起手机后一秒点亮:"书澈!你在哪儿?"她猛然回转,望向教室门口。宁鸣顺着她的视线,看到了站在教室门口的书澈。对于书澈,宁鸣形容词穷,只能说:他是唯一能站到缪盈世界里去的那个人。

缪盈从宁鸣面前风一般刮走,奔向书澈,两人不顾有人在场,忘情拥吻。

"你怎么突然回来了?"

"我想你想得要疯掉了。"

宁鸣被风干成一个大写的多余,这一刻,他恨不得挖个坑儿埋了自己。

第一次见到书澈,终于让宁鸣明白为什么前仆后继的追求者无一例外都是扑街的下场?为什么缪盈拒绝了所有人的求爱?就是因为——早就有了这个叫书澈的男生。书澈和缪盈,同出于一所名牌中学的国际部,他比她年长两岁,当初一学妹缪盈进入初三学长书澈的视野,他们就注定无法分离,两人青梅竹马,每个毛孔都写着般配二字。书澈的父亲书望，仕途上平步青云、位高权重，现在担任这座城市主管城建的副市长；而缪盈父亲成伟，则是城里最著名的商界名人，他的产业纵跨钢铁、制造和地产，商业版图覆盖全国，还在继续向海外扩张。2007年高中毕业后，书澈前往美国斯坦福大学读本科，2011年又考上商学院MBA，到缪盈完成清华经管学院本科学业，这对情侣已经不得不两地分离了六年之久。今天的毕业典礼后，已经拿到斯坦福商学院MBA Offer的缪盈，即将启程，前往美国，书澈在大洋那边等着她。

宁鸣也终于明白他和缪盈之间，没有发生任何质变，现在，是屌丝距离白富美，中间隔着一百个中产；未来，是码农距离继承人，中间隔着一百个CEO。

在缪盈书澈离开教室很久以后，宁鸣还留在那里，直到他视线落在钢琴盖上，缪盈的陶笛落在那里，他向它伸出手。宁鸣"偷"了缪盈浑然忘我奔向书澈时遗忘在音乐教室的陶笛，作为陪葬，掩埋了他终将没有表白的爱情。

四年，还是一个"爱"字都不曾出口。

其实，"爱"字出口，何其容易，但拿什么让你爱的女孩幸福？就像她现在已经拥有的幸福一样。宁鸣做不到，至少现在，他看不到自己让缪盈幸福的可能。你爱的女孩有了一份注定幸福的爱情，你只能收起自己无人认领的爱。宁鸣是二线城市工薪家庭出身的儿子，父母收入加上助学贷款，供他读完清华已属奇迹，完全没有资金支持他进一步出国留学深造。他的人生轨迹早已被注定——做一份稳定工作，娶一个平凡女子，成为一个好儿子、好丈夫和好父亲，人生之平庸一眼可见。宁鸣注定平凡，他甘于流向平凡的人生，但他不甘心在大学最后一天，以沉默和她告别。

所以今天，他必须做最后一件事，就像半年前在世贸天阶做过的"大事件"一样。

第 1 章

2013年清华大学本科生毕业典礼暨学位授予仪式在清华礼堂里举行，校长任重道远地寄语学子："最近我一直在思考，在今天这个场合，给大家讲点什么。过去几年毕业典礼上，我讲过理想、责任、担当、良知、敬畏这样一些关于价值信念的话题，今天，我想说说：成功。我不会告诉你们如何获取成功的秘诀，在座3099名即将获得学士学位的同学，从四年前意气风发杀进清华，到明天昂首挺胸走出清华，你们已经走在通往成功的路上，你们知道为获取成功如何努力奋斗，我深信：未来几年，几十年，你们会成为'成功人士'！我也不想质疑千百年来中国人信奉的单一成功哲学，把财富、名望、权势这三样东西当成人生目标，完全忽视了人生还有'平凡的满足'和'无关利益的成就'。我只想说出一个希望：希望你们终究成为的那种成功人士，不止于钱理群先生所言'精致的利己主义者'，也不止于耶鲁大学教授William Deresiewicz定义的'Excellent Sheep——优秀的绵羊'，在追求并得到财富、名望和权势的同时，希望你们：能够始终拒绝和远离甘地定义的'七样毁灭人类的东西：

没有道德的政治；

没有责任的享乐；

没有是非的知识；

没有人性的科学；

没有牺牲的信仰；

不劳而获的财富；

和不道德的交易。'

对你们而言，成功并不难，拒绝这七种邪恶才难！——这就是一位老师的希望。"

校长结束毕业致辞，按照惯例在典礼上播放的学校官方毕业纪录片画风突变，一曲自制MTV强势插入！各种不分时间、场合、地点被偷拍的缪盈，被剪辑成一首动人入心的乐曲，在偷拍者的镜头里，她美得不可方物!

"哇——"全场惊呼,清华学子们都知道世贸天阶"无名氏"又出现了。就连当事人缪盈,都没有了初次遭遇的尴尬无措,她和所有人一样,微笑着望着银幕上的自己。

"你是大学四年发生的最美的事儿!

不必知道我是谁、爱情因何而起、而一往情深,

你只要知道——我爱你!

它千真万确地发生了,并将一直发生,到你忘却,依然不灭。

再见,我的大学!

再见,我的爱!"

最后这几行字,说的是爱情,却不止于爱情;没有言及理想,却能看见信念,它穿起了每位毕业生的过去和未来,给他们的大学四年一个再美不过的注脚。

清华学子们不再规规矩矩坐着,他们起立鼓掌欢呼。一位男同学挺身而出,高喊怂恿:"最后一天啦!还不敢报上自己的名字?你——丫——太——屄——啦!"学生们像半年前在世贸天阶一样,齐声呐喊:"你是谁?站出来!在一起!"

校长敲打主讲台大声疾呼:"还让不让我好好主持一个毕业典礼了?"待台下学生们的躁动略有平息,他重新发言,"其实,我也很想知道你是谁!"哗——全场哄笑,清华礼堂再次沸腾。

骚乱中,又一次,缪盈把目光投向宁鸣,他们相隔几排座位,中间依然有几十上百个雀跃的同学,依然是遥远而亲近、熟悉却陌生的距离。

宁鸣想象中的自己是这样式的——众目睽睽下,他一跃而起,高喊自己的名字:"宁鸣而死,不默而生!"然后走到缪盈面前,第一次当众亮明自己的爱情:"缪盈,我爱你!不管你爱谁,不管你要不要我的爱情,反正——我会一直爱你下去!"但现实中的他是这样式

的——始终低头玩着手机,故作置身事外,麻木不仁。

只有他自己和缪盈两个人,知道他手里的手机就是入侵学校官网的作案工具,知道他死人一样的外壳下岩浆一般沸腾奔流的热血。其实,这时缪盈已经百分之百地确定那个人,就是宁鸣。

缪盈是什么时候开始注意到宁鸣的呢?

本科前两年,她对宁鸣毫无印象,直到大三,他以一种大义凛然、慷慨作死的姿态,摔进清华登山队。每一次,缪盈从训练馆岩壁顶部俯瞰着宁鸣坠下时,歧视感就油然而生:这货头悬梁锥刺股、寒窗苦读十二年考进清华的终极意义——难道是为了找摔?

什么时候有了不同?就在她和他严丝合缝合体悬吊在冰缝里时,急速降温、神志模糊的宁鸣突然说了句之前没有一丝铺垫、之后也没有任何后续的话——

"就算为你死了,也是最好的归宿。"

他一定不知道自己说了什么,但缪盈听得清清楚楚。剩下等待救援的时间里,她抱着除了书澈外第二个和自己如此之近的男孩,在记忆里搜寻有关他的一切,豁然开朗,明白了宁鸣的一切,皆因她而起,可他从未对她吐露过一个字。

之后遭遇世贸天阶跨年夜的"无名氏表白",各种花式求爱,缪盈见得太多,从不为所动,何况,表白者还是个不肯亮名的厌货。但这次与众不同,因为视频最后的文字暴露了"作案凶手",那句"即便不能和你在一起,爱你,也是最美的事情;就算为你而死,也是最好的归宿。"让缪盈锁定了:"他"——就是宁鸣!他不知道自己已经暴露,因为,只有缪盈听他说过这句话,连他自己都没有印象。

随后不久,宁鸣来到音乐教室,似乎为她专程而来。在书澈出人意料地回国,突然出现在那里前,缪盈已经明白无误,预感到宁鸣即将要出口的话,也清清楚楚地看到宁鸣看见书澈后,眼里瞬间熄灭的光亮。

然后,就没有然后了。

缪盈和宁鸣，回到各自轨道上，还原为两条不相交的平行线。因为缪盈也是一条看得见来路、看得见去向的河流，她的人生注定流向书澈，没有任何分岔，毕业典礼后，她将漂洋过海前往美国，与他会合。

本以为就这样不言一句、不语一字地结束了。但今天，宁鸣再一次向全世界亮明他的爱，又再一次在旋涡中心置身事外，以轰动而缄默的方式对缪盈说：再见，我的爱！

缪盈穿过众人、投向宁鸣的眼神，望了很久，都得不到哪怕只是一瞥的对视；那个又傻、又逗、又牛的宁鸣，那个除了在神志不清状态下露过一句、此外四年铁嘴钢牙的宁鸣，始终不抬头看她。她知道他永远也不会告诉她那个人是他。

这一天，就这样结束了。

大学，就这样毕业了。

他们，就这样分别了。

宁鸣对缪盈刻骨铭心的暗恋，止于唇齿，掩于岁月。

大学毕业是狼奔豕突的，狼奔豕突滚出宿舍，狼奔豕突四处觅房，狼奔豕突被HR挑拣，狼奔豕突被撵到社会的门口。在一片狼藉、人去屋空的男生宿舍里，宁鸣正打包自己的行李，然后，最后一个离开。他感觉门外来了一个人，挺身回眸望去，缪盈站在宿舍门口。

在毕业典礼的正式告别后，这是一场意料之外的见面，两人一时都不知从何说起。

"嘿。"

"嘿。"

缪盈走进宁鸣宿舍："都走了？"

"都走了，我是最后一个，一会儿也走。"

"你去哪儿？"

"蹭住在一个哥们儿那儿几天，一直在找房子，适合我的房子不好找。"

第 1 章

"你工作落实了吗？"

"也在找。"

宁鸣无一确定的处境，让缪盈的关切无处落脚。

宁鸣把话题从自己转移到她身上："你什么时候走？去美国？"

"8月6日，中午12：20起飞，国航CA985。"缪盈不明白自己为什么要把飞往美国的日期、时间、航班号说得这么清楚。

宁鸣知道这真是他和她的最后一面了："真好！你盼了四年的这一天终于来了，牛逼闪闪的斯坦福，还有牛逼闪闪的他。"

缪盈又把话题移回到宁鸣身上："你未来有什么规划？"

"我？没有规划，等着被规划，一眼可见当码农，一眼可见的平凡，不是谁都像你那样生而不凡。"

一条清楚可见的鸿沟，横亘在两人之间，他们对此都无可奈何。

缪盈只能由衷祝愿："我相信你会很好！"

宁鸣的祝愿更加真切："你一定更好！"

他伸出手，想最后握一下她的手，她却一步跨近，到他面前，张开双臂抱住他，须臾，迅速松开，向门外后退："我走了。"走到门口，又停下脚步，似乎想起什么，"差点忘了为什么要来找你，你有没有在音乐教室捡到过我的陶笛？"这是缪盈为自己主动来找宁鸣寻找的一个理由。

"没有。"宁鸣撒了谎，因为他自私地想留住一件铭记她的信物。

"还有，一直想问你一个问题：四年，你就没遇到过一个让你喜欢的女孩子？"

宁鸣心里回答：遇到了，又怎样？两条平行线能相交吗？

他的答案是：不能。

她的答案也是：不能。

宁鸣望着缪盈，说了一句她一辈子也忘不了的话："如果不能让你喜欢的女孩子幸福，你的爱就没有意义。"

023

所以，就这样吧。

"那就这样，再见。"缪盈转身离去，走出了宁鸣的世界。

缪盈抽走了世界的全部色彩，再也没有为之亢奋的光亮和为之迷醉的斑斓，宁鸣坠落在自己的凡尘，每天，每时，每刻，行走于凡世的角落，履行着凡人的历程。他并不灰败颓废，也不寂寥潦倒，因为他并不为自己的出身和家庭自卑，只是有一种面对现实的理性。现在，他服从理性，流向他该去的生活。

四处面试求职、辗转奔波于互联网公司和人才招聘会之际，"2013年8月6日12：20"，这个时间每每让宁鸣心跳加速、灵魂出窍，他不知道它为什么像烙铁一样烙在了记忆里，也不知道自己要拿这个被镌刻过的时间节点怎么办。

2013年8月6日10：30，宁鸣坐在招聘公司的面试现场，等待招聘主管翻阅完他的个人简历，眼睛不时瞟上墙上的挂钟。就在招聘主管抬头张嘴问他："你对薪金待遇有什么希望和要求？"显示面试进入实质阶段时，宁鸣突然站起，冲出面试场，冲出电梯间，冲出写字楼，冲出CBD的钢筋混凝土森林，在机场快轨即将关闭车门的一瞬间，冲进车厢。

奔跑吧青年，这也许是生命里的最后一次撒欢！

第2章

宁鸣在首都机场T3航站楼"北京—旧金山，CA985"的国航值机柜台前，把九曲十八弯的旅客长龙的每一张面孔过了几遍，没有找到缪盈。最后一丝机会都不给予——这是上天对他的终极安排，宁鸣决定放弃。

转身掉头离开的瞬间，他和身后一个低着头、正从双肩包里往外掏护照和纸质机票的女孩猛烈相撞，对方"哎呀"一声惨叫。猝不及防，被撞得踉跄后退、仰面朝天躺倒在地的，反而是宁鸣。被他撞到的女孩好好站着，手里的双肩包倾倒在地，包里东西散落一地，她身后不远停着一辆行李车，上面叠放着两只超大个儿的行李箱，行李箱之上，还撂着一个装被褥的透明手拎袋。

她叫萧清，这个夏天也刚从北大法学院本科毕业，拿到了斯坦福法学院JD AD，即将踏上缪盈同一班飞机，飞往旧金山，开始一只留学狗的生涯。如果没有宁鸣这一撞，萧清和缪盈、和书澈，或许永远都是各不相交的平行线，但是这一撞，把她的未来、她的人生、她的辛酸苦辣和悲欢离合，永远地，和他（她）们撞在了一起！

萧清见宁鸣躺在地上起不来，走过去拉他起来："是你肇事，还这么不禁撞？"

宁鸣赶紧道歉："对不起，你没事儿吧？"

"你有事儿吗？"

"没事儿。"宁鸣帮萧清捡拾散落一地的物品，"对不起，我刚才急着找人，没往身后看。"

"我也没看路，不算你全责。"

宁鸣捡起护照和机票，正要把它们交还萧清，却一眼瞥见机票上的航班号："CA985！你去旧金山？"

"你也坐这班？也去留学？"

"不是我，是我要找的那个人她去美国留学，和你坐同一架航班。"

"哦，那你是来送行？找着人没有？"

"没有，可能已经进安检了。"

萧清把护照、机票揣进随身衣兜，背上双肩包："走了，拜拜。"

宁鸣望着她推动那辆庞然大物的行李车往前走去，突然心生一念，在身后呼唤她："哎——你能帮我带句话吗？"

萧清止步回头："啊？我又不认识你要找的人，怎么带话啊？"

"你上飞机，就找一个叫缪盈的女孩儿，她和你我一样年龄。"

"一架飞机两三百号人，你让我怎么找？难不成满飞机嚷嚷'谁是缪盈'？"

"要不这样，我把她手机号给你。"

"那你为什么不自己打给她？"萧清看看表，"离起飞时间还早呢，她手机肯定还没关。"

"我……"

萧清察言观色，冰雪聪明的她瞬间洞悉了宁鸣的支支吾吾里面藏着一场欲语还休的爱情："你来送行，可惜造化弄人，与她失之交臂，但你都不肯打个电话给她……你到底想不想让人家知道你来过？"

宁鸣无言以对，被萧清一语说穿——他一路狂奔赶到机场又不知道来干什么，想见缪盈却不知道见了还能说什么、能做什么——的纠

第 2 章

结心情。

"就这样悄无声息走了吧你又不甘心,心里还是有话想对她说,却百转千回说不出口,然后撞到我,就想借别人的嘴曲折婉转地表达出来,是这个心理轨迹吧?"见宁鸣脸上一个大写的"服"字,萧清扬扬自得,"你有没有一种被X光穿透的感觉?行!我铁肩担道义,这忙我帮了,要给她带什么话?你说!"

面对如此善解人意和古道热肠的受托人,委托人反倒卡壳了:"你告诉她……"

没等宁鸣张嘴,萧清一掌封堵住他的嘴:"如果非常肉麻,还是请你写下来!你好意思说,我还不好意思听呢。"

这一堵,彻底冷却了宁鸣的热血:"算了,我什么话都不带了。"

"啊?!又不带了?你要连句话都不说,她可不知道你来过,然后就像什么也没有发生过,最后连你仅有的一点存在感也烟消云散,一切归于尘埃。"

宁鸣脸上浮现出自嘲的讪笑:"我……本来就归于尘埃。"

刀已拔出鞘,求助人却要闪退?萧清伸出的援手缩不回,做着最后的努力:"要不这样,你告诉我你叫什么名字,我也有办法把你的心情传送给她。"

"我叫什么……不重要,来没来过……也不重要。"

宁鸣这般自我放逐、自我消亡,让萧清彻底没词儿也没辙了。

"不麻烦你了,谢谢你有闲心听我说……你明白我心里想什么……你这人挺好的……我特别……反正你懂我的意思,是吧?一路平安!"语无伦次的宁鸣像逃兵一样,从萧清面前落荒而逃。

"什么鬼?!"举着无处安放的热情之手,目送宁鸣远去的背影,萧清重新推动行李车,继续踏上她的留学之旅。

萧清已经站在值机柜台前一米线后,马上就轮到她办理了,依然

027

不见父母的身影,她神情焦急频频回首,终于在上一位旅客离开柜台、女值机员招手示意她上前时,看到何晏和萧云一路小跑奔向这里。

何晏、萧云穿过旅客长龙,频频致歉,挤到柜台前和女儿会师。萧云手抚胸口,半息一路赶来的气喘吁吁:"谢天谢地,总算让我们赶上了!"何晏抱怨一句:"你妈这一路催得我呀,只恨开的不是直升机。"不抱怨还好,一句话引起萧云的清算:"就知道双规别人,不知道今天你也是被双规的吗?规定时间,规定地点!飞机可不等你理完万机才走。"何晏语带歉意对女儿说:"好在终于赶到了。"

"你们不来送行也没关系,爸,我知道你今天的行动重要。"

"再重要我也必须来!送你出国念书的意义,对我比对你更重大,从小到大,我缺席了你太多太多重要时刻。"

父亲正要弯腰把女儿庞大的行李箱提上传送带,被萧清一把按住:"爸,从现在起,我一切自理。"何晏含笑退后,敬请女儿自理。最大尺寸容量的托运箱像小山一样,堵塞住了行李传送带入口,萧清两条纤细的胳膊合握住箱子把手,一声"走你",行李箱被搬上传送带。

萧云谴责丈夫:"她不让你帮,你还真不帮啊?那你来干吗?咱还能帮她拎几回行李?"

萧清抬手制止母亲,再次双臂合力、力拔山兮:"走你!"另一只箱子也被搬上传送带。

值机员瞄了一眼两个双胞胎行李箱,不苟言笑做出判决:"超标了。"

萧清胸有成竹地解释:"不能够!美加航线允许每位乘客托运两件行李,每件行李三边之和不超过158厘米,这两个箱子都是标准规格,不信您量。"

"规格没超,重量超了。"

"每件托运行李规定允许的最大重量是23公斤,对吧?"

值机员一指行李箱重量显示:"规定吃得很透嘛,来看看,你这俩箱子一个24.7,一个24.9。"

萧清笑容可掬:"两三公斤少量超重,都在弹性许可范围之内。"

值机员冲她翻了个白眼:"连弹性都研究过了?弹不弹你说了算?"

萧清报以嬉皮笑脸:"当然是您说了算。"

值机员当即黑脸:"必须我说了算!开箱!一个减重1.7,一个减重1.9。"

萧清瞬间露出法学生据理力争的口才底蕴:"我遵守规定,以科研态度来装这两个箱子,每件单品都精挑细选,掂了又掂,称了又称。我知道您心里一定这么想:'什么东西在美国买不着?'"

值机员着了萧清的道儿还浑然不觉:"对,我就是这么想的!两大箱都非带不可?那就给超重部分交钱!"

萧云站在一边着急,掏钱包上前平息争端:"清儿,咱交钱,别跟人家抬杠。"被何晏一把拉住:"让她自理,你就当这是一场庭辩。"萧云拿这对轴父女一点辙都没有:"有毛病吧你们爷俩儿?走哪儿都庭辩,不够给我现眼的。"

萧清凝视值机员,执拗而诚恳,进入了这场"交锋"的决胜阶段:"您看到我护照是学生签证,我去美国不是旅游,是去留学读研。这是我人生第一次独自一人出远门儿,漂洋过海去一个人生地不熟,既没有亲人,也没有朋友的地方,我要在那儿度过三年,或许更久。每个假期我不一定有经济条件回国,下次回家,不知道是什么时候。在您看来,这两个箱子里装的不过都是生活日用品,每一样都可以在美国买到,甚至更便宜。但是,我在美国超市买不到家的味道!到了异国他乡,每一件从家里带过去的东西,都会陪我抵御孤独和无助,是我想家时赖以呼吸的氧气。所以,箱子里的任何一件东西,我都不想放弃。"

站在他们身后排队等待值机的旅客中,有为数不少的赴美留学生家庭,都被萧清的话触动了离愁别绪,忘了等待的烦躁,一个同龄女孩眼泪夺眶而出,转头就对父母说:"妈,咱们回家,我不去美国了。"

一段话,一石二鸟,值机员心里某处柔软的地方也被触动了,表情和语气都回归舒缓,说了一句揶揄、其实是安慰的话:"咱这是去留学,不是去流放。"

这句反馈让萧清红了眼圈:"没错,留学就是先有舍、后有得,舍财、舍情、舍家,这是每个留学生都要承受的代价。抱歉耽误大家时间,如果您坚决不给我这个弹性,那我情愿——给超重部分付费。"

值机员用手一指何晏脚边、装着被褥的透明手拎袋:"那是你登机携带的?也是家的味道?"得到萧清确认,她大度开恩,"得!今儿我就弹一回。"启动传送带,两只超大行李箱被送进登机通道,递还登机牌、行李签和护照时,值机员问萧清,"你去旧金山读哪所大学?什么专业?"

"斯坦福,法学院。"

"名校呀!怪不得。"值机员知道自己嘴上输给一个学霸并不冤,"好好学!"挥手放行。

"谢谢您体谅,再见!"萧清转向父母,何晏冲闺女竖起大拇指,萧云朝女儿翻白眼,萧清一手挽住一个。她又一次运用了法学生特长,不但达成目的,还顺带被温柔照顾了。

一家三口走向国际出发厅入口,临别前最后这一段并肩而行,父母还在各抒己见、针锋相对,抢夺最后的话语权,灌输道不尽的叮嘱。

何晏说:"咱闺女文能辩论,武能搏击,走到哪儿都吃不了亏。"

萧云:"得了吧你,我最担心的就是她遗传你那个'寸理必争、锱铢必较'的劲儿,招多少明枪暗箭!清儿,记住妈给你的十四字箴言:忍气吞声做大事,小心驶得万年船。别动不动就跟人抬杠、和人较真儿。"

萧清:"妈,我学的就是一个抬杠较真儿的专业,美国是个法制健全的国家,鼓励'寸理必争、锱铢必较'。"

萧云:"美国还持枪合法呢!"

萧清只好嘴头服软,安慰母亲:"行行行,听您的,不抬杠、不较真儿。"

何晏利用这一段短暂路程,较着最后一点真儿:"清儿,你在斯坦福读研这三年,爸希望你专注于国际法、行政法、刑法和民法……"

萧云不由分说打断丈夫的高瞻远瞩:"我再叮嘱一遍:JD第一年学业最重,拿到足够学分、给第二学期应聘实习律所打好基础是重中之重,你没有精力顾及其他,不要惦记打工、给家里省钱,为了芝麻丢了西瓜。"

何晏努力拉回高远的话题:"现在年轻人学法都着眼于经济收益,对公司法、娱乐法和商法热情高涨,终极目的只想做一个赚钱的法匠。"

萧云再次斩断丈夫话头:"做法匠有什么不好?人家每分钟咨询都有人付费,谁为你的理想情怀买单?清儿,你爸工资够我俩日常开销,我的工资加上辅导学生赚的外快,每月至少保证给你汇2000美元生活费,不能大手大脚,但不短你吃、不短你穿。一言为定,咱家三口分工明确:你负责好好学习,我负责努力赚钱,你爸嘛,就负责为了法治理想一身高洁、两袖清风!"

何晏:"三年说短不短、说长不长,现在你就应该开始思考:未来留在那边,还是想回到这边?"

萧云第三次腰斩丈夫的话题:"她还没走呢,你扯什么回来不回来!我嘱咐的都是衣食住行、柴米油盐,你云山雾罩、高屋建瓴地捣什么乱?"

何晏对妻子一笑:"咱俩不一直是我抓形而上,你抓形而下吗?"

"爸,我懂,未来摆在我面前有三种从业选择:一、做个把法律当生意、以赚钱为目的的法匠,要么纵横华尔街,要么弄潮CBD;

二、进入美国主流司法界，冲破华人律师发展天花板；三、回国参与法治进程，就像你现在做的一样。"

萧云抢在丈夫拉女儿下水前警钟长鸣："前两条光明大道随便你走，最后一条绝对是羊肠小道。清儿，以你爸为鉴，谨慎禁行。"

何晏的优点就是从来不为妻子所扰，永远心平气和，继续对女儿语重心长："中国法治建设还在路上，尚待完善，正因为这样，才有律师的施展空间，才是所有法律从业人员的历史机遇……"

萧云急了："女孩子家，管什么法治建设！商法、公司法吃香，就业前景光明，这是现实所向。她JD学成，还回什么国？当然是去华尔街律所。女人的终极追求就是安身立命，不是名垂青史。咱家为中国法治建设捐出你一个，足够了！我坚决反对女儿毕业回国……"

这是何家打了千年的老架，每次萧清都被父母南辕北辙的两种人生观车裂。但此刻，她笑看着他俩，不加干涉，因为在未来很长很久的日子里，她再也听不到这种标志着"家"的拌嘴……

几乎缺席了女儿从小到大一切人生大事的何晏，这一次到机场送行，已经是史无前例。何晏身份特殊，他是最高人民检察院反贪污贿赂总局的一名检察官，更早时候，他是冲在一线的刑警。因此，萧清一出生，就随了母姓，父亲的身份和工作是她从小到大的忌讳，所有同学和朋友都不知道她有一位检察官父亲，更没人了解：萧清立志学法，是顺理成章的家世熏陶和不二选择。

萧清一不小心，泄露了心底的恋恋不舍："下次再听你们俩拌嘴，不知道是什么时候了……"说得萧云鼻子一酸，潸然泪下，她张开手臂抱住女儿，一家三口紧紧相拥。

萧清坚决不允许自己在父母面前流泪，把送别变成一场黏黏糊糊的流连，她断然挣脱出父母的怀抱，灿烂地微笑："就在这儿告别吧，爸、妈，我走了！"然后大步流星，洒脱而去。

萧云想去追赶女儿的背影："清儿，妈还没叮嘱完呢……"被何晏一把拉住:"咱们永远也叮嘱不完。"他们看不到萧清脸上,眼泪终于还是决了堤。

CA985冲上云霄,载着萧清和缪盈以及她们的理想,飞向美国。来自同一座城市、乘坐同一架航班、飞往同一个地方、就读于同一所美国名校的两个女生——缪盈和萧清——本来彼此不识,无缘谋面,一个坐头等舱,一个坐经济舱。如果不是一场突发意外,她们将永远井水不犯河水,也就没有了从此以后的缠绵纠葛和命运跌宕。因为这场偶遇,两个女孩和她们的恋人、家人的命运,于这个节点,拐去了另一个方向。

航班进入夜间飞行,经济舱里一片昏暗,所有乘客里倒歪斜,都在沉睡。套着颈枕、戴着眼罩的萧清,上身以匀速向过道倾斜,栽到极限,扭曲成一个可笑的折角,终于把自己别扭醒了。她揉着僵硬的脖子,起身在过道里做伸展运动,然后,视线定在分隔经济舱和机舱前部的布帘上,一条缝隙透出一道微弱的光亮,前面的豪华经济舱仿佛伸出一只小手,招引着萧清"快来、快来"。

布帘缝隙被萧清鬼鬼祟祟的小脑袋撑大,探头探脑、贼眉鼠眼地扫视一圈,偌大的豪华经济舱空空荡荡,只有一名乘客躺在最后一排相连四座位上睡大觉。因为性价比低,位于公务舱和经济舱之间的豪华经济舱经常空载,没有乘客,这给了萧清可乘之机。前后左右勘查一遍,确定没人注意她此刻的不法行为,以迅雷不及掩耳之势闪身进入豪华经济舱,蹑手蹑脚溜到最前排,把相连四个座位的座椅扶手一一抬起来,上去躺下,垫好枕头,盖好毯子,心满意足地在自制"床"上伸展僵硬的四肢,然后热情讴歌自己:"免费升舱就是这么简单!"

正要任性地进入安眠,一声,接着又是一声压抑的呻吟声传来:"嗯——嗯——"听上去很痛苦。萧清被惊醒,侧耳倾听,"哎哟——

嗯——哦——"呻吟声近在咫尺,清晰可闻。她躺不住了,起身努力辨别声音来源,终于发现呻吟声来自一帘之隔、更前面的公务舱。

萧清重新下地,掀开通往公务舱的布帘,往前探视,整个公务舱乘客不多,也都在睡觉。呻吟声又起!萧清循声寻找,锁定声音来自公务舱最后一排、和自己的"床"仅一帘之隔的座位,那里只有一个女孩,身体蜷缩在座椅上,手捂肚子,呻吟声就是她发出的。

萧清轻手轻脚来到女孩座位前,俯身询问:"你怎么了?需要帮忙吗?"

座位上的女孩仰起表情痛苦的脸,是缪盈,她和萧清就这样相遇了。

"我肚子痛,抱歉打扰到你。"

"没有没有,我听到声音就过来看看,不知道能不能帮到你。"

缪盈为在独自痛苦的时刻有人前来关心而感动,勉强而虚弱地冲萧清微笑:"谢谢你!"

"疼多久了?"

"几小时前开始,越来越严重。"

"大姨妈还是肠胃炎?"

"都没有,我不知道什么原因。"

萧清热情的铁拳又拔了出来:"来,告诉我你哪儿疼?怎么个疼法?"

"你学医的?"

萧清像煞有介事:"略懂。"

缪盈用手示意自己腹部:"刚开始痛在肚脐周围,但是很奇怪,痛点不固定,一直在移动,这会儿蹿到右下了。"

萧清伸手按压缪盈下腹几个位置,引发了缪盈反射性的大声呻吟:"哎哟!抽筋儿似的跳着疼。"

"我按哪儿,哪儿疼吗?"

"奇怪，你按左边，疼的是右边。"

"这是典型的按压反射性疼痛。"萧清伸手摸缪盈额头，"低烧，身体里有炎症。"她心里有数了，"我大概知道了，你别再装女汉子了，硬撑下去有危险，你需要帮助和治疗。"说完，她按响了呼叫铃。

空姐应声闪现，走向她们，立刻发现缪盈状态不对："缪小姐，您是哪儿不舒服吗？"

萧清替缪盈回答："她小腹转移性疼痛，我判断可能是急性阑尾炎。"

空姐问萧清："您是医生？"

"不是，我在医疗急救夏令营里受过专业训练，她的状况符合急性阑尾炎的典型症状。"

"请问我们应该怎么做？"

萧清布置空姐："麻烦你拿杯温水、湿巾、呕吐袋过来，另外，请与地面指挥中心联系，告诉他们机上有名乘客突发疾病，请地面准备好救护车，等飞机一落地，马上接病人前往医院救治。"

空姐按照萧清指示，迅速拿来所需物品，萧清扶缪盈慢慢坐起，把温水送到她嘴边。

空姐询问："机舱备有止疼药，需要吗？"

萧清："医生没做出确诊前，不能随便给她吃止疼药，万一我判断错了，吃药减轻了痛感，反而检查不出原因来，如果真是阑尾炎，她可能需要进行手术。"

空姐通报情况："机长说马上和旧金山地面塔台联系，做好飞机一降落、救护车直接送缪小姐去医院的准备。还有将近四小时飞机才能降落旧金山，缪小姐，您能坚持吗？"

"我尽量。"

空姐问萧清："请问您是和缪小姐一起的吗？"

"不是，我座位在后面经济舱。"

"我们人手不够，能否请您留在这儿照顾她，一有需要就叫我们？"

正中下怀，萧清斩钉截铁，一口答应："没问题。"

等空姐走开，萧清扶缪盈重新躺下，在心理生理的双重安慰下，缪盈感觉疼痛感减弱，萧清的出现无异于雪中送炭。

"你一出现，我就感觉没有刚才那么疼了，谢谢你！"

"互通有无，托你福，我还升舱了呢，又升一级，强啊！"萧清一屁股坐进和她相邻的宽大座椅，握拳欢呼。

缪盈含笑望着这个可爱的女孩，自我介绍："我叫缪盈，你叫什么？"

"萧清。"报完自己名字，萧清随即反应过来，"缪盈？怎么这么耳熟？……哎呀，你就是缪盈？"

缪盈对她的反应感到纳闷："你认识我？"

"请跟我穿越回十小时前的首都机场，我被一个失魂落魄的男生撞到，他告诉我他是来送行的，但没有找到他要送的人……"萧清一边叙述，一边醒悟，"怪不得他在经济舱值机那儿找不到你，因为你走的是头等舱通道。"

缪盈听得一头雾水："你怎么知道他来送的人是我？"

"本以为相撞只是一个插曲，突然，他叫住我，因为他看见了我的机票，知道我也坐这一趟航班，所以他请我——给你带句话。"

"给我带话？他说什么？"

萧清摇头："什么也没说。"

"啊？"

"我终于答应替他带话了吧，他又说什么话都不用带了，谜之画风。"

"他叫什么名字？"

"我问了，结果他说：'我叫什么不重要，来没来过也不重要。'我好心劝他：你都来了，还不让人家知道，她走了，你可就归于尘埃了，结果他说他本来就归于尘埃。"

缪盈苦笑出来："我知道他是谁了。"

"你男朋友？"

"不是，我男朋友在旧金山等我呢。"

"哦，那他是备胎？"

"不是。"

"连备胎都没混上？我深表遗憾，我觉得他挺好的，虽然是个怪咖。"

"的确是怪咖，他和所有人都不一样。"

"那你对他就没有一点点动心？"

缪盈摇头："没有，因为我——12岁就托付终身了。"

"啊？！旧金山那位是何方大神？！"

"我一上初中就遇到了书澈，我们在北京同一所国际学校上学，我初一，他初三。认识他以后，我眼里就看不见其他人了。高中毕业后，书澈拿到了斯坦福的Offer，就去美国留学了。"

"他也是斯坦福？"

"你也是？"

"法学院，JD。"

"我也是，商学院，MBA。"

"学霸致以学霸的敬礼！"

两个女孩热烈握手，从此，她俩的命运将紧密相连。

"书澈2007年出国到斯坦福读本科，2011年又考上商学院MBA，今年是他硕士最后一年，明年毕业；我本科在清华经济管理学院，因为我爸要求我必须学商，他又认为美国的商学本科除了沃顿，其他都很菜，留学读硕博才有价值。所以，我和书澈一个这边、一个那边，分开了六年。这六年，我们没有因为异地恋分手，反而比和在一起时更坚信：我的人生，注定会流向书澈。"

"真羡慕你，一到美国就有了爱情，我去那边是孤家寡人。"

"你男朋友在国内？"

"不在。"

"那他在哪儿？"

"我也不知道他在哪儿。"萧清撇嘴自嘲，"因为——我非常失败，还没有谈过恋爱。"

"这算什么失败？恋爱又不分早晚。"

"可我给自己定过几年规划呀，18岁前，我计划把初恋留在高中，没留成；上了大学，我下定决心必须把初恋留在本科，结果还是没留成。生生把我妈的心理疾病，从怕我早恋的失眠、恶化成怕我不恋的焦虑，可我还是没有和谁触过电。刚才飞机起飞的一刹那，我突然万念俱灰：竟然没有把初恋留在祖国！这还不是人生的失败？"

如果不是病痛，缪盈简直要哈哈大笑："好饭不怕晚，就当自己在憋一个大招儿，一场刻骨铭心的爱情，就在不远的未来等着你。"

"借你吉言。"

两个女孩相视而笑，缪盈不知道她对萧清的爱情送上吉言的同时，也对自己的爱情一语成谶。

穿过舷窗的晨光落在缪盈脸上，唤醒了竟然安睡了三小时的她，她看见隔壁的萧清正面对雪白餐布上一桌丰盛的西式早餐，举着闪亮的刀叉，吃得仪态万分、飘飘欲仙。萧清一扭头，看见缪盈正笑看着自己装腔作势的吃相，典雅一秒崩盘，一脸囧相。

"不许笑！实话告诉你这是我第一次坐商务舱，原来，商务舱是用钢刀叉，还用真杯子喝咖啡啊。我是不是很丢人？"

"丢人？你考上的可是全美前五的法学院！还不够傲人？"

"不够！面对一个和哈佛并列第一的商学院白富美，我显然还不够好。因为斯坦福法学院JD不设全额奖学金，我还要爸妈负担每年5

万美元的高额学费,还有每月生活费,他们一年至少要背六七十万人民币的经济负担。所以第一学期,我给自己设立的目标就是拿到校方奖学金!"萧清给自己振臂加油,"你可以的!"

这样的志向,这样的女孩,叫人如何不欣赏喜爱?缪盈对萧清产生了深入了解的欲望:"你父母是做什么的?"

"我爸在……政府机关,一个普通公务员。"何晏的身份职务,是萧清从小撒到大的一个谎言。"我妈是师范大学的音乐教授,我家的经济支柱。我记忆中,每个双休日,她不是从早到晚在家给一拨儿接一拨儿上门学生上钢琴课,就是出门四处给人讲课,几年如一日,就为了给我出国留学挣学费、做经济储备。我妈平时总抱怨我爸收入低,但她一直在用自己的付出支撑这个家,更是在支持我爸。我爸可以不只有明面儿上的收入,有很多很多诱惑送上门,但他始终守着一条线。虽然心疼我妈的辛苦,但我更为我爸的清高骄傲。"

"羡慕你有这样的父母。"

"羡慕我?不能够!我还想当你这样的白富美呢。"

"那你要不要我的两个家?"

"啊?"缪盈脸上的怅然,让萧清清楚地看出这不是白富美的惺惺作态和矫情忧伤。

缪盈毫无障碍地对萧清敞开了自己的生活:"我上小学时,家就分成了两半,我妈要我,我弟归我爸,于是我有了一个我妈和我的家,还有一个我爸和我弟的家。上大学时,我妈生病走了,这一半儿家,就剩下我一个人。我家什么都有,就是没有完整。我爸是那种——无论我因为挫折、无助、沮丧,还是因为快乐、想念、关心,去找他,他就只会给我钱,但有一条从未改变过:我必须服从他的意志,听从他的安排,因为——我背着他的姓氏,注定是他的女儿。其实被人羡慕,只是因为你们不肯相信:得到财富的同时,也得到捆绑;我拥有越多便利,就会失去越多自由。"

缪盈说出这些关于自己的宿命的话时，萧清并不能完全理解个中含义，更无法预知：这些话里，蕴含着缪盈和书澈的未来，竟然还有——她和书澈的未来。这时的萧清，心里生出几分怜惜，把手盖在缪盈手背上，缪盈则翻转手掌，紧握住萧清的手。

她们成了知心的朋友。

机舱开始中英文广播："女士们、先生们，我们的航班将在旧金山时间12点20分到达旧金山国际机场，目前飞机已进入下降阶段，请各位调直座椅靠背、收起小桌板、系好安全带……"萧清帮缪盈调直座椅靠背，调正坐姿，把枕头垫在她腰部，系好安全带。

缪盈克制着腹痛又起，挣扎着嘱托萧清："书澈会来机场接我，我把他手机号给你，下了飞机，麻烦你入境后帮我领取行李，一共两个箱子，这是行李托运签。然后你和书澈联系，他会把你送到要去的地方。"

"不要他送，见到他我就把你行李给他，让他去医院找你，我自己打车走。"

"我弟弟成然也会来接机，有他跟我去医院，你放心！让书澈送你！"

"好好好。"

空姐走来向她们报告："缪小姐、萧小姐，地面通知我们急救车等候在旧金山机场停机坪了，请你们放心。"

直到目送缪盈被美国的医疗救护人员用担架运下飞机、抬到救护车上，萧清才放心向入境通关处跑去。当她艰难推着两个人的行李——四只大托运箱一个摞一个，最上面还放一个被褥袋——庞然大物般的行李车，七扭八拐，左冲右突，没头苍蝇一样，冲进抵达大厅时，她的手机响了，乱上添乱，她不得不腾出一只手接电话："喂？"

一阵冷若冰霜的急冻声，穿透了萧清的手机听筒，硬邦邦砸到她的耳鼓上:"你在哪儿?怎么还不出来?!"

萧清知道这零下温度般的责问,必然来自"唯一能站到缪盈的世界里"的那个书澈,赶紧致歉:"来啦!来啦!我已经在抵达大厅了。"

"我就站在扶梯附近拐角处,旁边有个广告的柱子!"

萧清从行李车一侧探出头,看见了前方立柱边一个挺拔的身影:"看见了!看见了!我来了!"挂断手机,全身用力加速,冲向书澈。

此刻站在柱子边的书澈,突然看见一辆推车人被行李箱完全遮挡的行李车,正以所向披靡、不可阻挡之势,横冲直撞碾压过来。

萧清见柱子近在咫尺,就双手双臂运力拉拽,猛然刹车。然而行李车因为冲速太猛,下面车轮停止了,上面的行李箱还沿着高速前进的惯性往前冲。

于是,书澈看见来到眼前的行李车上的托运箱以泰山压顶之势,砸向自己!

萧清眼睁睁看着行李箱向前倾倒,做好了听到一声惨叫、然后从行李箱掩埋下救出书澈、接着再被劈头盖脸一顿暴骂乃至暴打的赎罪准备,只见那个矫健身姿,从行李车前方腾空而起,落在自己面前,就在被褥袋、托运箱倾撒一地时,一张英俊而愤怒的脸,戳到眼前。

"你在搞什么?!"书澈的教养,让他的愤怒也显得隐忍,但更加威严。

萧清只能报以没脸没皮的尴尬一笑。

书澈手推行李车,脚下生风,穿行在旧金山机场的停车场里,萧清亦步亦趋追着他解释:"很抱歉刚才差点砸到你,不过也体现了我风驰电掣的速度。我真是一路跑着通关、跑着拿行李,争分夺秒,一点时间都没耽误……"

书澈目不斜视,根本不看她,他把行李车停在自己的日本车尾部,打开后备厢,开始搬运行李箱。萧清出手帮忙,从左到右绕书澈转了一圈,也没找着插手空当。后备厢只能勉强装下缪盈的两个箱子,连书澈的车都是两个人的世界,容不下外人。

萧清给自己找台阶下:"对不起啊,你肯定没预备多接一个我。"

书澈拎起行李箱,萧清奔过去抢,又扑了空。他一言不发往前走,打开后车门,往前后座之间的空隙里塞箱子。结果箱子腿儿被绊住,书澈使了几下劲儿,都无济于事。萧清屁颠儿屁颠儿跑到另一侧,拉开另一边车门,一头钻进去,抬起箱腿儿,和书澈合力,把行李箱安放在前后座椅之间,又屁颠儿屁颠儿跟着书澈跑到车后,争抢最后一只箱子:"我自己来,我自己来。"

两人合力完成最后一只箱子的搬运安放,书澈拎起萧清的被褥袋,眼神嫌弃:"被子也带?美国买不着被子?"

"买不着有家味儿的被子!"

书澈把被褥袋放上后座:"上车。"

萧清钻进副驾驶座。

书澈系好安全带,警告萧清:"缪盈打电话让我送你去湾区,大概一小时车程,为了不干扰我,请你尽量保持沉默。"

萧清巴结半天很辛苦,这会儿也不想再忍了:"我知道你心急,担心缪盈状况,想早点赶到她身边,我也一样,也很心急!我不用你送!带我一起去医院,等缪盈状况稳定了,我自己打Uber走。"

萧清的决定,让书澈感到意外,也缓解了他急于前往医院见到缪盈的焦虑:"你确定?"

"确定!不废话,走!"

书澈心里感激萧清改变的这个计划,他猛踩油门,汽车蹿了出去。他的日本车在旧金山高速路上一路疾驰,来回变道反映着书澈急切的心情。尖厉的警笛声突然在他们身后响起!萧清吃了一惊,赶紧扭头望向车后,书澈也通过后视镜惊讶地发现:一辆警车,车顶上闪烁着警灯,正从侧后方向,向他们追近。

书澈猛然意识到自己无意间已经超速,勃然变色:"Shit!我超

第 2 章

速了！"

追赶他们的警车扩音器里发出警察的英文指令："前面××××车牌号车辆，请你尽快从前方距离最近的出口驶出高速，靠路边停车！"

书澈突然扭头问了萧清一句："你有驾照吗？"

"有，中国照。"

"OK。"经过几秒钟犹豫、思索，书澈突然加大油门，以更快速度，向前疾驰。

书澈的反应惊呆了萧清，拒绝服从警察指令停车，他要干什么？

后面的警车扩音器里再次传来警察指令："××××车牌号车辆，命令你立刻把车速降下来！"

书澈置若罔闻，日本车还是超速疾驰，萧清看不懂，但她无法阻止，因为方向盘在他手里，而且是在主意坚定的他手里。直到冲出高速出口，驶下高速，把警车甩得暂时看不见，书澈才一脚急刹，把车停在路边，刻不容缓地命令萧清："下车！"

萧清更加莫名其妙："啊？难道不该待在车里、双手放在方向盘上等警察来吗？"

"赶紧下车！"书澈不容商榷，跳出车门，疾步绕过车头，从外面拉开车门，一把抓住萧清胳膊，拉她下车，"时间紧迫，快！"

萧清被强行拉下车，又强行被扯住胳膊绕过车尾，转回到驾驶室车门一侧，书澈一手拉开驾驶室门，一手推萧清进去："一会儿警察来了，拜托请你告诉他，开车的是你，不是我。"

萧清脚下止步，用身体对抗着书澈的命令，拒绝坐上驾驶座："你违章，为什么让我顶包？"

书澈心急火燎："如果说是你开车，顶天儿就是领张罚单、缴纳罚款的事儿，一切罚款由我承担，另外再付你一笔帮忙费。"

话音未落，身后传来一串警车刹车声！追赶而至的警车在距离他

043

们十米远的地方停下，车里的公路巡警一边下车，一边拔枪，发出英文命令："高举双手！"书澈和萧清别无选择，只好一起举起双手。巡警确定两人手中没有枪械后，再次发令："转身背对我，把你们的双手放在车顶！"两人乖乖听命。

书澈抓紧最后时机，请求萧清："说你开车，求你了！"

萧清压低声音但语气严厉地坚决拒绝："凭什么让别人替你承担过错？！对不起，我学的是法律，打不了你这个双打。"

"我这么做是没办法，我的驾照前不久刚被吊销，还没来得及去缴纳罚款、申请复照，一旦警察发现我无照驾驶就罪加一等，恐怕就不是罚款处罚了，搞不好会被诉……"说到这儿，书澈戛然而止，因为——公路巡警的枪口已经逼近他的脑袋。

然而，比枪顶住太阳穴更加惊悚的是，公路巡警操着南腔北调，唱起了跑调一样的中文："这位大哥，我现在以涉嫌超速、驾照吊销后无证驾驶、妨碍司法公正三项罪名，逮捕你！"

书澈和萧清目瞪口呆，谁能想到美国警察会中文哪！

公路巡警例行对书澈宣读起《米兰达警告》："你有权保持沉默，但你所说的一切，都将作为法庭指控你的证据！"

萧清万万没有料到书澈一瞬间就沦为犯罪嫌疑人，书澈束手就擒，被巡警反铐住双手。巡警转向萧清，跑调的中文又唱了起来："这位大姐也跟我走，你有义务向警方提供证词。"

萧清瞥见书澈对她怒目而视，眼神比他对她说的第一句话更加冰冷彻骨。

第3章

旧金山警察局办公大厅的电脑屏幕上，显示着书澈的个人信息，办公桌上摆着他的驾照和学生签证ID，警察A从电脑前起身，把驾照和学生ID收进文件夹，冲身边的警察B一摆手。两人拿着文件夹，穿过人声鼎沸的办公大厅，推门走进一间问询室，书澈正独自一人，坐在里面。

两名警察坐下，把文件夹摊开在桌上，开始问询对面的书澈。

"这张驾照在一个半月前的6月20日被吊销，没有车管局缴纳罚款的记录。你对驾照吊销后无证驾驶的指控有异议吗？"

书澈用英文回答："我有权保持沉默。"

"你因为唆使他人替你顶罪，涉嫌妨碍司法公正，有什么需要解释的吗？"

"在我的律师来到以前，我什么也不会说。"

两名警察交换了一个无奈的眼神，停止继续问讯。

在另外一间问讯室里，警察把一杯咖啡放到萧清面前。

"请向我们完整描述一下你朋友书澈是如何要求你代替他承担超速驾驶责任的。"

萧清沉默不语，作为一名法律专业生，她当然知道自己有权行使沉默权，坦白事实真相还是保持沉默？她也当然知道哪一种对书澈更为有利。

"你和书澈先生是朋友吗？"

"不是。"

"萧清小姐，你要知道公路巡警听到了你和书澈的对话，不管你是否愿意提供证词，我们都有证据指控书澈唆使他人顶罪、妨碍司法公正，但如果你说了违背事实的假话，我们将不排除追究你提供伪证的可能。"

萧清还有选择吗？无论是内心认为自己应该怎么做，还是环境逼迫她不得不这么做，都只剩下一种选择了。

西服革履、在北美华人圈声名显赫的著名律师康兆辉一走进警察局问讯室，就开启了胸有成竹、不卑不亢的辩护模式，他向警察递上名片，用纯正英文强硬宣布："我是书澈先生的代理律师，我当事人现在不会承认针对他的任何指控，一切等待法庭裁决。"然后转头对书澈改说中文，"你有权一直保持沉默。"

书澈等的，就是他的到来。

这边，萧清已被要求在她坦承事情经过的警方问讯笔录上签上中英文名字。"萧清小姐，非常感谢你的证词，最后还需要你在这份笔录上签名和按个手印，然后就可以离开了。我们不需要扣留书澈先生的车辆，你可以把它开走。"在萧清签名、按指印时，警察虚心向她求教，"唆使他人顶罪用中文怎么讲？"

"顶包。"

"我很好奇：如果不是我们那位能听懂中文的同事干扰阻止书澈，你会答应替他……"警察模仿萧清教授的中文单词，现学现卖，"'顶包'吗？"

"我不回答你假设的问题。"

"放松放松，我只是试图了解两个国家两种不同观念，在中国

第 3 章

人的处世哲学里,拒绝朋友这样的求助,会不会被你们认为是不近人情?好吧,这个问题你也不必回答。"警察礼貌起身,做了个"请"的手势,允许萧清离开。

萧清走出问讯室,置身于警察办公大厅,她的目光追随问讯自己的警察,见他手持笔录走进另一间问讯室,透过百叶帘的缝隙,她看到书澈坐在里面,身边站着衣冠楚楚的康律师。萧清能预见到自己的证词即将给书澈带去什么。

问讯书澈的警察,接过递来的萧清笔录,翻看完毕,起身宣布:"书澈先生,根据公路巡警的报告以及萧清小姐提供的证词,你因为涉嫌驾照吊销后无证驾驶、超速、危险驾驶、妨碍司法公正四项罪名……"

站在一边问讯萧清的警察忍不住嘚瑟他刚学会的中文:"顶包!"

"我们代表旧金山警察局宣布:现在,你被逮捕了。"

听到这样的宣判,书澈表情平静,既看不出他的慌乱,也看不出他的郁闷。

康律师立即提出申诉:"我要为我当事人申请保释!"

"这是他的权利,你可以向保释庭提出申请,由保释法官来决定保释金数目。但今晚,书先生要留在监狱里了。"

得到警察这样的答复,平静的书澈才露出一丝难过,因为他知道今天,他见不到缪盈了。

警察命令书澈:"请跟我来办理被捕和入监手续。"

康律师继续提出:"我要求和我当事人单独沟通一下。"

获得批准后,三名美国警察一起离开问讯室,留下康律师和书澈单独相对。康律师对书澈改说中文:"明天一早我就向保释庭申请保释,但我无法掌控排期,不确定你要在监狱里待几天,忍耐一下。"

"我支付不起太多保释金。"

"我会马上和你父亲联系……"

话音未落就遭到书澈断然反对:"不!"他的反抗之剧烈,吓了

047

康律师一跳。

"为什么？我替你向他寻求帮助……"

书澈态度更加坚决："不要！我是成年人，这是我个人的事情，由我自己来面对，和他没有关系，我也不需要他帮助！"

"你打算怎么面对？你还没意识到后果的严重性，一旦你被定罪，虽然只是轻罪，也会给你未来申请签证、移民带来不可估量的麻烦！尤其是如果消息传到国内，会对你，尤其对你父亲的名誉造成严重损害。"

"我犯的错自己承担，请你不要联系我家里！"

书澈态度之坚决强硬，逼迫康律师不得不向他妥协。

"OK，先不联络你父亲，我尽快申请保释，如果保释金超出你的支付能力，我来想办法。"康律师透过百叶窗向外面的警察瞥了一眼，突然凑近书澈，说了一句意味深长的话，"记住我的话：还有空间，什么都不要承认！"

书澈当然能听懂对方的意思。

康律师直起身："还有什么需要我办？"

书澈在纸上写下缪盈和成然两个名字、两人手机号以及一家医院的名字，推给康律师："缪盈正在医院接受手术，麻烦你立即去一趟这家医院，向她说明情况，让她别担心我，安心休养……"他的声调有些波动，那是内心情感的反映，"等我出去。还有，请你联系她弟弟成然，我几小时打不通他电话，和他失联了。一旦你联系上他，告诉他发生了什么，让他尽快去医院照顾他姐姐。"交代完，书澈起身走出问讯室，康律师亦步亦趋地跟上，门一开，书澈就看到了等在外面的萧清。

萧清上前，关切询问书澈："怎么样？"

康律师一步跨到他俩中间，奚落萧清："提供证词的萧小姐吧？托你的福，书澈暂时要留在这儿了。"

第 3 章

　　这是萧清能预见到的结果,但她依然不愿意事态发展至此。书澈不和萧清交流,继续前行。

　　萧清惴惴追赶书澈:"我去医院通知缪盈,你的车我开过去交给她。"

　　书澈突然停步,转身面对萧清,第一次他的情绪有些失控:"你知道我等她来的这一天等了多久?!"

　　六年!缪盈说过,萧清知道,她的脚像被钉在了地面上,再也没有了追赶和解释的勇气,只能看着书澈作为犯罪嫌疑人被警察押送着离开。

　　萧清双腿灌铅地走出警察局时,已经是旧金山的黄昏,距离她们乘机抵达,已经过了半天。她挪到书澈汽车前,站在车前的沮丧和心虚,就像车也带着主人书澈对她的怨气。

　　萧清坐进驾驶室,插进车钥匙,准备发动汽车,回首这跌宕起伏的半天儿,发出一声哀号"苍天啊",一头趴到方向盘上,结果被自己砸出的喇叭尖叫声吓得又从方向盘上弹起。这一吓,让她忽然想起了什么,赶紧摸出手机。

　　果然,手机屏幕上显示十几条未读微信,每条微信都是萧妈焦急的询问:

　　"清儿,飞机落地没有?你是不是正在过海关呢?"

　　"清儿,怎么一直没有你的消息?我们查过航班信息,飞机抵达旧金山几小时了,你是不是还没换上美国手机卡呢?"

　　"清儿,你在哪儿?甭管几点,安顿好立刻报平安,爸妈揪着心呢!"

　　萧清调出手机上的国际时间表:此刻,旧金山时间傍晚7:00,北京时间就是上午10:00,父母都在上班。她赶紧回复:爸妈:放心!平安到达,一切顺利,等安顿好,我再汇报。

发完平复大洋彼岸急得上房的父母的报平安微信，萧清打开手机导航，输入缪盈入住的医院名称，显示行车路线，发动汽车，双手握紧方向盘，鼓励自己："去迎接第二场暴风雨吧！"

面对缪盈，比面对书澈更加艰难。

萧清开着书澈的车，在晚高峰的旧金山高速公路上，被四面八方奔放豪迈的美国司机逼得狼奔豕突，连刹车都不敢踩，唯恐一个刹车就被身后投胎速度的老美从身上呼啸碾压而过。

这一路，日本车平时时速80迈以上，就是每小时130公里的车速，这是萧清在国内很少开到的速度，一到旧金山，就被老虎一样在身后狂追的美国人民逼出来了。而且美国高速公路虽然也有法定限速，但还有一条灵活掌握的交规：如果路面上行驶的车辆都开得很快，那么司机就必须按照正在行驶的平均车速驾驶，不能拘泥于限速，因为在这种情况下，慢速反而会造成安全隐患。

当萧清终于把书澈的车停进医院停车场，拔掉钥匙熄火后，几乎虚脱在驾驶座上，这时候必须再讴歌自己一次："姐是在美利坚风驰电掣过的人了！"

萧清锁好书澈的车门，走向医院，她从一辆正驶入停车场的保时捷前经过。保时捷驾驶座上的成然，表情狐疑，打量着这个从自己准姐夫车上走下来的陌生女人："你谁呀？"

萧清走向医院，感觉有个人在身后追赶她，距离越来越近，几乎亦步亦趋了，超过了陌生人之间该有的安全距离。萧清戛然止步，扭头望向身后，看见了一个从头到脚穿的都是名牌、浑身blingbling的亚裔男孩。她和成然，你看我，我看你，相了10秒钟面。

成然直接用中文发问："中国人？"

萧清点头："你也是？"

成然直眉愣眼问到脸上："为什么你会开着书澈的车？"

萧清立刻猜到他是谁了："你是成然？"

被对方直呼其名把成然弄得更惊诧了："哇！连我是谁你都知道，书澈告诉你的？让我猜猜你是谁。"

萧清不知道怎么向他介绍自己，虽然时间短暂，但情节未免太过曲折离奇，只好说："你知道你姐缪盈在飞机上突发阑尾炎，正在这家医院接受手术吗？"

"这也是书澈告诉你的吧？"成然开启了自己的逻辑推理。

"难道你不应该在机场会合缪盈、跟着她的救护车一起来医院吗？"

成然表情囧了几秒，貌似被抓到了小辫子："事实上……并没有。"

"为什么？你没去接机？"

"我被、被、被……绊住了。"

"你也是刚刚才到？书澈一直给你微信电话，缪盈肯定也会打给你，难道你一直都没收到？"

"因为……手机没办法和我在一起。"成然被萧清的节节进逼问得陷入被动，突然反应过来，反戈一击，"为什么我家的事情，你比我还清楚？要你反过来质问我？我大概猜到你是谁了：你开书澈车、你认识我、我不认识你，书澈和我姐的动态你随时掌握，现在又单枪匹马来找我姐，为什么此刻出现在医院的是你，而不是书澈？他到底在哪儿？"他的思维在岔路上越走越远，一个箭步抢到萧清面前，挡住她的去路，"真相是，就在我姐来美国的第一天，书澈也像这几小时的我一样，被软禁了！"

萧清瞠目结舌："Excuse me？！"

成然继续他的神推理："所以你是——书澈不可告人但自己不甘寂寞的女人！"

"Excuse me！"这位脑回路如此清奇，这都哪儿跟哪儿啊？

成然像山一样，阻挡住了萧清的前行："你以为控制了书澈就能通行无阻？抱歉还有我！我终于接到我姐电话赶来了，今天你要想见到我姐向她摊牌，就踏平我、从我身上迈过去！"

萧清顾不上甩这口从天而降的小三儿黑锅，急于让这位少爷赶紧认清自家的当前局势："你脑子里是不是有个太平洋？！你被谁软禁了！让我告诉你你家此刻的状况：你姐——躺在医院！你姐夫——关在警察局！"

成然被吓得目瞪口呆："啊？！书澈怎么会在警察局？"

"超速、无照、顶包，被抓了。"

"他让谁顶包？"

"我！"

"你还是和他在一起嘛！你到底是谁？和他在一起多久了？"

"半天！我刚认识他，第一次坐他车！"

"啊？那你和他怎么认识的？"

"我先认识你姐！她在飞机上突发阑尾炎，是我一路照顾的，我也是第一天到美国！"

成然凌乱的大脑还在组织整理重建，萧清急得绕过他，冲进了医院。她冲到前台询问导诊护士："请你帮我查一下有位几小时前入院接受手术的病人，她叫缪盈，住几号病房？"

成然追到身后，抢在护士前回答了萧清："403。"

萧清冲进电梯，成然闪尾随进来，电梯上行的工夫，成然的脑子终于从岔路上返回正轨，对萧清换上一脸晏晏笑意："原来你是见义勇为好路人，我替我姐谢谢你……"

"先别谢！功过是非难评说，我还是你姐夫的落井下石刽子手呢！"

成然的脑子又跟不上了："啊？！才半天，就这么恩怨情仇？"

萧清一声长叹，沉重的心情无以言表。

成然兴趣盎然打量她："你一出场就做了我家女主角哇！"

萧清甩他一个白眼："你以为我想？"

来到403病房，萧清站在门前的一刻，还是踌躇止步。成然敲门率先走进病房，刚做完微创手术的缪盈正躺在病床上，看上去很虚

第 3 章

弱,康律师站在她的床边,显然,他已经告知缪盈关于书澈的一切。缪盈看见弟弟终于出现:"谢天谢地!我还以为要等我出院报警才能见到你。"

成然拿出一贯的嬉皮笑脸:"微创手术太快,本来我计划你一被推出手术室就一头扎进我温暖的怀抱。"一边说,一边走到床边,给了缪盈一个大大的拥抱。

缪盈继续讽刺她弟:"下次你一定要及时接电话,我好掐准你什么时候到、酌情做多长时间手术。"

康律师问成然:"我一直打你电话,为什么不接?"

"血浓于水,我姐我姐夫未接来电有一公里那么长,我哪顾得上接你的?"

对这个吊儿郎当的富家子,康律师一向是无可奈何。

缪盈问弟弟:"这几小时你去哪儿了?在干什么?谁找你也找不到,你知不知道都发生了什么事?"

"一言难尽,说来话长……"成然为给自己解围,立即转移目标,望向病房门口,"哎,你怎么不进来?"

缪盈和康律师跟随他的目光,一起看向病房门口,萧清走进来,神情局促。对于萧清的出现,缪盈并不意外,但她对成然和萧清貌似已经认识了感到惊讶,扭头问成然:"你们怎么?"

成然回答:"刚认识。"

萧清走到病床前,关切缪盈的病情:"手术做得怎么样?"

"还好,两天后就能下床了。"

"那就好……"

一回合对话后,两个女孩就陷入尴尬,都不知道如何开始关于书澈的话题。

萧清掏出车钥匙:"我来把书澈的车钥匙交给你,车就停在医院停车场。"

053

"康律师都告诉我了……"

"我很遗憾发生这些事……"

康律师颐指气使，责备萧清："你不觉得抱歉吗？"

萧清一旦面对不公，她的不卑不亢就会显露峥嵘："我很抱歉——我不认为我对此应该抱歉。"

成然凌乱了，插嘴进来："我中文退化得都听不懂了，康律师，你给我翻译一下她这句话是什么意思？"

康律师于是给他中译中："她不觉得自己有错。"

萧清坚定重复："是，我没做错什么。"

缪盈认为这是她、书澈和萧清三人之间的事情，不希望别人介入并苛责萧清，就抢回话头，对萧清说："我也不认为警察处罚时你拒绝书澈有什么错，他应该对自己的行为负责，不该寄望别人减轻他的过错，但是……到了警察局，你可以保持沉默的，不是一定要说，这是你的权利。"

"在那种情况下，我沉默，等同于撒谎。"

康律师继续颐指气使："所以你义不容辞坚持了'正义'？"

那只是我应该做的，何况，当时已经没有其他选择——萧清心里这么回答，但欲言又止，因为顾忌缪盈的感受，不想增加病床上的她的痛苦。

缪盈也不想继续当着两个搅屎棍的面和萧清纠缠谁对、谁错、是谁的责任，宣布结束谈话："我想休息了，请你们离开。谢谢康律师，拜托你明天尽快申请保释，咱们随时联系，保释金我来付，也谢谢你，萧清……"

"OK，好好休养，一有消息我就通知你。"康律师和成然点头告别，无视萧清，走出病房。

萧清脚下迟疑，还想对缪盈说几句她真实的心情："我知道你可能会觉得我不近人情，但我当时本能拒绝他时，完全料不到追来的巡警能听懂中文……"

"萧清,任何人没有权利要求你违反个人原则。这一天太漫长太混乱,你也赶紧回去休息吧。"

萧清感激缪盈没有对她更多苛责:"有时间我明天再来看你。"说完往外走,又想起手里的车钥匙,抬手递上,"这钥匙给……"被飞扑过来的成然一把攥住!成然以迅雷不及掩耳之势展开自己的下一步行动,快步跟上萧清离开病房的脚步:"我去帮你拿行李。"萧清囧得加快了落荒而逃的步频,逃避他的热情。

缪盈也对弟弟过度"盛情"瞠目结舌,什么情况这是?又来了?成然不用看身后的姐姐,就能感知到她对自己的鄙视,身体一边诚实追赶萧清,一边回脸冲他姐嬉皮笑脸:"钥匙总要有人拿回来吧?"

缪盈望着成然追赶萧清一溜烟儿出了病房,瘫软在病床上。这一天也够她受的,再也没有管其他事儿的一丝儿力气,爱咋咋的吧。

追萧清一直追到停车场,成然抢先打开书澈后车门,自告奋勇钻进车厢,帮萧清拎出箱子,结果力有不逮,行李箱纹丝不动。

萧清扒拉他到一边:"我自己来。"

成然用身体堵住后车门,又以迅雷不及掩耳之势展开下一步行动:"干脆,我送你!你要去哪儿?"

"不用,我自己打个Uber就好。"

一个黏得坚决,一个拒得冷酷。

"这么晚了,一个女孩子第一天到美国、带这么多行李、独自打车而我坐视不管,这么残忍的事我做不来。"

"你姐在病床上躺着,需要照顾,你扔下她难道不残忍?"萧清的眼神突然飘移到成然身后,定住了!

成然身后,一个全身奢侈品名牌的女孩正逼近他,成然对此浑然不觉,注意力全部倾注在萧清身上:"她有护士24小时看护,我照顾她是锦上添花,但送你就是雪中送炭。"

"请你不要管我了好吗？赶紧回病房给你姐锦上添花去。"萧清的眼神，在成然和他身后的陌生女性之间来回飘移，在来者不明、情况不明的情况下，她也只能通过眼神提醒成然注意。

不明女性已经站到成然身后，一张黑脸，酝酿着风暴。

成然对吹到后背上的龙卷风无知无觉："等我一下，我上楼和我姐打声招呼，再叮嘱一下护士，立刻回来送你，就这么定了！"一转身，和龙卷风撞了个满怀，定睛一看，花容失色，肝胆俱裂，"你怎么又跟到这儿来了？"

不明女性低沉的声音里饱含着天怒人怨："不跟到这儿来，我怎么能又看到你撩妹了！"她的语气重音，放在了"又"字上面。

成然脑袋摇得像拨浪鼓："她不是……"

不明女性一声断喝："别解释！我听你解释了一天，都听吐了，你说得不累吗？！"说时迟那时快，她抬起右臂，瞄准成然脸，用力一捏手里的东西。

成然双手捂脸，身体蜷缩，蹲坐在地，一波一波惨叫，连成一首咏叹调。萧清这才看清不明女性手里举的，是一只防狼喷雾。

不明女性对成然的哀号毫无怜悯，余恨未消："总算找到用武之地了，它就是给你的标配。"

成然坐地哀号："绿卡你精神病！我要报警告你！"

萧清不能坐视不管，掏出手机，准备替受到袭击的成然打911求救，被不明女性扭头呵斥。

"轮不到你，报警也是我报！"

萧清问这个被成然叫作"绿卡"的凶悍姑娘："你是什么人？为什么要这样对他？"

绿卡义正词严，骄傲宣布："我是他太太！想怎么样对他是我的自由！"

萧清在一天之内第N次被振聋发聩："啊？！"这都是神马和神马？

第 3 章

萧清没走成，又折回医院，不得不和绿卡一起协助急救员，把成然推进急救室。急救室门一关，绿卡就用不善的眼神上下扫射萧清。萧清举起一只手，疲惫不堪地宣誓："不管你和他是什么关系、你们之间发生过什么，一概与我无关。我今天第一天到美国，和所有人都是第一次见面，包括……你先生。"

作为当事人，成然出的意外也需要她向缪盈报备，萧清又不得不和绿卡一起，返回缪盈病房。敲门声惊醒了刚睡着的缪盈，闻声睁眼，又见萧清，却不见成然："你怎么回来了？成然呢？"

"他……在急救室洗眼睛。"

缪盈吓得撑起上身："他眼睛怎么了？"她看到跟在萧清身后的陌生女孩，"请问你是谁？"

绿卡越过萧清，大步流星，几步来到缪盈床前，一把攥住她双手："姐！我是你弟媳！"

缪盈双眼圆周扩大了一圈："What？！"

绿卡大大方方："我是成然太太，中文名叫金露，姐叫我Lucca就好。"

缪盈难以置信："成然和你结婚了？"

"是呀。"

"什么时候的事儿？"

"今年元旦，新年第一天。"

"我怎么不知道？为什么结婚这么大事儿，他对我和我爸连一丝儿风都没有透过？"

"成然不想让人知道，这是他的问题，他对自己、对别人都不诚实。知道姐你要来美国念书，我就决定替成然向你们坦白我们的生活，所以我之前一直要求他带我一起去机场接你……"

缪盈急得快下床了："我要亲口问成然，亲耳听他怎么说。"

"姐你不能动，成然现在也动不了，他躺在楼下急救室呢。"

"他眼睛到底是怎么弄的？就去停车场这么一小会儿工夫出了什么事？"

绿卡坦白交代："他被我用防狼喷雾喷了眼睛。"

"What？！Why？"缪盈惊叫，一拨惊吓未平，一拨惊吓又起。

"姐我道歉，我是有点过激，但这是成然连续欺骗伤害我整整一天积累的恶果！而且焉知非福，给他一点教训，也未必是什么坏事儿。"

"我关心的是他眼睛严重吗？"

萧清安慰缪盈："不严重，医生说洗干净、点几天眼药就没事了。"

"姐我告诉你为什么我说这是成然欺骗伤害我一整天的恶果。我不是一直要求和他一起去接你机嘛，成然打死也不答应，我干脆决定阳奉阴违，悄悄跟他到机场，给你一个惊喜。万万没想到，我没给你惊喜，他先给我一个惊吓。今天我一路开车尾随，跟他到了一个酒店，不是机场，然后我看到他约了个姑娘，两人一见面就舌吻……"

缪盈简直没耳朵听绿卡转述弟弟的风流韵事儿："Stop！"

"OK，此处省略四百字，反正你知道就是开房那点事儿。"

"那女孩是谁？"

"炮友呗。"

缪盈问得含蓄："成然……经常……这样？"

"反正我认识他以后，他约过的炮友就有三个、四个、五个、六个……"绿卡掰着手指头，一路算下去。

"Stop！Please！"缪盈再次确定自己真听不了这些个。

"当时我气得失去理智，直接杀上门，将他俩捉奸在床，把那个贱人打走以后，我就关起门质问成然，从'怎么能打着亲情旗号行苟且之事'一直掰扯到'为什么不能对自己、对别人做到诚实'。"

"所以，连他也没有出现在机场？"

"抱歉姐，我有一点不知道算缺点还是算优点？就是当日事当日毕，今天的事儿绝不拖到明天，道理不过夜。我上哪儿会想到你们这边会发生那么多意外？后来他手机一直响一直响，书澈和你轮流打来，我才觉得不对劲儿，让他回了电话……"

"原来是你一直不让他接电话？"

"我们在辩论大是大非……"

"还有肉搏吧？"

"姐你怎么知道？"

"武器都用上了，之前拳脚肯定动过了。后来为什么又在停车场喷他？"

"这就说到一天之内的第二次伤害了……"

一脸无辜的萧清此刻必须强势插话："真的和我没有关系！"

绿卡扭头呵斥萧清："我还没解除你的犯罪嫌疑呢！"继续对缪盈说，"我放成然来医院看你，想想又担心他应付不了，就又开车跟上他，快到之前跟丢了，靠导航找到这里医院停车场，刚熄火，就看见成然全身每个细胞都在谄媚她，非要送她回家。"

缪盈瞠目结舌，瞪着萧清的眼神里说着："不会吧亲？！"

萧清立即澄清："我严词拒绝了。"

"姐，这一回我不仅为自己，更是为你！成然置你于不顾，在你我眼前撩妹，不对，撩姐。"绿卡顺带践踏了一把萧清的高龄，"所以我忍无可忍，替你大义灭亲……"

萧清举手投降："真心不干我事儿，请相信：我Really Really无辜！这一天信息量大得我已经无能消化，现在就想找个地方睡觉……"

缪盈感同身受，这天对她何尝不是如此？她向萧清投去个你知我知的眼神："我和你一样儿一样儿的。"然后对"疑似弟媳"绿卡说，"谁喷的瞎子谁管，请你照顾成然，我现在也只想睡觉。"

萧清趁机开溜："那我先走了。"脚底抹油，一道闪电，溜出病房，终于逃离了一分钟也待不住的医院。

Uber行驶在旧金山的夜色里，异乡的灯火划过车窗，萧清终于能放空自己，突然意识到：每次初到异地的习惯性惆怅，被这狼狈不堪的一天消散得竟然一秒钟也没有漫上心头，双眼终于被释放，可以自由看看这座城市的样子了。这里是美国，是她未来三年的寄居地，是三年后不知道如何选择的去留之地，又或许是她不再离开的终老之乡。

萧清拖着两只超大托运箱和被褥袋，踏上她在旧金山的落脚地——合租别墅门外的台阶。这里是她提前在网上选好房址、看过房、谈好合同、预付过房租的宿舍，根据提前掌握的情况，这栋合租别墅里，住着她的房东美籍华裔女孩莫妮卡，还有一对也在斯坦福读研的香港室友凯瑟琳和本杰明，他们是同居情侣。

"总算到了，老天！让我回到正常生活里吧。"萧清抬手按响门铃，但她不知道，老天依然让她事与愿违，门开的一刻，并没有热情的拥抱和温暖的被窝欢迎接纳她，一张拉得老长的不爽脸等着萧清，是凯瑟琳。

"你好，我是……"

"萧清？"

"是我。"

"你不是应该下午就到吗？飞机晚点了？"

"不是，有事耽误了。"

等了一下午又忍了一晚上的凯瑟琳发难了："你有没有搞错？整整晚半天，房东一直等你到晚上，然后要去参加party，就让我们值班接着等，你看看现在都几点了？为了给你等门，我们都不能出去约会。"

萧清只能连声道歉："真对不起，实在抱歉。能让我先进去吗？"

凯瑟琳闪身让到一边，叉着双手，袖手旁观看萧清把托运箱挨个推进门厅，一个手指头的忙也不帮，嘴上还继续讨伐："就算你有理由迟到，提前打电话讲一下也OK呀，知道你快9点才来，我们也不用一直在这里傻等，至少可以出去吃个饭。"

第 3 章

她男朋友本杰明从两人房间里走出来，打量着萧清，一张嘴也一口港普："真是姗姗来迟哟，你知道吗？我们本来要去烛光晚餐的。"他搭住凯瑟琳肩，平复女友怨气，"好了好了，我们改天补上。"

"真不好意思，今天是你们的纪念日？"

"今天是我和凯瑟琳每月一次正式晚餐date的日子，我们都很期待呢，结果被你破坏了。"

萧清沮丧自责："我今天貌似就是专门破坏别人期待的。"

"你说什么？"

"哦，对不起，耽误你们浪漫了。"

凯瑟琳指挥本杰明下厨："你去做点吃的，我向她宣布一下规矩。"

本杰明倒是具备基本绅士风度，指着行李箱问萧清："要不要帮忙？"话一出口，就被凯瑟琳的眼色镇压回去。

萧清看到了凯瑟琳的杀人眼风，忙不迭摆手："不用不用，我自己来。"

凯瑟琳一边带领萧清参观合租别墅的整个一层空间，一边向她约法三章："一楼有两间卧室，我们一间大，你一间小，大家share客厅、厨房和卫生间；二楼是房东莫妮卡的私人空间，不经过她允许不要随便上楼。莫妮卡会常常带朋友回来留宿，就是那种……总之不干我们事，你就当没看见就好，懂？"

"哦。"纯洁的萧清似懂非懂，不过她很快就会懂了。

"莫妮卡每周日会请人来做一次清洁，平时六天就要我们两边轮流打扫一楼客厅、厨房和卫生间，一三五你，二四六我们，OK？"

"OK。"

"卫生间我今天下午刚刚打扫过，使用时要保持爱护，下周一就轮到你值日打扫了。"

"哦。"

"卫生纸和洗浴用品都是我和本杰明的，我们拒绝和别人share，你要的东西你自己准备,千万不要和我们的混淆,OK?"

"OK."

"房东和我们一起用厨房,橱柜一人一格,厨具餐具调料都是各人用各人的,包括锅和菜板。冰箱冷藏室和冷冻室都是三层,房东一层,我和本杰明合用一层,空出来这层是你的。再申明一下:我们拒绝share,自己吃自己的食物,不要和我们搞混,明白吗?"

"明白。"

"房东有时候会大大咧咧乱放东西,跟她不好太计较,但我和本杰明觉得这些事情还是分清楚比较好,可以避免不必要的麻烦。所以请你配合我们,不要随便破坏规矩,OK?"

"OK."

"我和本杰明一般晚上六七点钟在厨房做晚饭,莫妮卡没准点儿,你自己安排用厨房的时间,不影响别人就行。"

"我随意,怎么都行。"

两只大托运箱里的物品摊开在萧清小卧室一地时,门外厨房香味飘来,萧清听见自己的肚子发出一串抗议的咕噜。她翻遍所有带来的物品,为给衣物腾空间,她竟然没有带任何食物:"两大箱子都没带一口吃的?大姐,你以科研态度装的行李,还真科学啊!"她怎么想得到来美国的第一天是这样的……

本杰明和凯瑟琳刚坐到餐桌边,开了一瓶红酒,准备弥补错过两人晚餐的遗憾,就见萧清从自己卧室走出来,期期艾艾挪到他们面前。

"凯瑟琳,打扰一下。"

"有事吗?"

"对不起,你刚跟我讲的规矩,我马上就要破坏一次了。从中午下飞机到现在,我一口东西都没吃,也没带吃的来,所以……"

本杰明:"噢,你饿了,想跟我们一起吃饭?哎呀,我只做了两人份,恐怕不够啊。"

第 3 章

萧清连忙解释："不不不，完全没这个意思，我是想问问，有没有什么吃的可以先借给我？我回头买了再还给你们。"

凯瑟琳问："你想借什么？"

"有方便面吗？"

凯瑟琳起身，从橱柜里自己那一格满满当当的食品储备里拿出一袋方便面："要不要鸡蛋和青菜？"

"一个鸡蛋就行了。"

凯瑟琳又从冰箱里取出一个自己份额的鸡蛋，连同方便面一起放上操作台，本杰明从墙上摘下一只小锅："煮面用的锅肯定也要借给你，对吧？"

"太周到了，谢谢，我明天就去超市买回来还你。"

凯瑟琳对自己的方便面品牌非常骄傲："不用了，很少有超市卖这个牌子的方便面，你省点事吧。"

"那怎么好意思？"

凯瑟琳当然不能让萧清不好意思："这样吧，你折成餐费直接付给我好了。"

"啊？付多少？"

"一包面、一个鸡蛋，再加上用锅，一共八刀。"

本杰明又慷慨附赠一副方便筷子："这个免费赠给你。"

萧清保持微笑、内心蒙逼地把八美元现钞放到操作台上，推向对方，方便面、鸡蛋和锅一起被推到她面前，一段小葱随后赶到，落进锅里。

"这个也免费。"本杰明随即遭到凯瑟琳白眼谴责："无事献殷勤。"

一锅昂贵的方便面见底，萧清捧锅倒扣在脸上，恨不得连锅一块儿塞进肚里，一滴残汤都是钱啊！微信视频通话邀请声响起，显示着萧云的头像，萧清赶紧接通电话，父母的笑脸一起出现在手机屏幕上。

"清儿，终于看见你了。"

063

"闺女，你妈可有出息了，昨晚上醒了多少回看表，算着你下飞机了一直联系不上，她快神经了，一直到看见你回微信，才恢复正常。"

"你有出息，你心大，今天怎么没心思去晨练？"

"我是被你闹得没睡好。"

萧清享受地笑看父母斗嘴："这么快又听见你俩斗嘴了，以后每次视频通话，你俩都先给我来一段对口儿呗。"

"清儿，一路顺利吗？怎么下飞机那么长时间不联系我们？"

"一切顺利，我在飞机上认识一个斯坦福校友，中国女孩，她突发急性阑尾炎，我一路照顾她，顺便升了商务舱。下飞机后她被送去医院，我帮她取行李，跟去了医院，所以折腾得忘了向你们报平安。"

"助人为乐，爸给你点赞。"

"我担心你人生地不熟，别刚下飞机就遇到难处，结果你帮上别人了。"

"因为帮她，我认识好几个中国人，她男朋友、她弟弟、她弟媳……一下多了几个熟人，后来他们把我送到这儿的。"

"那边晚上10点了吧，你吃晚饭了吗？"

"吃了，室友给我做的接风宴。"报喜不报忧的谎，萧清一向撒得很溜。

"都收拾好了？让妈参观一下你房间。"

萧清转动手机屏幕，向父母展示自己房间，萧云眼尖，一眼看到桌上的方便面锅："吃过晚饭，这会儿还吃方便面？"

"我……给自己加了夜宵，方便面能帮我倒时差。"

"房东和室友怎么样？"

"都挺好，室友是一对香港人，对我特热情，我吃的都是他们给的。"一个谎接一个谎。

"室友人好我就放心了！到国外举目无亲，同在一个屋檐下就是亲人，房东室友就是你在美国的家，是留学生活的半个世界。和他们关系不和谐，生活就不舒畅。你和人家好好相处，别得理不饶人，也别动不动抬杠。"

何晏一张嘴永远比妻子高那么十几层楼："闺女，你房东是美籍华人，室友是香港人，虽然都是同胞，但文化背景和生活方式决定了你们的日常习惯、思维观念乃至价值观都会有很大差异，相处中一定要注意……"

萧清接话也接得溜："求同存异，和谐相处，君子和而不同，小人同而不和。"

"清儿，我们不啰唆了，你收拾完东西早点休息，好好倒时差。"

"爸妈，回见。"萧清对手机屏幕给爸妈一个大大的亲吻，结束视频。

就在萧清和父母越洋视频通话时，缪盈也接到了父亲成伟打来的越洋电话。美国护士轻轻拍醒睡着的缪盈，递上手机："缪小姐，你父亲打来电话，你要接听吗？"

接过手机，缪盈就听到成伟紧张地追问："为什么接你电话的是陌生人？"

"她是……医院护士。"

"医院护士？你在医院？怎么了？一到美国出什么问题了？"

"我在飞机上突发阑尾炎……"

"严重吗？"

"还好，认识一个女孩，一路照顾我到飞机降落，被救护车直接拉到医院，做了个微创手术。"

"出这么大事儿，你居然不给我打电话？我派人过去。"

"没什么大不了，我自己能应付。"

"要在医院住几天？有人专门照顾你吗？"

"医生护士他们都会。"

"他们又不会只管你一个病人。"

"我不需要专人照顾,你不用担心,我三五天就能出院。"

"我怎么能不担心?书澈在你身边?"

"他……没在,遇到一点麻烦。"

"什么麻烦?"

"交通违章。"

"严重吗?"

"明天会去处理。"

"需要我做什么?"

"不用,我们自己能解决。"

"书澈不在,那成然呢?"

"他……来过。"

"你手术住院,他只是来过?他去哪儿了?我先打到家里,也没人接听。"

"他……也有一点状况。"

"什么状况?"

"他有了个太太。"

"成然?!他哪儿来的太太?!"话筒里成伟的声音振聋发聩。

缪盈完全能够想象:隔着浩瀚的太平洋,她这一块石头扔过去,会在大洋对面激起何等规模的滔天巨浪。

经过连夜奋战,萧清终于把行李收拾妥当,斗室里东西各归其位,从家万里迢迢背来的被子和枕头铺好在床上,散发着"家"的氛围,让紧绷了一天、几乎扯断的神经一点一点舒缓下来。萧清穿着睡衣,拿着洗漱用具,准备去卫生间,拉开房门走出卧室,当即被眼前的AV画面刺瞎了双眼——20岁的房东莫妮卡,背靠墙,上身脱得只剩Bra,享受着"服务",她的蓬蓬裙里一个人头正在耸动,只露出跪地的双膝,蒙头辛勤劳作。

第 3 章

"妈爷子！"萧清发出一声没见过世面的惊叫，举手遮眼，进也不是，退也不是。

莫妮卡闻声睁眼，扭头看到萧清，若无其事："你是萧清？"

萧清不敢直视她，频频点头："我是我是。"

"Hello，我是莫妮卡。"

"你好你好！"萧清放下胳膊想和莫妮卡握手，一看两人还保持原体位不变，赶紧缩回手，继续遮幅。

"让我等了一天，你还OK？"

"抱歉抱歉，OK，OK。"

"这是里昂。"莫妮卡呼唤裙下，"嘿里昂，出来跟我房客打个招呼。"

蓬蓬裙下钻出一张白人帅哥的面孔，冲萧清龇牙一乐："嘿！欢迎来美国。"

"很高兴认识你！不打扰，你们忙。"萧清慌不择路跌跌撞撞冲进卫生间，用洁面泡沫仔细洗过脸、重点清洁过眼部后，她把耳朵贴在卫生间门上，仔细倾听，不可描述声貌似没有了，轻轻拉开一道门缝，刚才上演AV的地方不见人影。萧清一个箭步射出卫生间，向卧室冲刺，关上卧室门前的最后一瞥，遥望莫妮卡和白人帅哥转战到客厅沙发上……

躺在被窝里，被"家"的味道包裹，萧清确信这天终于结束了："不管明天多么可怕，可怕的今天终于过去了。"关灯，陷入黑暗和梦乡。

成伟的远程商务飞机湾流G550降落在旧金山机场，他眉头紧锁走出舱门，步下舷梯，身后紧随的，是他的特别助理汪若南以及其他随从人员。停机坪上站立等候的，是负责北美业务的伟业旧金山分公司华裔CEO弗兰克，在他身后是康律师。弗兰克和康律师上前迎接成伟，双方握手寒暄，在场人士对其毕恭毕敬，可见成伟地位之显赫。

"飞十几小时，成总辛苦！"

"你们辛苦。"

康律师和成伟握手："成总，久仰！"这是双方第一次见面。

"您是康律师？"

"康兆辉。"

"你受累。"

"应该的。"

成伟被一行人前呼后拥，坐进前来接机的奔驰商务车。商务车行驶在旧金山高速路上时，成伟和康律师之间的一场隐秘谈话已经展开。

"目前什么状况？"

"我去过保释法庭，提交了保释申请，进入排期，估计要等两三天，保释庭才能就是否允许保释以及保释金数额做出裁决。"

"这两三天，只能等？"

"是这样，书澈只能待在保释监狱。"

"诉讼程序到哪一步了？"

"书澈被捕当天，警察局就已经掌握指控他涉嫌四项罪名的证据，主要根据高速公路巡警的现场报告，还有搭书澈车的女留学生萧清的证人证言。警方认为证据确凿，已经向地方法院起诉书澈。"

"庭审呢？你估计要等多久开庭？"

"法院开庭审理可能要等更长时间，美国是个酷爱诉讼的国家，地方法院每天有大大小小上百件案子开庭审理，只有主审法官有权决定排期、决定哪天开庭。"

"照你说，已成定局。既然如此，还会有什么变数？"

"任何指控只有被正式宣判，罪名才能成立，在嫌疑人被判有罪前，他还不能被称为罪犯。每个律师的辩护策略不尽相同，不同庭辩策略，可能带来完全不同的结果。另外，开庭前、庭审中，影响、改变宣判结果的因素会随时出现、千变万化……"

第 3 章

"比如？"

"很多，比如证据被推翻、证人翻供，甚至证人不到庭……"

"证人还有可能不到庭？"

"发生过很多这种先例，比如现场处罚的警察在庭审当天没出庭，那就意味关键证人证据缺失，法官会立刻宣布自动撤销对嫌疑人的起诉……"

康律师每一句点到为止、意味深长的话，都被成伟不打一丝折扣地心领神会，他凑近康律师："还要你帮个小忙，关于那个公路巡警……"

康律师抢先在成伟部署前完成了任务，掏出两张折叠的A4打印纸，递过去："我想到了，这是他的个人资料。为保险起见，我准备了纸质文件。"康律师之所以成为著名华人律师，之所以被国内权贵商贾名流争相聘为处理美国法律事务的全权代理，除了他的专业，还有他的"聪明"和"灵活"。

成伟把两页公路巡警的个人资料揣进西服内侧口袋，满意首肯："考虑周到。"

"举手之劳。"

"那就辛苦你抓紧保释，一有开庭消息，立刻通知我。"

"份内职责，一定。"

"还有，我们应该还会见面，当着两个孩子的面儿……"

"聪明灵活"的康律师自然心领神会："我不认识您。"

成伟在旧金山除了建立分公司作为伟业集团北美总部，还购置了两处豪宅，一套是地处湾区的豪华别墅，主要给成然住；一套是位于市中心的顶级公寓，是成伟留给自己每次来美处理公私事务的落脚点。来到豪华公寓，成伟把康律师交给他的那两页公路巡警威尔·席勒的个人资料和头像照片推到弗兰克面前，他就是在高速路上发现书澈超速、追赶并逮捕书澈的那个听得懂中文的巡警。

"发动一切力量，查清这名公路巡警的全部情况，全部！从警履历、家庭状况、亲朋好友,尤其是社会关系。"成伟下令。

弗兰克是成伟在美国的心腹,唯命是从:"明白。"正要揣起A4纸,被成伟阻止。

"记在脑子里,然后烧掉。"

"明白。"弗兰克努力默记,随即把两页纸在烟灰缸里点燃烧尽。

"迅速汇总所有人脉关系,看从哪一条链上接触对方最安全稳妥。选出两三条,几管齐下,务必确保至少有一条通道可以直达。"

"明白。"

"在我下达指令前,任何接触对方的渠道都不要擅自行动、暴露目的。"

"明白。"

"最关键,一定要确保:无论是接触探路还是最终出面的人,都不能让对方和外界追查到和我们有任何关联。"

"明白。"

"去办吧。"

部署完一系列事先周全设计好的方案,确定终点指向公路巡警威尔·席勒的几条贿赂通道之中总有一条能够通达,成伟可以喘口气了,终于能在此行的真正目的之外,演回一夜之间得知女儿突发疾病住院、儿子被不明妻子开瓢、预备役准女婿交通违章被捕的焦急父亲,来做他这一趟紧急飞到美国"看上去"应该做的事。

成然浑然不觉他爸已经近在咫尺,因为他"瞎"了,现在他正和缪盈同住一所医院,双眼蒙着纱布,只能透过纱布下边的缝隙,模糊瞥见一线外面的世界。因为"瞎",他也只能坐在轮椅上,被绿卡推进缪盈的病房。姐弟两人,在美国病房里,实现了继昨晚重逢后的第二次正式"会晤"。

"姐,我来看看你怎么样了。"

第 3 章

"我十分关心你怎么样了。"

"我昨晚就住在你隔壁。"

"咱俩从小到大从来没住这么近过。说说吧,你是怎么神不知鬼不觉就把自己的婚姻大事儿给操办了?"

成然仰天长叹:"唉……就像你现在看到的这样,人为刀俎,我为鱼肉。"

推轮椅的绿卡一秒贤惠变凶悍:"你说谁?我是刀俎?成然!到现在你连对自己都不诚实,从决定结婚到去注册,我有逼过你一丝一毫吗?"

"你没逼我,但你一直在百般诱惑我!"

"谁让你意志薄弱、禁不住我诱惑啊?"

缪盈为了防止像昨晚一样被口播"小黄书",提前抗议:"你俩注意在我面前的谈话尺度。"

"姐你想歪了。"绿卡转回成然,"没有人强迫你和我结婚,就算你当时没有欢呼雀跃,至少也是和我一拍即合,'本着平等协商、公平交易、合作愉快的原则'这话你不一直挂在嘴上吗?言之凿凿,你敢向咱姐否认你没说过?"

"什么?公平交易?"缪盈听出蹊跷,这是结婚还是做生意?

绿卡猛然醒悟自己说漏嘴了,立刻住嘴。

但绿卡的失口恰恰是成然想要说的话:"姐,你听见了?我确定你听见了!没错,这就是一场商业谈判、一桩买卖,不是真正的、真实的婚姻。"

这一点,正是两人结婚半年多以来的重大分歧所在,说一回,打一回。正暧昧拉扯半推半就时,说到这个,也一秒引战。

绿卡绝不退让,寸土必争:"什么叫真正真实的婚姻?在旧金山市政府注册算不算真实?美国法律承认算不算真正?还有什么比法大、比美国政府大的?我看也就是你成然的嘴了。"

就算是缪盈的学霸大脑也凌乱了:"你俩到底是结婚还是做买卖?"

成然和绿卡步调一致,一齐张嘴,发出不同的回答:

成然定型:"买卖!"

绿卡宣称:"结婚!"

缪盈莫衷一是:"我听谁的?"

"姐,她也没说错,其实就是买卖婚姻!她付15万美元买我和她结婚!"

缪盈简直不能相信自己的耳朵:"What?!Why?!"

"因为他们全家办投资移民遇到了麻烦,她想立刻拿绿卡,于是想到和我结婚,嫁给我以后,就可以以配偶身份长期居留。我们一手钱、一手婚,就是传说中的商婚。"

缪盈气急败坏冲弟弟怒吼:"我问的是你Why?你因为什么会接受别人花钱和你结婚?"

"因为……因为……我……缺钱啊!"

"你——会——缺——钱?!"

"姐,你不知道咱爸对我实行一年的经济制裁和消费管制,我一个富二代高富帅,都快穷死了,跟谁说谁都不信啊!我商婚……"成然仰脖转脑袋,从纱布下方锁定绿卡站位,伸手一指,"除了被她逼,主要就是被咱爸给逼的!"

说爸爸,爸爸到,缪盈一抬头,看见成伟脸色阴沉地走进病房,显然听到了成然说的话,他身后跟着怀抱鲜花、手拎营养品的汪特助。

缪盈叫了一声:"爸!你怎么来了?"

成然因为"瞎",什么也看不见,但能听见:"谁?谁爸?"

成伟中气十足朗声宣布:"你爸!"

成然如同一只蹿天猴发射,噌地从轮椅上蹿起,凭着直觉拔腿就往门外跑。砰——"瞎子"一头撞在门上,仰面摔倒!

第4章

　　成然多么希望自己昨伤未愈、今伤更重，如果伤情能帮他躲过被成伟追责的一劫，他宁可选择短暂残疾。然而，美国医生对他的头部乃至全身仔细检查后，给出一个残酷的真相：不但新伤没有，被防狼喷雾喷了的眼睛伤也恢复正常了。

　　成然哭天抢地："医生，不能让我出院啊！我天旋地转，头晕得厉害，你确定我大脑没有受内伤？要不再让我留院观察几天，拍个核磁共振，上上下下仔仔细细再检查检查吧。"

　　美国医生十分肯定没有这个必要，成伟确保儿子身体无恙，不容反抗地命令汪特助立刻办出院手续，带儿子回家收拾。

　　成然还赖在医院病床上，各种装痛苦、各种耍赖："爸，我真晕，两腿发软，下不了床。"

　　成伟走到病床前，自带威慑气场："你自己起来还是让我拉你起来？"他伸出一只手，成然被他爹伸来的手吓得一躲，慑于父亲威严，只能磨蹭下床。

　　成伟转向绿卡说："你跟我们一块儿回去。"

　　"好嘞！爸，我正想找时间和您好好聊聊呢。"绿卡答应得倍儿脆生。

听到这一声"爸",成伟感觉像吃了个苍蝇,紧皱眉,深呼吸,忍耐,率先走出病房。

没别人时,成然向绿卡伸手求援:"你也不过来扶扶我?什么眼力见儿?!"

"跟真事儿似的?这会儿你当我是成太太啦?"

成然变回正常:"内部矛盾内部解决,现在一致对外,逃过我爸这一劫,保持好队形!"

"唉!"绿卡也是识大体顾大局的姑娘,上前搀扶一秒变回病态的成然下床出院,并肩回家一起抗击风暴。这两个冤家,之所以好好不了、打打不散,除了绿卡的死缠烂打和成然的毫无节操,还靠两人从冤家到同盟的无缝切换,上一秒鸡飞狗跳、下一秒相濡以沫的没脸没皮劲儿。

奔驰商务车停在成家别墅外,这里是硅谷湾区的富人区,全球房价最贵所在。成伟为了让14岁就到美国读高中的儿子有个稳定居所,保持和国内一样水准的生活质量,未雨绸缪,一早下手在美国买了这套千万美元级的豪宅。

成伟走下商务车,成然还赖在后座装虚弱,汪特助过来搀扶他,被成伟阻止:"不用扶他,他自己能走。"成然自己蹭下车,手扶车门做痛苦状当缓兵之计,来了,一辆玛莎拉蒂风驰电掣随后赶到。绿卡下车,轻车熟路,一路小跑,抢在成伟面前跳上台阶,掏出钥匙,打开别墅大门,对成伟做了一个请的手势,一副女主人姿态。

成伟朝身后的成然狠狠瞪了一眼:"家门钥匙都给人家了?"

绿卡笑得阳光灿烂、毫无城府:"您家不就是我家嘛。"说完又蹦下台阶去扶助"虚弱"的成然,化身成为二十四孝儿媳和全能太太。

成伟没眼看下去,先进了家门,在客厅里坐定,开启了兴师问罪的气场。成然一进门就瞥见他爸的架势,貌似跌跌撞撞,实则脚下生风,一路扶墙摸楼梯,往楼上卧室逃窜,逃避这场世纪审判,脚刚踏

第 4 章

上几级台阶,就听身后一声断喝。

"哪儿去呀?!"

"我得上楼躺着去。"

"哪儿不能躺?要躺你给我躺在这儿!"

"爸,改天行不?何苦为难一个病人?"

"'病人'蹿得比我还快?给我过来!"

成然只好硬着头皮下楼,和绿卡一起返回客厅,仰倒在长沙发上。

成伟面对成然,形成审讯之态:"早晚要挨,横也一刀,竖也一刀,我要是你,就选早死早托生。"

成然哀号:"哎呀爸!我怎么又开始耳鸣了?你——刚——才——说——什——么?"他用胳膊遮挡双眼,扮鸵鸟,能挡一会儿是一会儿。

面对将要赖进行到底的儿子,成伟也是忍到内伤。

绿卡伸出援手,打岔:"爸,您想喝什么?茶还是咖啡?"

"你别叫我爸行吗?我可没准备这么早就有儿媳妇。"

"行!您习惯什么,我就叫您什么,叔叔、伯父、世伯、先生、Uncle,您挑一个?"

"随便你,只要别叫'爸'。"

"叔,您家有我爸从国内带来的极品好茶,红绿黑白齐全,您喝哪种?我给您沏上。"

"你能别张罗吗?这是我家,怎么感觉我反主为客了呢?你也过来坐下,我有话问你们。"

"唉,听您的。"她善解人意地选了成伟和成然的中间位置坐下,用活人对父子构成缓冲之势,同时,形成三角对峙。

成伟先问绿卡:"你叫金露?"

"您叫我Lucca就行。"

成然掀开胳膊,快嘴插话:"就叫她绿卡,好记。"见成伟刀锋一般锐利的目光转到他身上,赶紧把绿卡推出去,替自己挡枪,"你和她先聊。"

绿卡不愧为女汉子一条,挺身而出,正面硬扛成伟的炮火,从自己包里掏出一张纸,放到成伟面前:"估计您想看结婚证,我特意给您带来了。"

成伟捏起那一张全英文的薄纸:"这是结婚证?连张照片也没有?"

"美国结婚证就长这样,这是我名字、成然名字、市政府章。"

成伟毫不掩饰一脸嫌弃:"像山寨的!"

绿卡坚决捍卫自己的结婚证和婚姻的庄严神圣:"我们是被美国法律承认的合法婚姻!"

"你和成然怎么认识的?是谁提出的商婚?"

"去年10月,朋友介绍我们在一个爬梯(派对)上认识的。商婚是我主动提的,但我俩一拍即合,谁也没强迫谁。"

"拿绿卡有很多种方式,你为什么要选商婚?"

"本来我父母在办投资移民,可是出了点问题,一时半会儿办不下来。技术移民我压根儿没戏,除非化妆购物也算技术,只有结婚移民操作起来最快捷。"

"那你找个纯种美国人不更稳妥、价钱也更合理吗?15万美元!比市场价高得离谱,你也肯接受?"

"其实我根本不急拿绿卡,我家早在这儿买了房子,我每年拿旅游签证过来住几个月,吃吃玩玩买买,想在这边就在这边,想回去就回去,自由得很。后来因为语言障碍,影响我提升吃喝玩乐的境界,所以才申请了一个语言学校,以学为辅,以玩儿为主。我对移民拿绿卡无所谓,也不着迷,要不是因为遇到成然,商婚这么Low的事情,我是不会做的。"

听到这里,成然欠身谴责绿卡:"原来你一见我就图谋不轨!

爸,你听见了吧?我是被人算计的!"

"我是算计你了,但你可以断然拒绝啊,你不但没有,还明知山有虎,偏向虎山行。"

"我头还晕!"成然重新倒下,继续当鸵鸟。

成伟继续问绿卡:"这么说,你目的不是绿卡,而是成然?"

"对呀!要不是因为看上他了,我会为一张破卡随便结婚?会为了方便购物跑这儿来定居?我在国内多滋润,要风爹妈送风,要雨朋友给雨。我结婚,只能是因为爱情!"

"我很好奇你看上他哪儿了?"

"哪儿哪儿都看上了!他高、帅、逗逼,是个十秒钟就能看透的透明体。"

"就是一个缺心眼的高富帅,对吧?"

"哈哈哈,您概括得太精确了,我就喜欢他这款。"

成伟语带讥讽:"你算盘打得不错!不过我提醒你,他的高富帅这三个字,有一个可以分分钟被改变。"

"哪一个?高变不了,帅也变不了,那是富?"绿卡仔细一琢磨就恍然大悟,"哦,您意思是——成然一秒就能变穷?"

成然又坐起来了:"爸!您是我亲爸吗?"

"这么跟您说吧:叔,我最不在乎的就是这个字!您是不是以为我看上的是成然的钱?"

"不是他的钱,是我的!"

"谁的钱都无所谓,反正你家有,我家也有;你家有多少,我家不比你家少。我不要钱,我要的是爱情!"

"我被你说糊涂了,你俩结婚,到底是买卖还是爱情?"

"我说是爱情!"

成然急赤白脸从沙发上蹦起来:"我说是买卖!"

一涉及两人婚姻定性的重大分歧,成然和绿卡就进入斗鸡一般的

077

单曲循环。

绿卡称:"既是买卖,也是爱情,两者不矛盾。"

成然否:"怎么不矛盾?既然是买卖,你就别往里面掺和爱情!"

成伟死死盯住雄赳赳气昂昂的儿子:"你不晕了?"

"我听不下去了,爸,她在误导你。"

"按照程序,她什么时候能拿到绿卡?"

绿卡抢答:"两个月后移民局面试,如果面试通过,我很快就能拿到绿卡。"

"她拿到绿卡,你们是不是就可以离婚了?"

绿卡再次抢答:"不可以!"

成伟惊诧:"绿卡拿了为什么还不能离?!"

绿卡:"面试通过后拿的只是条件绿卡,移民局规定:如果两年之内离婚,绿卡会被取消;结婚必须满两年,才能换十年有效永久绿卡。"

成伟问成然:"真是这样规定的?"

成然:"那……倒是。"

"两年不能离婚,这种买卖你也敢做?"

"反正对我没影响,两年内我不可能真跟谁结婚。"

"以后你可就是离异人士了!"

"女人离异贬值,男人离异还升值呢。"

绿卡掷地有声、亮出红心:"不会的,叔,您放心,我向您保证:两年到期,我也绝不和成然离婚!"

成然急了:"必须离!咱们婚前合同白纸黑字,写得清清楚楚,到时候你要不离,我就……去告你,让你绿卡作废。"

绿卡和风细雨:"我才不在乎绿卡废不废,你告我我也不离。"

成然气急败坏:"你这是讹诈!"

成伟怒其不争:"成然,我严重怀疑你长没长脑子!"

"我怎么没长?你知道现在商婚市场价是多少吗?最贵不过5万

刀，便宜的几千就有人干！我两个回合就抬价到万，比市场最高价还翻了三番，你难道不惊叹我的商业谈判技巧？"

听得成伟满面愁容："人家给你挖坑你还嫌坑小，帮忙挖个更大的，美滋滋跳进去，兴高采烈给自己填土。你智商是充话费送的吧？谈出高价是你本事？那是人家女孩放长线钓大鱼，她动机不纯，你看不透？"

绿卡发自肺腑："叔，您说我动机不纯，如果指的是爱情，那我必须不否认。但如果您还担心我图谋您家家产，再跟您交个底儿：令公子不傻，我俩做了婚前财产公证，成然名下财产和我一毛钱关系也没有，我也不要求他履行对家庭的经济义务，如果真离婚，绝不拿他一分钱、分他一平方米。"

成然自鸣得意："我怎么会做赔本儿买卖？"

绿卡掏心挖肝："我不但不图你们家产，还欢迎他图我们家产！除了15万美元之外，我名下房产可是把他名字也加上了，算夫妻共有财产，我和他的银行联名账户，我每月都往里放钱，让成然随便花、随便刷。"

成伟又被振聋发聩，怒问成然："你拿人家的，还不止15万？"

成然说："共同住所和联名账户是结婚移民的必需条件，都是给移民局看的。"

绿卡将他一军："联名账户里的钱你少花了？"

成然吃人嘴短："共同账户就共同消费嘛。"

全听明白了，成伟恨铁不成钢："成然你是真给我长脸啊！"

绿卡雪上加霜："报告叔：共同居住他也完成得兢兢业业。"

成伟："你们同居了？"

成然解释："不是真同居，是为防着移民局随时抽查。"

绿卡："反正夫妻该办的，我们一样没少办，别说移民局抽查，就是他们24小时盯着，我都不心虚。"

成然:"你能不一厢情愿吗?!我可是有原则的,卖婚不卖情,卖卡不卖身!"

绿卡当着长辈面荤素不忌:"你敢说你没卖身?"

成然:"我……我……那我也不卖爱情,爱情不是你想买就能买!"

成伟的脸彻底黑了,一片漆黑。

绿卡:"叔,我觉得您应该都听明白了,我没占您家半点便宜,唯一想要的就是这个人。作为一个姑娘,我这结婚动机还不够纯洁?"

成伟羞愤得无言以对,一腔怒火喷向成然:"你是我儿子吗?!卖婚赚钱,你穷疯了?!你缺钱吗?!"

成然狠狠点头承认:"我缺呀!"

"你缺什么?我在钱上亏待过你?"

"爸,你经济制裁我整整一年了,这一年我过得人不如鬼、生不如死,你知道吗?"

绿卡插嘴捣乱:"你不说幸亏遇到我了嘛。"

对于绿卡的来回变阵乱打一气,成然忍无可忍:"两父子的恩怨,你别跟着搅乱,队形!"

成伟质问儿子:"我为什么制裁你?你高中都干过什么?自己说!"

"我自给自足、经商投资也有错?"

"投什么资?自己说。"

"不就是大麻嘛。"

绿卡一声惊呼:"你还卖过大麻?!"

"投资!不是卖!我一墨西哥同学,当时他进了大麻在学校里卖,销路特好,但他家每个月就给他几百生活费,资金少,每次进货只能小打小闹,供不应求。我一调研,这是妥妥的商机啊,就每月给他投资3000美元、扩大产能,他赚了钱再高息还给我。"

第 4 章

绿卡给成然的投资行为重新定性："那你这算高息借贷。"

"爸你看，明白人一听就知道，我那就是正当商业借贷。"

成伟冷笑："正当？！要不要我再提醒提醒你都做过哪些正当投资？买假ID，用假ID去买酒，再倒卖给同学赚价差；组织全校中国同学搞国际代购，把你们高中发展成北美奢侈品物流集散地；最后发展到给大麻小贩天使投资，你也算把握商机、越做越大。"

绿卡对老公顶礼膜拜："哇！成然你脑子太灵了！"

成伟继续翻旧账："你正当得学校都要开除你了，要不是我四处托关系求人，你连高中都毕不了业！要是再不制裁你，没准过两年，你就成全美通缉的华裔大毒枭了！还人不如鬼，经济制裁我每月也没少于1万刀，1万刀不够你活？看看中国留学生在美国一个月花多少生活费？谁敢说1万刀过得生不如死？！"

成然抗议："我不能横向和别人比，我只能纵向和自己比！从出生你就没限制过我花钱，忽然每月1万封顶，简直是跳楼的落差呀，你让我怎么适应？"

"你但凡有点自律，我都不想限制你，可我的黑卡月月被你刷出新高，最多一个月竟然刷了20万美元，我再不悬崖勒马，你就奔着败家子儿去了！"

"爸，你必须虚心接受我的批评，做生意你是商业奇才，可谈教育你是失败家长，该收不收，该放不放！您要打小就收着我花钱，现在就算放开了，我也花不到哪儿去，但你一直放放放，突然说要收，就像奔涌的大河突然要截流，其结果必然是截不住，流到岔道儿上去了，我商婚就是活生生的例子。"

"合着你走歪门邪道都是被我逼的？"

"反正我要不缺钱，就不会商婚。"

绿卡恰逢其时地一拍大腿，给成伟送上吹捧："哎呀叔！我谢谢您制裁他。"

再谈下去，成伟怕是要吐血！在儿子那儿折的戟，他只能在女儿这儿找安慰，陪能够下地的缪盈在医院草坪上散步时，得知女儿明天就获准出院，成伟还想让她在医院多待些时间："再住几天、完全康复了为好，我知道你担心书澈……"

"我自己有数，爸，你别操心了。"

"唉，一个不让操心，一个操碎心。"

"昨天和成然他俩谈得怎么样？"

"本想快刀斩乱麻，没想到碰上滚刀肉，这个麻烦怕没那么容易解决。你弟从小各种花样作死，从国内作到国外，我一路给他擦屁股，以前还能应付，但商婚这个新题型没见过，这回我也不知道怎么解。"

"我觉得那女孩儿倒不是图钱。"

"她要图钱倒好办了，钱都解决不了的麻烦，才是大麻烦。成然歪成这样，我真后悔当初死活非要他的抚养权，还不如把他和你一起放在你妈那儿，现在他有你一半优秀，我就谢天谢地了。"

"那我是不是应该感谢你当初放弃我呀？"缪盈从父亲手里抽出胳膊，不易察觉的挣脱，流露出不易被人察觉的疏离，那是一个从小父母离异、家庭破碎的女孩的阴影。

成伟察觉到了女儿的情绪，语带自责："看来我被成然说着了，无论对你还是对他，我都是个失败家长。"

"这趟来美国，你是专程为我俩来的吗？"

"还有一点公事儿，这么说你不会不高兴吧？"那"一点儿公事儿"，才是成伟必须来、必须办的事。

"不会啊，你这样才正常。"

成伟听出了女儿的暗讽，无奈摇头，这时来了一位访客，缪盈见萧清正走向他们，来到成家父女面前，萧清停步问道："缪盈，你能下床走动了？"

"微创手术恢复得快，明天我就能出院了。"缪盈向成伟介绍萧清,"爸,这就是在飞机上照顾我的萧清。萧清,这是我爸,昨天刚从国内飞过来。"

萧清当然能认出缪盈的名人父亲:"叔叔好,我经常在电视上见到您。"

成伟当然不会表现出通过书澈顶包被捕经过、他已经对萧清的情况有所掌握,露出初次见面长辈的慈祥微笑:"萧小姐,谢谢你一路照顾缪盈。"

"您别客气,叫我萧清吧。"

成伟装作不经意地问道:"哦对了,那天从机场搭书澈车、一起去警察局的是你吧?"

萧清有点尴尬:"是我。"既然说到书澈,她就顺势向缪盈问起他的情况进展,"书澈什么时候可以保释?"

缪盈回答:"明天上保释庭,是否允许保释以及保释金数目要看法官裁定。"

"那你明天就能见到他了。"

气氛依然尴尬,一触及书澈,本来一见如故的两个女孩就无话可讲。

成伟这时又问起萧清:"萧小姐上的是斯坦福法学院,有奖学金吗?"这个问题,又是绵里藏针、内有玄机,接下来成伟的每个问题,都包含刺探。

"没有,JD不设全奖,我只能以后争取校方奖学金。"

"听说你家也在北京?"

"对。"

"父母做什么职业?"

"我妈是大学老师,我爸是政府公务员。"

一年以后,萧清回忆起自己和成伟这唯一一次见面,无数次想起她对父亲职务撒的这个惯性谎,不确定这个谎言到底是保护了她还是

083

伤害了她？以及书澈。如果此刻，她没有撒谎，而是说了实话，让成伟知道自己父亲是一名反贪检察官，那么，以后的一切都可以避免、不会发生，包括美好的，更包括惨痛的，代之一种风平浪静、寡淡如水的生活。平淡无奇，相比她后来经历的撕裂惨痛，孰好孰坏？

"家里有亲戚在美国吗？"成伟继续追问萧清。

"没有，我在这边没有熟人。"

"那你和缪盈以后多来往、互相照顾。"确定萧清家境平凡、在美国举目无亲后，成伟心里的把握又加了些砝码。

"我会的，不打扰了，叔叔、缪盈，我先走了，希望你早日康复，也希望书澈明天顺利保释，再见。"萧清转身离开。

成伟对不远处的汪特助使了个眼色："小汪，送一下萧小姐。"

汪特助心领神会，跟上萧清。一出医院大门，萧清就转身谢绝汪特助继续送她："请留步，我走了。"汪特助想得周到："需要我开车送您吗？"萧清拒绝："不用不用，我坐公交很方便，再见。"一溜烟儿跑远了。汪特助目光锁定萧清的背影，走进停车场，钻进车里，发动汽车，继续追赶她的脚步。

萧清站在公交车站等车时，浑然不知停在马路对面的车里坐着汪特助，随时关注着她。公交大巴驶进车站，萧清上车后，汪特助也发动汽车，跟上大巴。萧清走回合租别墅，汪特助的车远远跟在后面，直到她进门，他百分之百确定这里就是她的住处，才掉转车头，打道回府，完成了成伟布置的摸查任务。萧清不知道在成伟飞到美国前，她已经进入了他的"计划"之中。

康律师的工作高效尽职，第二天，保释庭批准他的申请，对书澈做出允许保释的判决，判处的保释费用也并不高。康律师缴纳完保释金，书澈在他的陪同下走出法院，不用返回待了几天的保释监狱，他看见法院台阶下等候的缪盈，这对恋人在美国的重逢，虽然只迟到几天，在他们的感觉里，却像晚了半个世纪。

第 4 章

康律师一看这两人四目交缠再也扯不开的黏性，赶紧铺垫自己的离场："为了不显多余，我先告辞。"他拍拍书澈肩膀，走了。

书澈走到缪盈面前："身体恢复了吗？"

"为了来这儿，我抢在今天前好了。"

书澈拉起缪盈双手："关于这一面，我想过一万种方案，但是绝对没有想到现在这个样子。"

"我敢肯定你想过的一万种，都没有这一种让我激动。"

"谢谢你帮我交保释金，从现在起，你是我的债主了，我保证不会让你损失一美分。"

"为确保万无一失，从现在起，我一秒钟也不许你离开我！"

他们忘乎所以，就在法院前不顾一切地热吻起来，六年的异地分离，终于在一起了。

"有个坏消息，我爸来美国了，他要见你。"

"我的事儿你爸都知道了？"

"你躲不掉要跟我回去见家长了。"

"唉，没有比现在见家长更糟的时刻了。"书澈仰天而笑，什么时候见家长有区别吗？还有比缪盈和他属于彼此更坚不可摧的事情吗？

成伟站在成家别墅的落地窗前，看到缪盈的车开回来，在门外停下，然后，她和书澈牵手走来。两人走上台阶，别墅大门打开，成伟亲自来为他们开门。

"爸，他就是书澈，书澈，这是我爸。"

成伟向书澈热情伸手："你好，书澈！"

书澈握住成伟的手："成叔叔好！初次见面。"

"咱们可不是初次见面。"

"我和叔叔之前见过吗？"

缪盈也纳闷："爸，你什么时候见过他？我怎么不知道？"

085

"有一年，你初二暑假，你妈把你送到我那儿住，有天一早你跟同学出去郊游，我晨练一回来，就发现有个男孩在咱家别墅外头溜达，远远一见我，他就以迅雷不及掩耳之势，噌一下子跳进邻居家挖的树坑里，身手别提多矫健了！"成伟笑看书澈，"那是你吧？我没看错吧？"

书澈一脸窘态："我还以为您当时没看见我呢。"

"你蹲在树坑里不出来，我只能装没看见呀。"

成伟在家设宴，庆祝翁婿初见，也为书澈洗除晦气，席间避免不了谈到即将面临的起诉："书澈，关于案子你怎么考虑？有什么打算？"

"我和律师讨论过类似案例，目前我能主动争取的，一是尽量在开庭前向车管局申请恢复驾照，二是努力向法官说明当时超速的原因是急着去医院，争取最大限度的谅解，其他只能看运气了。对判决结果，我做了最坏打算，如果一旦被判服刑，我要向学校请假、暂时休学。"

"你准备接受判决处罚了？"

"谁让我确实做错了。"

"也许……还可以做些努力，只是你一时还想不到。"

"您指什么？"

"我只是直觉上认为这件事不是没有回旋余地，毕竟距离开庭还有一段时间。你有没有跟父母沟通过？他们没给你一些建议？"

"我没告诉爸妈，也严禁律师向他们报信儿。"

"为什么？"

"我是成年人了，不需要他们事事替我操心。"

"我理解你对家里报喜不报忧的心情，不过父母毕竟社会经验比你丰富，有些问题他们可以帮你解决。"

"从出国那天起，我就决定自己的事，自己做主！"

书澈态度之坚决，让成伟无缝可钻，不得不收住话头，第一次，

第 4 章

他领教了书澈的铜墙铁壁。

翁婿初次见面的当晚，成伟没有住在成家别墅，而是回到自己的豪华公寓，他有一个重要的越洋电话要打。成伟取出他手机里常用的SIM卡，换上一个新卡插入手机，拨通了一个中国的手机号码。

"是我，今天书澈一获得保释，就到我家来了。"

书澈父亲——书望的声音从听筒那一端传来："他情况怎么样？"

"情绪正常，在里面关了几天，一句牢骚抱怨都没有。"

"关于庭审你和他谈过了？他什么态度？"

"果然如你所料，我一提你他就很抵触，坚决不愿意让父母知情。"

"从出国前那场车祸后，他就一直跟我拧着劲儿，给他物色的房子不住，给他联系的实习机会拒绝，只要是我安排的，一概不接受，好像我不是在帮他、是要害他，完全不识好歹！"

"他说对判决结果做了最坏打算。"

"最坏是什么？"

"不排除短期入狱服刑的可能。"

"绝不可以！不但不能入狱，连案底也绝对不能留下。"

"当然，这是咱们的目的。只是今天和他接触后，我决定暗中操作，不能让他知道太多，到不得不需要他配合时，再让康律师出面和他谈。"

"怎么操作有思路了吗？"

"公路巡警和搭车女孩的证人证词是关键，两边情况我都在摸底，应该会找到突破口。"

"必须稳妥！一丝风也不能透给书澈，尤其不能让他发现我知情，否则不管你费多大劲帮他，他都会拒绝。"

"明白，我也决定隐身，让他觉得就是律师一个人在做工作。"

"拜托。"

"我会随时通报进展。"成伟挂断电话，换回原来的SIM卡，拿着刚才通话用的一次性手机卡,走进卫生间,把SIM卡扔进马桶,按下冲水按钮。一次性卡随着水流漩涡而下,消失不见。

这才是成伟急飞到旧金山来的真实目的,而他和书望早已"熟识"的秘密,除了书望妻子、书澈的母亲毓义,还有一个曾经深度介入过他们关系的知情人,没有第五个人知晓。

投入紧锣密鼓的学业之前,萧清先开始了热火朝天的合租生活。到了卫生值日那天,一大早,萧清戴上手套,系上围裙,全副武装,打扫卫生。卫生间:擦洗面池,水龙头擦得锃亮,四处乱放的洗浴用品化妆品摆放整齐,清洁淋浴花洒水垢,洗刷淋浴间墙上污迹;厨房:用清洁剂狂喷油迹斑斑的灶台和抽烟机,擦得焕然一新,清理厨房垃圾;客厅:清理茶几上堆放的零食袋饮料罐,书杂志码放整齐,整理沙发靠垫,给家具物品擦尘,连遥控器按键缝隙也用棉签擦干净。所有被她打扫过的地方,都散发出一个完美主义强迫症的劳动气质。

萧清推着吸尘器在家具之间来回游走,忽然,吸尘器戛然而止。检查开关,开关失灵,萧清顺电源线寻向电源插头,查找问题所在,一抬头,见吸尘器插头被身穿睡衣、头发蓬乱的凯瑟琳举在手里。

凯瑟琳又是一张黑脸,至今萧清还没有见过她的笑脸:"人家在睡觉耶!"

"对不起,吵到你了。"

"做清洁至于搞出这么大声吗?夸张!"凯瑟琳扔了吸尘器插头,气呼呼走进卫生间。

本杰明也走出房间,立刻被整洁有序、焕然一新的客厅厨房惊到了:"萧清,其实你随便弄一下就好,反正每周会有工人来彻底打扫一次。"

"我不会随便,一打扫就是这样。"

卫生间传来凯瑟琳的惊叫:"你搞什么萧清?!"

第 4 章

萧清扔下吸尘器,跑进卫生间,凯瑟琳正四处寻找她的东西。

"你是不是动我东西了?"

"我看你东西放得太乱,顺手整理了一下。"

"我洗脸用的发带呢?"

萧清打开镜柜:"在这儿。"

"隐形眼镜药水呢?"

萧清手一指:"在那儿。"

"谁让你随便动我东西?我有拜托你帮我整理吗?我放东西是有秩序、有布局的,每样都放在我最顺手的位置,不要把你的秩序强加给我!"

本杰明跟进来,再次被卫生间惊到了:"哇,好干净!水龙头锃亮,萧清你太厉害了!这才像女生住的房子嘛。"

凯瑟琳掉转枪口对准本杰明:"你什么意思?嫌我过去打扫得不如她干净?只有她是女的,我和莫妮卡都不算?"

"误会误会,我意思是她这样的女生现在很少见。"

"她这是洁癖、强迫症,会给别人造成压力,知道吗?"

萧清只好为自己的勤快道歉:"抱歉,下次我记住不碰你们的东西。"

本杰明却对萧清慷慨肯定:"我东西欢迎你整理,我不介意。"

莫妮卡下楼吃早餐,走进窗明几净的厨房,也发现了到处和平时大不一样:"今天不是周六呀?怎么会有清洁工?"

本杰明说:"是我们自己的清洁工。"

凯瑟琳投诉:"萧清值日,折腾一早上,吵得我觉都没办法睡。"

莫妮卡抚摸干净的灶台和抽油烟机,发出赞叹:"变态强啊!她秒杀我请过的一切清洁工。"她笑着逗萧清,"看不出来,你很有潜质呀。"

"什么潜质?"

089

凯瑟琳替莫妮卡解释："当然是做清洁工的潜质喽。"

四个室友围坐餐桌一起吃早餐，当然是各吃各的。萧清向大家咨询："请问附近有没有大一点的超市？最好东西全，价格又便宜。"

凯瑟琳："性价比高，对吗？我和本杰明经常去的那家就不错，反正对我而言，性价比就刚好，只是不知道适不适合你。"

萧清："离得远吗？"

本杰明："坐公交车五六站，这边没有很近的大超市，去哪一个都要搭车。"

凯瑟琳："正好今天下午我们也要去，你要不要搭我们车一起？"

萧清惊喜于他们突然爆发的热情："你们能带我去？"

凯瑟琳："能啊，不过呢，你要share油钱。"

萧清一愣，哦，原来热情并不等于免费，就问："要share多少？"

凯瑟琳："公交车单程是三块，来回要六块，如果你打Uber，要十几块。搭我们车，比公交车时间效率高、又舒适，还不像打车那么贵，折中一下好了，收你10美元，很公平的。"

莫妮卡冲萧清挤眼，语带揶揄："凯瑟琳很有商业头脑，任何事情都能变成交易，而且是公平交易。"

凯瑟琳振振有词："如果我让你免费搭车，你会觉得自己在求人，超市这种地方常常要去，难道你次次求人吗？就算别人愿意，你也会有心理负担吧？"

莫妮卡的笑里都是揶揄："看，她完全是为你着想。"

凯瑟琳："还有，如果你想每次都搭我们车，不如一次性多交点钱，办张月卡或季卡，省得回回交接零钱。"

萧清吃惊："啊？搭车还能办卡？"

莫妮卡也被凯瑟琳的精明新高惊到："哇，这个创意好新颖！"

凯瑟琳："我替你计算一下次数，你一周去一次超市，一个月要去四到五次，一季度就算15次。办月卡按每次九块收费，季卡每次八块。"

本杰明:"年卡还可以更便宜,每次六块,和公交车一个价,超划算。"

凯瑟琳:"年卡还是算了,万一萧清中途搬走或者买车,我还要退钱给她,很麻烦的。"

莫妮卡听得乐不可支,扭头问萧清:"怎么样?你办月卡还是季卡?"

"我……还是算了吧,凯瑟琳,麻烦你把超市地址写给我,我坐公交车去。"

"随便你。"凯瑟琳耸耸肩,让萧清领略一下在美国使用双腿的代价吧。

在美国,在旧金山,在湾区,从一个地方到另一个地方,用自己的腿无须金钱成本,但需要投入大量的时间成本,还有体力成本。当萧清手拎两个硕大的购物袋离开超市走到公交车站时,加州的阳光蒸发了她体内所有水分,而40分钟一班的公交大巴久久不见踪影,像行驶在另外一个维度。萧清在车站座椅上苟延残喘,又累又困,不知不觉睡着了。等到花儿都谢了的那一班公交大巴驶进站时,萧清睡得像死狗一样,完美错过。

本杰明和凯瑟琳正好开车经过车站,远远看到了在椅子里睡得昏天黑地、不省人事的萧清。本杰明让凯瑟琳辨认说:"那个是萧清吧?她睡着了?"凯瑟琳仔细看看,捂嘴笑着确定:"就是她,睡得好香。"本杰明还有怜香惜玉的热心,说:"要不要叫醒她搭我们车回去?"他的提议被凯瑟琳否决:"让她体会一下出门靠腿的滋味,不然好像我算计她钱似的。"于是,萧清继续在加州的阳光里昏睡。

直到暮色四合,萧清才筋疲力尽回到合租别墅,进门时,其他三人已经开始共进晚餐,凯瑟琳今晚大方邀请莫妮卡享受她下午刚买的澳大利亚有机谷饲菲力牛排,莫妮卡正准备笑纳,突然意识到萧清不在,就问:"萧清怎么还没回来?"

"我回来了。"萧清应声进门,溃不成军,她自然看到了餐桌上的丰盛,要求自己视而不见,打开冰箱,往空空荡荡的那一格里填充从超市买回来的食物。

本杰明主动提问:"萧清,公交超市半日游感受如何?"

"出门靠腿,去哪儿都是长征!总结两条经验教训:一、帽子墨镜防晒一样不能少;二、出门前喝咖啡提神。刚才我等车时,竟然在车站睡着了,一觉误千年,错过一班公交车要多等40分钟,我溜溜等了一个半小时,才走上回家的路。"

凯瑟琳暗暗得意自己让萧清体验到了美国的真实交通状况:"领教到'美国是车轮上的国家'了吧?"

"领教了,美村没有车,生存好艰难。"

"那就买一辆喽,你们开口向父母要辆车,还不是分分钟的事?"

"我不想跟父母要,他们供我出国念书已经做得够多了,没义务再给我买车。"

本杰明给萧清提供信息:"我有同学专门在留学生中间做二手车生意,你想买车的话,我可以帮你介绍。"

经过这趟实地体验,萧清对买车有了确定意向,就向本杰明打听:"最便宜的二手车大概要多少钱?"

凯瑟琳趁机试探萧清的经济底蕴:"你不至于吧?我认识的大陆生,生活费都好高,随便省两个月,就够买辆新车了。"

"我生活费不高,买车只能靠自己打工赚钱。"

本杰明详细介绍:"再怎么便宜,说得过去的二手车,至少也要几千块。我朋友前不久买了一辆跑了10万英里的2005年甲壳虫,3000刀,就算很便宜了,但车况就不太好。"

萧清端着加热好的汉堡坐到桌边,加入晚餐,她的简餐一比另外三人的大餐，相形见绌："3000刀，将近2万元，还行，我就向这个价位的二手车努力！奋斗！幸好研究生可以打校内工。"

萧清这个短期志向，让莫妮卡对她有点刮目相看："你打算靠打校内工赚钱买车？会不会太励志？"

萧清虚心向她求教："怎么，不靠谱吗？"

莫妮卡说："校内工白天一小时八块，晚上一小时十块，一周最多20小时，就算你全部打晚工，满打满算，每个月也就赚个七百八百。最快也要几个月，才能攒够一辆你的目标二手车。"

凯瑟琳对萧清的买车计划不以为然："异想天开，校内工要学校分配岗位，不是你想做就有得做。"

莫妮卡的实际和凯瑟琳的打击都不能阻止萧清保持乐观："只要确立目标，有了盼头，道路曲折一些、过程漫长一些，我可以忍受。"

本杰明又提起凯瑟琳的拼车策略："你要不要考虑先办一张我们的搭车季卡？"

"谢啦，不要！我要把我的钱都留在刀刃上，买车前半年就当是两条腿的修行了。"萧清狼吞虎咽啃着她的汉堡，就像汉堡和菲力牛排一样好吃似的。

莫妮卡心里对萧清又刮目相看了一下："你吃这个？不会做饭吗？"

"会做，但今天凯瑟琳介绍的这家超市买不到我要的中国食品和调料，而且东西都很贵。"

凯瑟琳对自己的指定超市也带着一种骄傲："他家都是健康的有机产品，贵点也值得啊。我早说了我的性价比未必适合你。"

"我还是找我自己的性价比吧。"

莫妮卡突然愿意对萧清释放一点善意："回头我给你唐人街一家中国超市的地址，我华人同学都在那儿买。是我的性价比哟，不是凯瑟琳的。"

"谢谢你，莫妮卡。"

萧清心无城府地对莫妮卡展颜一笑，她对刻薄的视而不见和对善意的真诚感谢，让莫妮卡心里确定：这个房客，她选得不错。

没过多久的早上，萧清被莫妮卡和剪草工的争吵惊动，那个毛手毛脚的外国男孩把合租别墅的草坪推得坑洼不平，像被狗啃过一样，莫妮卡忍无可忍解雇了他。在剪草工离开后，萧清推门走向莫妮卡，她决定把握这个商机。

"你把工人解雇了？"

莫妮卡手指草坪，心疼得不行："你觉得他剪成这样，我还能忍？"

"那你还要重新雇人吗？"

"要啊，我可不想自己干。"

"你觉得我怎么样？"

莫妮卡一时没明白萧清的意图："你什么意思？"

"这工作时薪多少？"

"15美元一小时。"

"要不你雇我吧，我还比外雇的便宜，给10美元一小时就行。"

莫妮卡对她的工作资质和能力表示怀疑："你会剪草吗？"

"会！大学义务劳动的时候我干过这个。不过现在只能把没修剪过的地方修剪一下，剪坏的地方只能等草长起来以后再修剪了。你现在就当面试我一下吧。"萧清麻利地推起剪草机，开动机器，稳稳推着剪草机，走过草坪。

莫妮卡的表情从狐疑、到惊讶、再到赞许，一屁股坐到台阶上，满意首肯："不错嘛。"

"可还行？"

莫妮卡对萧清做出一个OK的手势。

萧清关上剪草机，欢快地跑到莫妮卡身边，挨着她坐下："面试通过了?"

"这个工作以后归你了。"

"你还有什么需要花钱雇人的工作?都可以找我。"

"你不可能什么都会吧?比如,修水管。"

"我会啊,在家里水管堵了都是我拆下来清理的,只要没到需要管道疏通机的程度,我都能搞定。"

"电路维修?"

"接个电源、换个保险丝没问题。"

莫妮卡目瞪口呆:"你还会什么?"

"我还会组装家具,沙发、书柜、衣柜,只要是可以拆装的家具,都没问题。"

"房顶坏了你会修吗?"

"这个……暂时还不会,但我可以学。"

"你你这是开始打工赚钱买车的节奏吗?"

"懂我!"

莫妮卡这时已经对萧清完全侧目:"你真心不像大陆生啊!"

"大陆生什么样?"

"土豪、少爷、公主喽。"

"那我是不是给大陆生抹黑了?"

"你不只不像大陆生,还不太像个女生。"

"难道我给整个性别都抹黑了?"

莫妮卡笑着从兜里掏出10美元,塞给萧清:"今天的工钱。"

萧清愉快地收起她到美国后的第一份打工收入:"谢谢老板!"

8月,美国大学的开学季,秋季主学期开始,这一天,意味着萧清留学生活的正式开启。斯坦福校园里的一切吸引着她,除了上课,最吸引萧清的还是校内工的岗位机会,她先跑到bookstore求职。每一座美国大学,都有一间超大的bookstore,它是美国大学校园文化的窗口,那里售卖印有本校LOGO的各种商品,斯坦福bookstore的二楼,还有一间很大的咖啡厅兼书店。萧清在店里向店员,也是高年级的校友询问:这里是否招聘校内工?答复自然是现在没有工作岗位。失望而归的萧清一转身,邂逅了书澈,这是两人第二次见面,也是书澈出狱后的重逢。

萧清先开口打破僵局:"缪盈呢?"

"她在商学院办入学,你法学院手续办了吗?"

"办好了。"

"刚才听见你想打校内工?"

"对,这里没位置了,我一会儿再去餐厅和图书馆问问看。"

"你是F1签证吧?"

"对啊。"

"F1签证在美国打工要有SSN,你有吗?"

萧清一头雾水:"什么是SSN?"

"SSN是社会安全号码,学生签证必须有这个才能打工。这是基本常识,看来你没做功课。"

"我也是刚有打工的想法,还没来得及了解具体情况。"

"你可以到学校官网上找学生工作申请的分站,根据职位编码向学校申请SSN,拿到SSN后,等职位有空缺了,学校就会分配你去工作。"

"懂了,谢谢你指点。"

"工作岗位要排队,你尽早申请吧。"

萧清犹豫了一下,终于决定对书澈说出这句话:"我不知道该怎么跟你说……这些天,我心里一直觉得不安。"

听到萧清这一句并不是解释和道歉的心情写照,书澈的表情淡淡的:"如果你觉得自己没做错什么,就没有必要不安。"

萧清凝视书澈,没看出他有一丝讥讽自己的意思,心里释然了一些,说了一句肺腑之言:"我很高兴,一来美国就认识了你和缪盈。"如果没有发生她拒绝顶包、书澈被捕的意外,来美国后的这个最大收获,她会自然而然地说出来。

书澈微笑了一下,还是淡淡的,说了一声"Bye"转身离开。他的这些反应,并不热情,但足够正常,足以让萧清放下这些天沉重的心理包袱和负担,连走出bookstore的脚步都轻快了。

成伟得到了令他震怒的消息,弗兰克诚惶诚恐带来了中间人向公路巡警行贿被拒绝的消息,几管齐下指向威尔·席勒的贿赂通道,竟然没有一条如成伟所愿,全被堵死。

成伟担心随着行贿意图的暴露,自己也会暴露,向弗兰克反复确认:"你确认中间人没露出任何我们的信息给公路巡警?"

"我百分之百确认,百分之二百确认!这点事先强调过无数次,为保万无一失,我根本没出面见中间人,走的全是朋友的朋友路线,拐了好几道弯儿,对方无论如何也捋不到咱们这儿来。"

成伟对一名普通美国警察的纪律操守感到惊讶:"一个公路巡警,给他10万美元,他居然不动心?"

弗兰克向他解释:"公务员受贿在美国是重罪,可能他怕一旦被发现,不仅开除警职,还会被定罪入狱。"

"撼动不了这个巡警,就什么也改变不了。"成伟感到受挫和沮丧,对于完成书望交给他绝对不能让书澈在美国留下犯罪记录的任务,可变可行的策略不多了。

这时,汪特助的手机响起,他向成伟报告康律师来电,说人已到公寓楼下,有重大进展汇报。成伟点头许可,一分钟后,康律师走进公寓。成伟起身握手寒暄:"康律师,这几天辛苦你了。"

康律师一脸兴奋,开门见山:"成总,我今天带来一个突破性进展!我律所的调查员不是在旧金山各警察局都有人脉关系嘛,经常打入警察内部卧个底什么的。昨晚他和威尔·席勒——就是处罚书澈的那个公路巡警——的女同事约会时,对方说威尔·席勒亲口告诉他们自己中文没有那么好,要不是萧清提供证词证明书澈提出顶包,他并不确定自己在现场完全听懂了两人的中文对话。"

成伟极其敏锐,一把揪住重点:"这个女警我们可以搞定吗?"

康律师很有把握:"有可能说服她作为我们一方的证人出庭。"

"不要可能,要必须!康律师,这份人证拜托你落实,弗兰克随时为你提供一切援助。"

"我尽力而为,剩下一个左右法官判决的关键点,就是萧清……"

成伟微微点头,他知道,刚才得知威尔·席勒拒绝受贿改变指控证词的"噩耗"后,他心里还可行可变的唯一计划,就是——萧清。

随即,萧清就在回到合租别墅时,"意外"遇到了有过一面之缘的汪特助。

"萧小姐,你还记得我吗?"

"有点眼熟,但我想不起来在哪儿见过你了……"

"几天前,在缪盈住的医院,我是伟业集团成总的特助汪若南。"

萧清想起来了:"哎你好,你是来找我的吗?"

"是呀,我们能不能找个没人打扰的地方单独谈谈?"

"啊?我们有什么好谈的?"

"肯定有啊,今天我专程而来。"

"那……就在这儿谈吧,这条街很安静,不会有人打扰。"

汪特助往四周撒眸一圈,也不能强迫萧清,于是走近几步,压低声音对她说:"我来是和你谈谈书澈的庭审……"

这是萧清关心的话题:"有什么进展吗?"

"律师在制定辩护策略,做各种应诉准备,也出现了一些对书澈极为有利的证据。"

"那太好了!"萧清发自由衷。

"看得出来,萧小姐你也不希望判决结果给他造成不良后果。"

"当然，本来他也是情有可原。"

"萧小姐这么想太好了，我来就是恳求你帮个忙的。"

"我还能帮什么忙？"

"你是这场庭审的关键点，如果你答应帮这个忙，书澈的指控就会被撤销。"

萧清这时预感到了汪特助的出现绝非随意和偶然，她反问道："你希望我做什么？"

"做起来并不难——在法庭上否认书澈向你提出过顶包。"

"你是说——让我翻供？"

"或者说——换个说法儿。也替你想好了一个顺理成章的解释，你可以说被带到警察局单独询问时，没有听懂警察的问题……"

"我这样说，书澈就会被撤销起诉？不是还有公路巡警的证词？"

汪特助万分笃定："律师有了巡警亲口承认在现场没完全听懂你和书澈对话内容的证据。我向你保证：如果你也否认，书澈一定会没事儿。"

萧清被推到一个进退两难的境地，不知如何是好，帮书澈减轻刑事处罚是她心甘情愿做的，但撒谎提供伪证又是她内心否定、错上加错的错误："我能问问是谁让你来找我的吗？"

"不是书澈，也不是缪盈，你放心，我来找你，他们谁都不知道，也不会让他们知道，这件事极为保密。"

萧清大概猜到了：操纵这件事的人，只能是成伟，那天和她见过一面问过很多问题的成伟。她为难至极："我不知道我能不能……该不该……"

"萧小姐，给你一个建议：不要想该不该，你就考虑，是否不希望看见书澈被判刑？另外关于答谢，我开门见山：一旦你答应帮这个忙、撤销起诉，三年学费不用你自己支付，给我一个银行账号，每年我定期转账进去。"

099

汪特助直言不讳开出的行贿条件，让萧清彻底傻掉了，好大一笔钱，这是赤裸裸的贿赂、赤裸裸的诱惑啊！

"萧小姐，你觉得怎么样？"

萧清说的是实话："我没有感觉了……"

"这样，你消化一下，慎重考虑，慎重决定。这是我的名片，请你在明晚8点前给我一个电话，告诉我你的决定，后面的事都不用你操心了。明晚8点，我等你的好消息。"汪特助塞到木呆呆的萧清手里一张名片，开车走了。

萧清半天才回过神来，手里捏着的名片有一种烫手的灼热感，那是钱的温度。"汪若南特别助理"的名片，被端端正正摆在面前，膜拜了一晚上，萧清屈膝跪在床上，形似跪拜，和它面面相觑，心里百转千回，反复计算畅想着：三年研究生学费由他人支付，可以让父母省下多少人民币？突然，她醒悟过来，打量自己的身体姿态："为什么我会跪着？这是跪了的节奏？"她仰天长啸，"15万美元啊！让钱来尽情侮辱我吧！"

第5章

萧清像只负重的蜗牛，背着一个硕大的登山包，吭哧吭哧地行进在唐人街上。她刚从莫妮卡推荐的中国超市走出来，正向公交车站艰难前进，一路背包叮当响，那是采购来的油盐酱醋、瓶瓶罐罐的碰撞声。

一辆保时捷从后面驶来，减速，在萧清身边缓慢滑行，和她保持同步。萧清扭头，和司机看了个对眼儿，成然停车，摇下车窗，冲她龇牙一乐。

"你去登山哪？这是唐人街，山在海的那边。"

"我不登山，刚购完物，要回家。"

"我头回见这么购物的，你这是购了多少啊？有气魄！要不要我送你一趟？"

萧清气喘吁吁，叉腰思索了一下，很快被这个建议吸引："今天确实很需要，你如果不麻烦……"忽然神情紧张起来，往周围撒眸了一圈，"要不还是算了，万一你媳妇儿又跟踪过来，你又得挨揍，还殃及我。"

"放心，今天她绝对没跟着。"

"你确定？我可不想招惹她。"

"百分之百确定。"成然下车，打开后备厢。

"那我就不跟你客气了。"萧清卸下登山包,实在是太沉了。

成然伸手帮萧清把包卸下,双手一沉,背包里一阵瓶罐响:"嚯!真够沉的,你都买的什么啊稀里哗啦的?"

萧清忽然看见成然额头上新增了一块瘀青:"你媳妇儿那天不是喷的眼睛吗?怎么脑门也伤了?果然又挨打了?"

"这是我自己撞病房门上撞的!"

萧清根本不信成然的话:"你活得真不容易!能不能和你媳妇儿商量一下?以后尽量打外人看不见的地方,至少给你留一张美颜。"

"你别一口一个我媳妇儿,行吗?她根本就是山寨!赝品!"

"太太也分正品和高仿?"

"上车给你分解!"

保时捷开向湾区,成然一边开车,一边向萧清交代了他和绿卡的商婚入坑史:"听懂了吧?我目前是假已婚人士,两年后会恢复真未婚单身。"

"你现在是已婚单身?"

"可以这么说,我和她婚前合同规定:婚姻存续期间,只要不影响她拿绿卡,我们双方都享有和别人恋爱的自由。"

"你这个商婚合同不受法律保护,而且你媳妇儿……"

"你媳妇儿!叫她绿卡!"

萧清改口:"绿卡,我看绿卡她没想给你这个恋爱自由。"

"我爱的自由不用她给,我爱跟谁好就跟谁好!"

萧清撇嘴:"I don't think so!"

成然被她怼得搓火:"哎,你觉得咱俩第二次见面你就跟我讨论我的恋爱自由,合适吗?"

萧清一点没客气,怼回去:"那你觉得咱们第一次见面就让你媳妇儿误会我是小三儿,你合适吗?"

成然败下阵来,练嘴皮子,他完全不是准法律博士的对手。回

第 5 章

到合租别墅，萧清让他把保时捷停在别墅外，下车从后备厢里拿登山包，成然抢在她之前，出手相助。

"我帮你拿进去。"

"不用了，我自己来，室友都在呢，你还是别进屋了。"

"怕什么？你想掩盖不可告人的我还是不可告人的室友？"

"都不是！我怕你们两边一起歪楼。谢谢你送我回来，改天我请你吃饭答谢。"

成然赖皮赖脸："你这算是第一次约会我吗？"

萧清义正词严："你要这样歪楼，这顿饭就没有了。"

"OK，我等你友情的小酒。"因为经历丰富，成然对女孩从来不猴儿急，有的是时间和耐性，开上保时捷，走了。

萧清蹲在厨房地上，把登山包里的采购物资一样一样拿出来归位，一抬头，看见凯瑟琳抱着膀靠在墙上，一脸笑吟吟正望着自己，真是罕见的笑脸，还是对她。

"不错哦。"

萧清一头雾水，不知道凯瑟琳在夸什么："什么不错？"

"刚才你那位大款男朋友不错哦。"

"他不是我男朋友。"

"不是男朋友，是大款没错吧？有钱没钱我一眼就能分辨出来。"

"你是验钞机呀？"

"还用我验？他挂着一身钞票呢！他是在追求你吗？"

"你想多了，我和他就是普通朋友，最普通那种。"

"这个档位的普通朋友，你要把他变成男朋友呀！"

"你看清楚一点好吗？他才多大？就是一没长大的熊孩子！"

"现在年龄还是问题吗？"

"他只是我女朋友的弟弟。"

凯瑟琳用科学实验的态度深入探究："你女朋友？哪一种女朋

友？有这样弟弟的女朋友，也值得把握呀。"

萧清仰天长啸："正常女朋友啊！"

"现在连物种都不是问题，性别还是问题吗？这里是美国！"

萧清慌不择路，起身逃窜进卧室，躲避凯瑟琳的循循善诱。躲进自己领地也不消停，手机响了，萧清拿起来一看，来电显示是汪特助，"哎呀"一声惊叫，扭头看座钟，时间显示：现在已经是晚上8点多了，昨天汪特助规定的考虑时限被她忘得干干净净。接电话还是不接？这是一个问题。

萧清满屋转圈，突然止步，她决定：不接！于是抓起手机，按下静音，盯着屏幕上汪特助的名字，直到对方挂断，她才吐出一口气。

随即，手机再次响起，汪特助第二次打来，萧清干脆关机，世界清静了，她一声哀号："我的学费没了！"

在成伟的豪华公寓里，汪特助第一次致电萧清，久久无人接听，第二次再打，干脆被挂断关机，他向成伟报告："萧清不接手机，还关机了。"成伟眉头紧蹙，不让书澈在美国留下犯罪记录，除了萧清这个唯一可行方案，他已经无路可走，汪特助走不通，就必须从其他渠道走通。

缪盈坐在如诗如画的成家别墅后院泳池畔，这里和萧清的斗室相比，真是天上人间，成伟来到女儿身边，坐下。

"一直不想和你说，但有件事，需要你去做。"

"要我做什么？"

成伟开门见山："你去找萧清，无论如何，请她帮个忙。"

"找萧清？帮什么忙？"父亲的指令让缪盈莫名其妙。

"在法庭上否认书澈提出过顶包。"

"爸，我没懂……"

"情况发生了些变化，康律师找到了能质疑推翻公路巡警说法的证人证据，如果也能说服萧清，书澈就会被撤销起诉。"

"为什么你知道得比我还多、还详细？"对于父亲在书澈案里突然表现出来的掌控姿态，缪盈既惊诧又疑惑，然而对父亲的了解让她瞬间秒懂，"你是不是一直在做连我都不知道的事儿？"

成伟不否认，于是承认："我本来希望你什么都不知道才好。"

这时，缪盈还以为这是她父亲大包大揽、用名人能力人脉为儿女摆平麻烦的习惯性行为，她应该对此感激，虽然并不想接受。

"爸，我替书澈谢谢你，但他……并不希望别人为他做这些。"

"我希望你不要让他知道，就像我不想让你知道一样。如果不是康律师找到质疑巡警的人证，一下子出现了让书澈免于刑诉的可能性，我也不会想到去游说萧清。现在万事俱备，只差她这最后一环，不争取一下，未免遗憾。我做这些，是为书澈，归根结底，还是为你。"

"我知道，爸。"缪盈怎么能拒绝呢？无论是为书澈的未来，还是为父亲的苦心，她都找不出拒绝的理由。

第二天下课，萧清和一群同学走出法学院，就看见缪盈坐在学院外长椅上，一见她出现就起身迎接。

"你怎么在这儿？"

"我是专程来找你的。"

萧清似有所悟，大概猜到了缪盈的来意。

"在我没开口前，你是不是已经知道了我为什么来找你？"

"对。"

"在我之前，已经有人找过你了，对吧？"

萧清没有否认。

"肯定不止求帮忙那么简单，想必也开出了诱惑的条件，但被你拒绝了吧？"

萧清看一眼缪盈，回答："都被你猜到了。"

"这就是我爸的处世风格，闷声不响，搞定一切。如果这次不是被你拒绝、实在没辙了、只好动员我出马打友情牌,他一丝儿风都不会透给我。我不知道对他这些所作所为应该心存感激还是感觉不适?他努力在做你的保护伞,想以他的处世哲学和人脉帮你解决麻烦、铺平道路,虽然……你并不欢迎这种保护和帮助,可你无法否定他在帮你,而更多人,巴不得父母给予这样的保护、提供这样的帮助……"

"但你和书澈不是那样。"

萧清的话,让缪盈一愣,心里感激萧清对自己和书澈如此评价:"书澈是,我既没有他的勇气,也缺乏他的执拗。"

萧清突然说道:"缪盈,我答应你!"

她的爽快应允,让缪盈既惊诧又意外:"你答应了?我还……没开口求你呢。"

"从小到大,我最怕两件事:求别人和别人求我,两件感觉都太糟糕!求别人,你为自己的尊严难受;被人求,你替别人的尊严难受。如果有可能,我想要、想努力做到一个只求自己的人生。"

缪盈被萧清这句话深深触动,这是一个内心保有尊严的女孩儿!

"萧清,谢谢你!"

"求你别说谢。"

"不,我谢的是你没有让我开口求你。"

"我不想被人求,更不想你求人。"

"萧清,希望我们能成为最好的朋友。"

缪盈伸手去拉萧清的手,萧清反过来握住她的手,因为书澈生出的嫌隙烟消云散,她们重新还原为一见如故的朋友。

旧金山地方法院下达了审理书澈被地方检察院起诉四项轻罪的开庭时间,书澈赶到律师事务所,就庭审进一步沟通。当他推门走进康律师办公室,意外发现:除了康律师在等他,缪盈居然也在。

"你怎么也在?"

缪盈这样回答书澈:"康律师通知我一起过来。"

第 5 章

康律师把一份法院的英文传票递到书澈面前:"地方法院下达了开庭时间,在三天后的星期五。今天叫二位过来,是为了讨论一下庭审情况。首先通报个重要信息!之前,我律所的调查员走访接触到了处罚书澈那名公路巡警的女同事,听她亲口证实,说警界同事私下聚会时,大家都对他的中文水平表示佩服,结果公路巡警当众承认:其实当天现场,他并不十分确定自己听懂了书澈和萧清的对话,只是猜了个大概,后来拿到萧清证词,他才确定自己听力无误。当然他很自鸣得意,证明他的中文水平确实不错。"

书澈问:"这个信息说明什么?"

"说明警察也会犯错,误解了你讲话的内容。我拿到了女警的书面承诺书,保证她三天后会出庭,提供警察聚会的谈话内容作为证词。这样一来,我们就可以在法庭上质疑公路巡警的证人证词,否认妨碍司法公正的指控。"

"可他们还有萧清的证词……"

"缪小姐刚和萧清碰了个面,让她告诉你她们沟通的情况……"康律师把目光转向缪盈,这才是缪盈出现在这里的原因。

但是书澈一无所知,他把疑惑的目光转向缪盈。

缪盈张嘴说道:"我去找萧清谈过了……"

"你找她谈什么?"

"她表示会在法庭上否认你向她提出过顶包请求……"

"但是她向警方提交过证词了!"

康律师插嘴解释:"前后证词不统一的情况经常发生,也很容易解释。萧小姐完全有可能由于英文程度不够好,当时又没有现场翻译,所以她并没有听懂警察的问题,给了警方错误答案。"

书澈难以置信萧清居然答应翻供:"她真会这么做?"

缪盈点头确认。

康律师继续说下去:"我现在为你制定的策略是无罪辩护,书澈,只要你做最后一件事——在法庭上否认全部指控。我们将以七、八两月你回国不在美国为由,证明你没有及时接到违章处罚的信件,对驾照被吊销并不知情,无证驾驶并非出于主观故意。根据我的预判,你被指控的四项罪名里,只有超速会被法官认定,最终判你一个轻罪,避免入狱服刑,这是我们能争取到的最好判决结果。"

"就是说我也要在法庭上撒谎?"

"我只是建议你不认罪而已。"

康律师的故作幽默没有得到书澈的反馈,一直到离开,他始终不置一词。

但在两人坐进车里、单独相对时,书澈张嘴追问缪盈:"你去找萧清,为什么没有事先告诉我?"

"告诉你,你就不会让我去。"

"她认为自己没错,为什么又会答应翻供?"

"因为坚持个人原则,不代表不近人情。萧清和所有人一样,不希望你的未来因为法庭判决受到影响。"

"你向她许诺过什么吗?比如开出某个交换条件?"

"我向你保证我没有!"缪盈只保证了自己,可不保证成伟也没有。

"缪盈,从事发到被带回警察局,我满脑子想的都是否认和逃避。但被关在候审监狱那几天,我突然平静了,不想继续挣扎和抵赖。犯下的错,就算能从现实中抹去,也没法从心里抹去,你会发现自己总是被它拦住,永远也跨不过去。所以这次,我决定面对它、承认它、接受它应得的惩罚,看看是不是只有这样,才能真正跨过它、把它从心里抹去。可是很多人,康律师,还有你,还是瞒着我做了很多我不知道的事儿……"

"书澈,我们都是为你好。"

"六年前,我爸妈就是这样对我说的……"

第 5 章

书澈把目光投向远方,自从刚才缪盈告诉他萧清答应翻供帮他洗刷罪名,他脑子里一直萦绕的,就是六年前北京的车祸现场。

2007年暑期,18岁的书澈高中一毕业就拿到了斯坦福的Offer,即将出国留学。他在走前报名参加了驾校,想在出国前学会开车,到了美国后方便出行。在没有通过科目三拿到驾照前,书澈就跃跃欲试,没事儿就开着父亲的公务车上路练车。他没有意识到这样的无照驾驶有什么问题,直到出了大事儿。

那天,书澈在书望司机小陈陪同下开车上街,开到一条行人稀少的街道,迷恋速度的少年脚下猛踩油门,突然,一个女孩的身影仿佛从天而降,书澈来不及制动,只见女孩被车头猛烈撞击,身体腾空而起,随即狠狠砸落到前风挡上滚落下去,像一张纸片被碾压进车底,消失不见!

书澈手忙脚乱才把汽车停住,完全被吓傻了。

副座上的小陈反应比他迅速,立刻开门下车,走到车前,查看前轮下的女孩。当小陈抬头和书澈对视时,他脸上的惊骇让书澈一望便知女孩的状况有多惨!书澈瘫软在驾驶座上,没有一丝下车的勇气和力量。

小陈绕过车头,疾步来到驾驶位,从外面拉开车门,扯住书澈胳膊就往外拉:"下车!赶紧下车!"书澈一动不动,小陈连拉带拽,才把他拖出驾驶座:"走!快走!"

书澈大脑空白,像牵线木偶一样,被小陈怒吼推搡着离开汽车,离开车祸现场。走出几步,他忍不住回头看了一眼女孩——她的双腿被车轮碾压,血肉模糊、一片血腥——惨状让书澈两腿一软,脚下踉跄,被小陈一把架住,使劲往路边拖拽。

小陈架着书澈,直到远离车祸现场百米远才站住,他的话一个字一个字嵌入了书澈的脑海:"立刻离开这里!对谁也别说刚才你在车上！"

书澈好像没听懂，木呆呆地不动窝。

小陈对他一声怒吼："你想被人看到吗？还不快走！回家去！"

书澈终于被这一嗓子吼醒，转身撒腿就跑。直到确认书澈离开、没人注意到真正的司机是谁，小陈才返回车祸现场，救援受伤女孩，等待交警的到来和法律的惩处。

书澈慌不择路在街上飞奔，那是他长这么大最漫长的一段路，他感觉这一路透支了自己一辈子用于逃跑的力气，以至于未来他再也没有力量逃避其他人或者其他事。

对于刚刚在市政府领导换届中被提任为副市长的书望而言，独生子制造的这个意外不啻为一个惊雷。当晚，一家三口关门闭户，商讨如何平复这场车祸给书澈前途造成的影响。

"我闯的祸，难道真让小陈叔叔顶包？"

"不然怎么样？承认肇事者不是书市长的司机，而是他儿子，让交警大队查到你正在学车，还没有拿到驾照，然后因为无照驾驶、致人重伤、现场逃逸和唆使他人顶包，你触犯《刑法》构成犯罪，被判处交通肇事罪，处以一到三年刑期；再往后，你入狱服刑、留下案底，被美国大使馆拒签，Offer成了一张废纸，留学美国化为泡影——这个结果你能承受吗？"

父亲的质问，让书澈惊恐摇头，他承受不了。

书望一言九鼎："承受不了，就听我的安排。"

但书澈良心不安："小陈叔叔替了我，会受什么处罚？"

"以普通交通肇事处理，小陈只需承担民事赔偿，不会被追究刑事责任，更不会蹲监狱。"

"就算不用坐牢，这也不是他该受的处罚。"

"这是他工作的一部分，当然，我会给他额外奖励。"

书望的笃定并没有降低书澈的不安："我想知道那个女孩她怎么

样了。"

副市长夫妇对视了一眼。

书望回答："不是很好，但我们会尽一切努力安排救治，满足她治疗和她父母的一切经济要求。"

书妈补充："所有钱都由咱家来出，我们不会推卸责任，一步赔偿到位，让对方满意。"

"我想知道她到底伤到什么程度。"

"知道与否对你毫无意义！这件意外从此和你没有任何关系，继续做你该做的事：考下驾照，拿到F1学生签证，然后去美国留学。"

"就像我从来没有撞过人、犯过错一样？"

"书澈，你记住：常人犯错，损失的是自由和钱。但如果你不是一个常人，除了自由和钱，还会损失一样常人没有的东西——名望。自由和钱受损，毁不了一个人，但名誉受损，会输掉整个人生。"书望一把抓住儿子双肩，向他灌输，"所以，人生最输不起的，就是名望！在不损害被害者利益的前提下，把对自己名誉的损害降到最低，是一种必要！"

书妈当然站在丈夫一边："书澈，我们这么做，都是为你好！"

在拿到美国名校入学资格的人生起点上，书澈无法承受获刑导致留学夭折、前途尽毁的可怕后果，只能顺从父母操纵，接受了那样一个保全自己的现实安排，"若无其事"地离开中国、来到美国。又一次，"我们都是为你好"在美国上演，书澈是否应该还像六年前一样，接受这一个有利于自己的安排？

和缪盈分开后，书澈行驶在斯坦福校区，他的驾照在开庭前被获准恢复使用。突然，他看见萧清的身影从车前方走过，她正独自一人走在校园里，他放慢车速，尾随上她。书澈有一种叫住萧清的欲望，想和她谈谈庭审、谈谈她给缪盈的翻供承诺，但又不知道怎么谈，想谈出什么结果。因为对于三天后的庭审,他也思绪纷乱,既没有主张,也没有决定……

书澈跟在萧清身后,远远看见一辆车停在她面前,导致她不得不停下脚步,从车上下来一个书澈认识的人——汪特助!他和萧清招呼、寒暄的一幕,让书澈满腹疑团:为什么成伟的特别助理会接触萧清?书澈把车停在路边,关注着前方萧清和汪特助的碰面。

萧清也对汪特助再次出现感到诧异,同时也猜到了:他不会为其他事而来。

汪特助满脸笑意:"萧小姐,抱歉又来打扰,今天我是来致谢的。"

萧清不解其意:"谢什么?"

"谢谢你答应缪盈的事。"

萧清感觉尴尬,毕竟翻供不是一件光明正大的事,她更不愿意对方误会她之所以答应是因为被利益诱惑:"我答应,是因为她找我,不是因为你……"

"了解,因此我更欣赏也更尊重萧小姐。这趟过来,我是受委托把这个信封交给你。"说完,汪特助把一个信封递到萧清面前。

信封凹凸不平,不知里面装着什么东西。

萧清纳闷:"这是什么?你受谁委托?"

汪特助意味深长:"我也不知道这里面是什么,但今天我来找你,缪盈书澈依然不知情。另外我还要转达一句话:上次见面向你承诺过的一切,依然有效。再见。"

车里的书澈清楚看到了汪特助把信封塞到萧清手里的情景,他也在疑惑:信封里是什么?

汪特助开车离去后,萧清撕开信封,把里面的东西倒在手心上——那是一把汽车钥匙,坠了一个小吊牌,上面刻着一个车牌号码。难道……她被送了一辆车?!萧清四顾寻觅,寻找周围是否有一辆悬挂着吊牌上的车牌号的汽车。

第 5 章

见萧清正向自己方向遥望,书澈立刻缩低身体,藏到方向盘下,怕被发现。再抬头,萧清已经向前走去,书澈发动汽车,追上萧清。

萧清骑着自己的二手自行车返回合租别墅,浑然不觉书澈的汽车也尾随而至,在她身后保持着百米距离。书澈跟到这里是想一探究竟,弄清汪特助为什么接触萧清,以及他给她的那个信封里到底装的是什么东西。

接近别墅时,萧清突然看到什么,目光聚焦,车速放慢。一辆全新日系车!就停在合租别墅前的路边停车位上。她下车,从兜里掏出车钥匙查看,吊牌上的车牌号和停在别墅外面的新车车牌号一模一样。

这辆车——难道就是汪特助受人委托交给自己的东西?

萧清攥紧车钥匙,一步一步,走近日系新车。

远处的书澈,此刻正望着她。

萧清按动钥匙,汽车发出"嘀"一声开锁声,果然就是它!她一扇一扇拉开车门,探头钻进车里查看,熠熠生辉的仪表盘、高档内饰、真皮座椅,这正是自己想挣钱攒钱、为之打拼奋斗的汽车啊!

望着萧清围绕新车各种爱不释手,书澈终于明白:原来,汪特助给萧清的是一辆车。他想探究的答案水落石出,这辆车,就是萧清答应翻供得到的报酬。从汪特助出马这一个细节,书澈还推理出:在为他"好"的队伍里,不仅有康律师、缪盈、萧清,也加入了成伟,这辆车,甚至可能就是成伟买单。

萧清开门坐进驾驶室,插入钥匙转动,马达轰鸣,这声音,让她多巴胺激增!坐正身子,双手庄严降落在方向盘上,一脚油门,新车开动。在没有汽车就等于被砍了双腿、寸步难行的美利坚,萧清终于插上一对翅膀,自由翱翔在旧金山,看一看这座城市的每一个角落!

在高低起伏、落差很大的三藩街道上,她一会儿冲上陡坡,一会儿飞驰而下;在著名的"九曲花街",她全神贯注,在八个Z形急弯之间拐来拐去、敏捷转向;冲上举世闻名的金门大桥,她高声尖叫:

113

"啊啊啊！"直到开回合租别墅，她依然挂着迷醉的笑容、踩着魔性的舞步下了车。萧清不知道全程都有一双阴沉的眼睛尾随着她。

那双眼睛，亲眼看到了萧清受贿的一幕，虽然这些绝非事实的全部，然而足以让书澈坐实了萧清为钱翻供的误会和偏见。而这个误会和偏见，将导致书澈在将近半年的时间里对萧清心怀鄙夷。

此刻萧清浑然不觉书澈暗生的误解，更收不到他心怀的鄙夷，但她一进门，就立刻收到了室友们的羡慕嫉妒。

凯瑟琳显然看到萧清开了一辆新车回来，一脸夸张的惊讶："哇！萧清，你这么快就开上车了？还是新车耶！"

萧清不知如何解释，只好不解释。

但是凯瑟琳兴趣盎然，追着萧清屁股问个不停："你家里给钱了？之前还怕露富。"

萧清断然否认："不是。"

"哦——那是别人送的？男朋友？是不是那天开保时捷的小男生？"

"我说过了他不是我男朋友！"

凯瑟琳不管萧清如何否认，认为阔少送车就是既定事实："一出手就送车，也算很有诚意啊！不是男朋友，你就把他变成男朋友好啦……"

萧清百口莫辩："车不是他送的！"

"哇！难道还有别人？"凯瑟琳语气充满揶揄，"你们大陆女生好厉害，个个都有本事，不是家里有钱，就是自己有路。"

"我没义务向你解释这辆车是怎么回事，但绝对不是你想的那样！况且，我明天就会把它还回去。"

本杰明加入两个女生的谈话："为什么要还？你现在确实很需要一辆车子，有人心甘情愿主动送上门，何必非要拒绝呢？接受一辆车也不代表什么，何况只是一辆日系经济型。"他也认定了车是成然送的。

凯瑟琳表面上反驳男友、实则在讥讽萧清："你哪能理解萧清恋爱只是因为爱情的高贵冷艳？"

"我……"萧清懒得继续辩解，就往自己卧室逃窜。

凯瑟琳在她身后说："不过萧清，我们毕竟早来两年，给你几句建议：一个人身在异国他乡，你会发现出国留学的恋爱要比你在父母身边养尊处优时现实得多，爱情可以因为很多理由：有时为排解孤独、找个人说话，有时为省钱、找人分担房租生活费，比如我和本杰明，我们在一起生活，就可以省下一个人的日常开销……"

说得本杰明脸上挂不住了："我们也有感情好吧？"

"那当然！"安抚了互助型男友，凯瑟琳继续对萧清谆谆教诲，"还有就为找个金主、让他给自己买大牌包包大牌鞋子，甚至为免费蹭车、找个司机……"

"就为免费车找男朋友？！"

"怎么不可以？我认识一个女孩子，她来美国三年，从来没有自己的车，但同时有几个男朋友，每个男朋友都开豪车，每次出门，她都要选择今天谁为我开车。"

听得萧清一头暴汗："那也很烧脑啊！"

这时传来莫妮卡强势插入的声音："也有什么都不为、就单纯为爽的恋爱啊！"萧清扭头望去，又差一点瞎了：莫妮卡只穿一个Bra、一条小热裤，身材火辣，正从楼上走下来，经过他们，径直打开冰箱取冷饮，然后一屁股坐到餐厅椅子上，接棒教育萧清。

"总之要是为了爱情才谈恋爱，大姐你恐怕只能一直寂寞空虚冷了。男朋友这种配置呢要一直有、一直有，一旦发现什么用也没有、连爽都不能让你爽了，就立刻换掉，来下一个。"莫妮卡这番理论和她平时的生活完全知行合一。

萧清更加暴汗："你们都长袖善舞，我还有待学习。"

凯瑟琳："矫情在美国用不到，只怕对比起来，我更欣赏现实的磊落。"

一个陌生男生的英文呼唤，打断了这场爱情观大辩论："嘿莫妮卡，喝口水要这么久？我等你再来呢！"

惊得萧清闻声回首，只见一个拉丁血统帅哥，只穿一条三角内裤，立于楼梯拐角，满脸春意盎然呼唤着莫妮卡，却显然不是萧清上次见过的那个里昂。

莫妮卡起身，从目瞪口呆的萧清面前经过，甩出一句至理名言："渣男无法避免，但青春不可辜负！"走上楼梯，钻进新欢怀里，两人上楼。

萧清悄悄问凯瑟琳："不是里昂了？"

"少见多怪！"

萧清顶着振聋发聩的脑袋逃回卧室，她顾不上思考爱情的实用性以及恋爱和生活费的关系问题，因为这辆车不是来自爱情的馈赠，它无关爱情，只关对错，自己该不该坦然受之？

汽车钥匙在萧清卧室里住了一夜，此刻又在她的掌心里躺了很久，她终于拨通了汪特助的手机："你好，我是萧清。"

手机听筒里传来汪特助的声音，显然对于接到萧清的来电感到诧异："欸，萧清！你打给我有什么事？"

"今天你有空吗？我想再和你见个面，或者你来斯坦福找我也可以，不用很长时间。"

汪特助小心翼翼发问："你能事先透露一下什么事吗？"

"我要把昨天你交给我的东西还给你。"

"为什么？你不是要变卦、收回答应的事吧？"

"不是，不是，我只想把东西还给你。"

"既然没反悔，为什么要还呢？"

"因为……我答应，是出于人情，不是因为这辆车。"

对于萧清只要还车而不是反悔拒绝上庭翻供，汪特助稍微放了放心："既然你出于人情世故答应了，也拜托你出于人情世故体谅我工作,如果你坚持归还,一旦后面发生什么变故,最后一定会归咎于我办事不力。你确实没有反悔吧?"

"没有,但我不能接受这个!"

"就算一定要还,也请你不要现在还,能不能等庭审宣判后?""我不想等到那个时候,今天必须还给你!要不你告诉我你在哪儿?我去找你也行。"

"萧小姐,这几天我都很忙,跟着成总天天参加商业谈判,不会固定待在一个地方,所以抱歉了,过几天我们再联系,拜拜。"

"哎,要不我去……"没等萧清说完,电话已经挂断,被汪特助强行拒绝见面要求,萧清只好另寻他路,她突然想起什么,抓过背包一顿翻找,找到了汪特助给她的那张名片,名片上有伟业集团北京总部和旧金山分公司的地址。

萧清开着日系新车,一路按照导航指引,找到了伟业旧金山分公司的办公楼,走出电梯,一眼看见玻璃门上伟业集团的巨大LOGO,她向前台小姐展示汪特助的名片:"你好!请问汪特助在吗?他约我来的。"

萧清的谎言让前台小姐毫不设防,告诉她:"抱歉,特助跟着成总他们一小时前离开了。"

"你知道他去哪儿了吗?有一份重要文件,汪特助让我今天务必交给他,但我这会儿联系不上他,你能不能告诉我他现在的方位,我直接给他送过去。"

"他陪成总在××中餐馆招待客户。"

萧清轻而易举得到了汪特助的下落,她走进××中餐馆,这是一间高档餐厅,领位小姐热情迎上:"请问小姐您有预订座位吗?"

"我朋友他们已经来了,请帮我查一下伟业集团汪先生订的位。"

领位小姐查阅完客户名单:"汪先生他们在总统包间,我带您上去。"

萧清站在总统包间外,她让领位小姐离开,即使房门紧闭,还是隐约能听见里面的谈笑声，帮她锁定了汪特助就在里面。萧清拿出手机，给他写了一条文字微信：我就在门外，你只要开门出来即可。然后发出，等待。

包间里，汪特助正陪同成伟招待美国客户，成然也在，他被他爸强迫作陪，但对成伟和客户的谈话内容漠不关心，此刻正百无聊赖玩儿着手机。收到萧清的微信，汪特助瞬间惊愣，这姑娘，是真够轴！他把手机反扣在桌上，决定对萧清置之不理。

萧清眼巴巴等着包间门开，却始终没动静，她知道汪特助决定对她避而不见，又不能失礼硬闯进门，这时，一个男服务生的出现拯救了她，他托一瓶红酒走来，经过萧清，敲门走进总统包间。萧清趁机透过开启的门缝向包间里面探视，和汪特助的目光正好相遇。

汪特助一眼看到了门外跳脚蹦高摆手的萧清，惊得他立刻从座位蹦起，大步流星冲出包间，用身躯遮挡住身后成伟和成然的视线，像推土机一样，把萧清从包间门外推走。萧清被他扯住胳膊，拽到一个屏风遮挡的角落里。

"真给你跪了！这儿你也能追来？"

萧清把汽车钥匙举到他面前："几秒钟的事儿，非让我跑遍半个旧金山！"

"你这丫头真够轴！你不会打着自己的小算盘、对我们阳奉阴违、到时候上庭摆书澈一道吧？"

"我答应了，就不会反悔！"

汪特助对萧清的富贵不能淫百思不解："那你为什么非要追着我还呢？你是不是担心被缪盈、书澈知道尴尬？我向你保证：这件事，你知我知。"

"我不是怕被别人知道，是因为拿着它我一分钟也安生不了！"

"作为一个法律生，你心理素质需要加强啊！"

"我不打算在这方面加强……"

第 5 章

"我给你交个实底儿,这辆车是公司买单,不是哪个人出钱,而且这点儿钱对伟业是九百牛一毛,根本没人在乎……"

"我不管你们在不在乎,反正我在乎!"

"再给你交个底儿,因为这车买完还没办过户,只要你不办过户,车就还算公司财产,你就当是伟业借给你开的,你想开多久就开多久,想什么时候还就什么时候还……"

走出包间去卫生间的成然,此刻正经过这道屏风,他突然听到熟悉的声音以及一男一女的对话:

"我现在就想还!"

"两天!就算为了我,求你就开两天。"

"NO!多一天我都说不清。"

"你真是软硬不吃、油盐不浸啊!"

这对话,太有内涵、太吸引人了!成然贴近屏风,侧耳偷听。

萧清从汪特助控制中抽出手臂,再次把车钥匙戳到他面前:"请你拿回去!"

"好吧,你等我一下,我去个卫生间就来……"汪特助还没说完,撒腿就跑。

萧清拔脚就追,成然目瞪口呆望着两人一前一后从屏风后蹿出,你追我赶,居然谁也没注意到他的存在。

汪特助快如闪电,一头钻进男洗手间,萧清追到止步,用手拍打男洗手间门,斥责躲在里面的汪特助。

"好歹你也是个青年才俊,这样连讹带赖真的好吗?"

门里传来汪特助的回应:"姑奶奶,我也是头回遇上送礼送不出去的情况,你这么富贵不能淫,我只能赖啊!"

尾随而至的成然藏到走廊拐角,偷看洗手间内外的两人对峙,被这剧情牢牢吸引。萧清撸胳膊挽袖子,准备硬闯男洗手间,结果,奋力转动门把手也打不开,门被汪特助从里面反锁上了,她气急败坏。

119

"你出不出来？"

"我不出来！"

"有本事你一辈子住在里面！"

"有本事你在外面等成化石！"

两名保安突然出现，拦在萧清面前："请问小姐，您是来餐厅消费的吗？"

"我……我来找朋友。"

"我们接到电话投诉，说您骚扰餐厅里的客人，所以只好请您离开。"

萧清知道保安是汪特助在卫生间里叫来的救援，只能离开，走前她冲男洗手间说了一句："服了汪特助，对你的赖功我甘拜下风。"

里面传来一句汪特助的回应："讲真萧小姐，对您的节操我五体投地！"

成然看得瞠目结舌。

铩羽而归的萧清返回日系车前，对这辆围追堵截都还不掉的汽车怒目而视："妈蛋的！还就还不回去了！"

空气中传来一声阴阳怪气的感叹："这才几天呀？就这么爱恨纠缠！"随即，成然从隔壁车后闪身出现。

萧清被他幽灵般的突然而至吓了一跳："妈爷子！你怎么在这儿？"

"应该我问你你怎么会在这儿？"

"我来是……"萧清不想让成然知道她和汪特助的"恩怨"。

成然一句揭穿："上门拒绝人家，结果反被人家拒绝，是吧？"

萧清猜到成然看到什么了，但不确定他看到多少，于是问："你看见了？"

"老汪死乞白赖送你的就是这辆车？"

看来被他看见、听见不少信息，萧清只好点头承认。

成然的冷笑里充满了对汪特助的鄙视："送也不送辆贵的。"

"和贵贱没关系。"

"你和他什么时候认识的？"

"第一次见面就是几天前我去医院看缪盈，在那儿碰到你爸还有他。"

"这也没几天呀，见了不止一面吧？"

萧清在心里默算了一下："今天第四面。"

"几天就见了四面？！我也才见你三面，他这是要上天啊！第三面他就送车了？"成然语气里隐隐泛酸。

萧清只好点头承认。

成然一声惊呼、痛心疾首："何至于啊？！"

萧清莫名其妙："至于什么？"

"老汪这是突破天性的节奏，我从来没见他这样丧心病狂过！你知道他做我爸贴身助理几年，最大优点就是老成持重，不靠谱我爸也不会这么信任他。不过我坚决拥护你上门拒绝他！而且我还要无情揭露：老汪去年刚结婚……"

"What？"萧清恍然大悟：成然不愧为歪楼王，他这是又歪到哪儿去了？！

成然猛然顿悟："懂了，这才是老汪被压抑30年的自我，来到山高皇帝远、太太执法不到的国外，他终于释放了！"

萧清严正抗议："我只见过你三次，就被你安排做了三回不同人士的小三儿，包括你自己。我一个没谈过恋爱的人，在你眼里，难道自带小三儿气场？"

"恰恰相反，我眼里，你一身浩然正气！"

"求你别再分析我了，关于我的猜想，你就没有一秒钟靠谱！"

"你可以跟我分享你的秘密，让我靠谱嘛。要不这样，我帮你个忙：不用你上门拒绝这么麻烦，我替你去跟老汪划清界限、一刀两

121

断；必要的话，动员我爸出马，对他进行威慑镇压；如果这样还拦不住他，就使出最后一招撒手锏——到他太太面前揭他的皮！"

萧清被他的"路见不平"吓坏了："求你了成然！这件事千万千万不要告诉你爸，也别告诉缪盈书澈，和汪太太更是一毛钱关系也没有。"

这样的反应更让成然吃醋："你还挺维护老汪？他哪儿值得你这样维护？没我帅，也没我有钱，关键他还有老婆。"

"你不是也有老婆？"

"我那是假的！"

萧清突然有了一个主意："哎，你能帮我把车钥匙还给他吗？务必交到他本人手里，不告诉任何人。"

一贯的嬉皮笑脸回到成然脸上："这算是你我之间的秘密吗？"

"你可以算。"

"我可以帮你还钥匙，但你要告诉我你俩之间都发生过什么？他为什么送你车？"

"等过一段事情都过去了，我再告诉你。"

"行，钥匙给我。"

萧清把汽车钥匙放到成然手心，郑重托付："务必给他本人，务必不要让别人知道。"

"包在我身上。"

终于还掉这把烫手的车钥匙了！萧清一身轻松："OK，完成任务，我回去了。"拔腿就走。

"哎，要不要我送呀？"

"不用了，我不想和这辆车'再见'。"

"我可以开我车送你啊……"

萧清已经走出很远，成然望着她的背影，眼神里全是喜欢，这么高洁的女孩，配得上劈头盖脸的喜欢和没脸没皮的追求，不是吗？

第 5 章

开庭前一天，书澈和缪盈一起来到康律师办公室，进行开庭前的最后演习。康律师推演第二天的庭审程序："……我计划在警察出庭做证后的时间点发力质证，提出对他中文水平的质疑，随即申请我们辩方的女警证人出庭，举证她同事现场听力有误，顺利的话，在这一环节就会完成推翻诉讼方顶包指控、增大辩护赢面的任务；接下来辩方举证，我会提交你6月底回国、8月初返回美国的机票信息和入境记录，证明你没有收到交通处罚信、导致驾照被吊销的合理性，还有一份房东证明你第一次闯红灯违章是因为深夜要送突发心梗的她去医院抢救的陈述文件……"

缪盈认真倾听，不时会意点头，扭头却瞥见身边的书澈一脸心不在焉，显然没有在听，他的思绪不知道飘到了何处，他在想什么，缪盈并不清楚。

这三天以来，书澈想的总是同一件事，还是六年前那场车祸，以及车祸发生几年后他不为人知的行动。有一些记忆像是被烙在脑海里，比如书澈第一次清楚了解到被他撞残的那个女孩的伤情，是在市中级人民法院的民事调解庭外。此前所有关于那场车祸的信息，都被书望夫妇屏蔽在儿子的世界之外，书澈一无所知，面对父母，他也努力做出一无所知的样子。但是，没有人知道：每次法庭主持的双方调解，书澈都会悄悄来到庭外。

他永远忘不了被害方代理律师的陈述："我当事人在车祸中，两腿遭受毁灭性碾压伤，造成双腿高位截肢到大腿尽端、靠近胯部，经鉴定为五级伤残，永久丧失行走能力，未来生活无法自理……"也永远忘不了大屏幕上那些伤情照片和视频，冷静而残酷地展示着受伤女孩的生活，那些画面，像一记又一记的重锤，敲打着书澈犯下的永远也无法弥补的过错，折磨着这个逃脱了法律责任的少年的良心。

康律师注意到走神儿的书澈，呼唤他："书澈……"

书澈回过神儿来："啊？"

"你还有什么疑问或者建议?"

"没有。"

书澈和缪盈离开事务所,她终于忍不住询问他:"书澈,告诉我你一直在想什么?"

"我又想起了……六年前的那个女孩。"

缪盈当然知道这一段陈年往事:"怎么想起她了?"

"我从来没有告诉过任何人,包括你:每年假期回国,我都会去她家的小街道转转,有意无意地等着她出现,看一眼她的样子……"

书澈清楚地记得,车祸后第二年,他去的时候,看见女孩母亲推着她的轮椅,女孩没有下肢,像被兜在轮椅里,被母亲推着过街。她们走上一处斜坡,轮椅行进艰难,母亲使尽全身力气推,女孩也在轮椅上用两手抓住一切支撑物,来减轻身体重量,帮助母亲。书澈几次想拔腿冲上去帮助,却因为顾忌而止住脚步。车祸后第四年,书澈再去时,无意撞上了女孩出嫁,那天鞭炮脆响,她穿着婚纱,坐在轮椅上,被新婚丈夫推出胡同口,脸上挂着幸福的笑容,父母跟在轮椅后,一边笑,一边抹着眼泪。书澈本来有些欣慰,但当听到周围邻居说新郎官是个聋哑人后,他从婚礼上逃走了。

"一直看到了她的婚礼,看到她嫁了一个聋哑丈夫,脸上挂着所有婚礼上的女孩那种幸福的笑容……我远远看着,一直在想:如果我没有犯那个错,她至少会比现在更开心、更幸福吧?"

"书澈,你不是有意的,而且,你父母赔的够她一生无忧。"

书澈扭头望向缪盈,眼神里露出了他和她之间的距离感:"所有痛苦,身体的、精神的,难道都能用钱抚慰和抹平?"

"可你们已经尽力了。"

"我尽了什么力?!"

"书澈,有些事,过去了,就让它过去吧。"

"事情可以过去,但关于对错的定义……"书澈用手指轻敲自己心脏的位置,"它会永远留在这里。"他从缪盈脸上移走视线,投向远方,像是自语,"怎么做是对?怎么做是应该?"

"这两个难道不是一回事?应该做的,就是对的。"

"小时候,我们一直被教育'应该做对的事',但大了以后,我才发现'应该'和'对'往往是两件事,而且南辕北辙,该做的不一定对,对的未必应该做。选择对,你会不会辜负和伤害那些'为你好'的亲人朋友?但是选择应该,对自己到底是一种保全还是一种伤害?"

缪盈明白书澈深深纠结于周边人士为减轻他的法律责任所做的各种"努力",她伸手握住他的手:"书澈,做你心里想做的。"

第二天,书澈一身黑色西装,神情肃穆,在缪盈和康律师一左一右陪伴下,拾级而上,走进旧金山地方法院。

第6章

书澈、缪盈和康律师，一起走进旧金山法院的小刑事审判庭，书澈和康律师坐到被告席上，缪盈则在旁听席第一排落座。随后，公路巡警威尔·席勒走进法庭，坐上诉讼席。

法官走出专属门，在法官席落座，全场起立，以示对法律和法官的尊重。法官宣布"请坐"后，翻开一摞文件卷宗："我是艾森伯格法官，我宣布：旧金山地方法院第九法庭现在开庭。"

"早上好，法官先生。"书澈起身致意，并接受法官质询。

"早上好，书先生。根据你个人资料显示，你正在斯坦福商学院就读，今年是硕士最后一年？"

"是的，法官先生。"

"辩护律师提交的材料很详尽，这里还有你的成绩单，看上去你的成绩相当不错。"

康律师及时跟进声明："我当事人一向品学兼优，风评优异。"

"让我先听听诉讼方的说法，请威尔·席勒警官陈述控方陈词。"

公路巡警威尔·席勒起身，提供证词："我在2013年8月6日的例行执勤中，发现驾驶×××××号牌车辆的被告人超速行驶，在我追赶并发出指令要求他停车接受处罚后，被告不顾警告，加速驶出高速公路。当我追赶到被告停车地点，发现他和车上另外一位女士自行下车，站在驾驶门一侧。我持枪走近他们的过程中，听到被告用中文要求同车女士告诉警察：司机是她，不是他，被拒绝后再次请求，说此前他交通违章被吊销了驾照。于是，我当场逮捕被告，代表旧金山警察局以涉嫌驾照吊销后无证驾驶、超速、危险驾驶和妨碍司法公正四项罪名，向法庭起诉被告。"

法官向他发问："你能听懂他俩的中文对话？"

"我在学习班学了两年中文，中文水平——"威尔·席勒炫耀地秀了句中文，"呱呱叫！"

"辩方律师，请你陈词。"

康律师起身："辩方陈词汇总成一句话：我当事人否认针对他的所有指控！今天庭审中，我将向法庭提交我当事人6月29日从旧金山飞往北京、8月1日从北京飞往旧金山的机票信息和出入境记录，证明他因为离境无法收到交通罚单、导致驾照被吊销，无证驾驶并没有主观上的违法故意；同时还要提交一份由我当事人的房东提供的文件，里面陈述了我当事人驾照被吊销，是因为两个月前为抢救深夜突发心梗的房东女士去医院急救，他驾车闯了红灯，导致违章被处罚。这份陈述，证明了我当事人一贯的优秀品行和助人为乐的高尚情操！另外，我对诉讼人威尔·席勒警官证词的真实性提出质疑，也将向法庭递交新证据，证明威尔·席勒警官对他的中文水平盲目自信，因为听力失误和理解偏差，他捏造出了针对我当事人唆使他人顶罪的指控。"

威尔·席勒开口问康律师："你是说我听错了？"

康律师回应他："我会证明你并不确信在现场听懂了我当事人所说的话。"

"可是后来和被告人同车的萧清小姐提供证词，印证了我的理解是对的。"

"我非常关注萧清小姐在法庭上的说法。"康律师把目光从威尔·席勒转移回法官,胸有成竹地等待萧清的出场,准备向起诉方发起致命一击。

法官要求:"诉讼方,请你的证人萧清小姐出庭。"

萧清一步一步走上证人席,当她站上证人席时,发现全场目光聚焦于自己,令她更加紧张凝重。毕竟,当众撒谎比答应做这件事艰难太多。

书记员走到证人席前,递上一本《圣经》:"请证人宣誓。"

萧清凝视摆在面前的《圣经》,她知道这是美国法庭证人出庭的必要流程,但她的右手却犹疑着,迟迟不敢放上去,因为她即将做的和誓言截然相反。

书记员敦促她:"请证人宣誓。"

旁听席上的缪盈凝视着她,被告席上的书澈也凝视着她。

萧清把手缓缓落在《圣经》上:"我宣誓:我所说的全部是事实,并无谎言。"

法官要求萧清:"请向法庭陈述当时被告人是否提出过让你替他承担超速处罚的要求。"

萧清片刻缄默,让法庭陷入死一样的静寂。最为担忧的是缪盈,她非常担心萧清能否信守承诺,但又十分体谅此刻她的艰难纠结。

书记员再次提醒:"萧清小姐,请你回答……"

萧清终于抬头,正要说话——

书澈突然从被告席上起身说道:"法官大人,抱歉我打乱庭审程序,请您允许我针对刚才我代理律师的辩方陈词进行补充说明。"

康律师万分惊诧,不知道书澈要做什么,这完全不在他的推演范围之内。

萧清也不明所以,猜不透书澈这一意外之举的用意。

唯有缪盈心里已有几分预感,她猜到了书澈下一步会做什么……

法官批准了书澈的请求:"OK,你想说什么?"

书澈第一句话就语惊四座:"我代理律师之所以代表我否认四项

指控，是因为——我之前并没有向他坦陈一切。"

急得康律师在旁边一个劲儿用中文小声提醒他："书澈！书澈！"

书澈不为所动，继续说下去："对于被起诉的四项罪名，我向法庭——认罪！我承认由于6月忙于考试季和回国参加女友毕业典礼，导致我的驾照被吊销后，未能及时复照；我承认8月6日事发当天，我本来没有计划开车，但因为约好一起前往机场的朋友突然失联，我被迫违章上路去接女友，造成无照驾驶；我承认由于女友在飞机上突发疾病被送往医院急救，我担忧她的安危，导致超速；最后，我承认在被威尔·席勒警官现场处罚时，曾请求萧清小姐替我顶罪，因为我担心一旦遭受处罚，无法赶到医院，而我女友，当时正在进行手术……"

书澈的认罪，让庭审风云突变！

面对法官说的话，如覆水难收，康律师无奈长出了一口气，知道前功尽弃，因为书澈此举让他和成伟的一切背后运作都付之东流。

证人席上，萧清也长出了一口气，因为书澈认罪，她便无须撒谎提供伪证了，这让她如释重负。

只有缪盈，没有因为书澈的举动，减弱她目光里的一丝深情。

法官也对书澈的主动认罪感到意外："被告，为什么你之前没有对自己的代理律师坦陈事实，现在却在法庭上当众认罪？"

"从事发到开庭，我始终在为'应该怎么做'和'怎么做才对'而矛盾。以前我一直认为我'该做'的是，否认过错，保全利益和名誉，如同要求萧清替我承担处罚的行为一样。我感谢威尔·席勒警官听懂了我说的话，终止了我妨碍司法公正的非法意图和行为；我也很庆幸、感谢萧清没有因为所谓的人情世故接受我的请求，而是选择拒绝，避免了提供伪证的错误。这一刻，我纠结太久的问题终于有了答案：我选择——做对的事！我为自己之前的怯懦和逃避感到抱歉！"

萧清万万没想到书澈会讲出这样一段话，他的自我剖白让她刮目相看，就是这一刻，她对书澈瞬间改观。

法官毫不掩饰对书澈的欣赏："哦，我十分欣赏你的诚实和勇气！这样，我们的庭审流程可以加快了，被告你请坐。"

书澈坐回被告席，他像卸掉了背负六年的重负，突然感觉一身轻松！

法官转回证人席："萧清小姐，你对被告承认要求你替他承担超速责任有异议吗？"

这时候，萧清只需要实话实说了，她回答："没有。"

法官接着询问："控辩双方还有问题要问萧清小姐吗？"

威尔·席勒回答："我没有。"

康律师也只能回答："我也没有。"

法官问康律师："辩方还有证人需要传唤上庭吗？"

质疑公路巡警中文水平的女警，自然也失去了上庭做证的必要。但经验老到的康律师还是为争取让书澈得到轻判做了最后的努力："既然我当事人选择认罪，我方不再有证人出庭做证。我申请提交机票信息、入境记录、违章罚款缴费、驾照复照证明，以及房东的陈述文件，希望法庭采信考量。虽然时间很短，但我相信法官大人已经了解到我当事人的品行，了解到他被指控的行为并非出于主观故意，也亲眼见到了他勇于承担责任、接受惩罚的磊落个性！希望法庭在量刑时，给予他更多服务社会的机会，而非单纯的惩戒——这是我当事人希望并欢迎得到的公正裁决。"

法官在宣判前说了一段话："在正式宣判前，我想说几句话：面对是纠错的前提，是一切正确认知的起点，承认自己的过错，是一个人最人的勇敢！再次向书澈先生的勇气表示钦佩，这是一场让我欣慰的庭审。下面宣布法庭裁决：判处被告书澈四项罪名成立，罚款1000美元，社区服务100小时。"

这真是能得到的最好宣判了，尤其是在书澈表示认罪后。

书澈起身向法官行礼："感谢法官大人的裁决！"然后深深鞠

躬，久久不起。康律师轻拍他后背，有无奈，更有钦佩。许久，书澈才挺身抬头，眼里泪光闪烁，缪盈从旁听席快步走向他，两人紧紧拥抱在一起！

书澈在缪盈耳边低语了一句："原谅我不识好歹。"

缪盈摇着头，用双手捧住他的脸："我为你的勇敢自豪，书澈，我爱你！"

判决当晚，成伟在他的豪华公寓给书望打去了国际长途，通报书澈的庭审结果："……他推翻律师定好的无罪辩护策略，当庭向法官认罪，之前一切努力都无济于事了……"

听筒里，书望的声音里压着愠怒："结果呢？"

"结果还不错，罚了点小钱儿，判他社区服务100小时。可能他的坦诚磊落反倒让法官产生了好感，轻罪轻判。"

"但是依然会留下案底！"书望余怒未消，"这就是他认为对的事？！"

成伟赶紧认错，包揽责任："怪我办事不力。"

"该做的你都做了，这件事不怪你，何况已成定局。"沉默片刻，书望转换话题，"不说这个了，你的项目谈得怎么样？"

"基本达成共识，CE亚洲总裁领教了我们拒绝变成外资企业装配车间的强硬立场，对我提出'引进核心技术、培养自主技术、中方掌握自主知识产权'的合作计划全盘接受，但最终决策权还在CE董事会。接下来，就看美国佬肯不肯为市场打破技术壁垒了。"

"记住，这次竞标，主角依然是外资独资或合资企业，他们的战略依然是'Made in China, but made by Germany/made by Japan'，牢牢抓住'自主知识产权'，这是你唯一一张制胜牌！"

"明白！"

"那件事，你计划什么时候和书澈谈？"

"明天他跟缪盈到我家吃饭,我打算就在饭桌上谈。"

"不要急于求成,让他看出你的意图;千万不要暴露你我的关系,否则他绝不会跟随你的指挥棒走。"

"我懂。"挂断手机,和每次一样,成伟从手机里取出一次性SIM卡,拿起剪刀,把它一剪两段。

现在我们知道了:他们的关系,绝非儿女亲家那么单纯。书望和成伟,一官一商,一个是主抓城建的副市长,一个是业务纵跨钢铁、路桥多领域的集团总裁,两人正在联手一项可持续发展的宏图伟业:官帮商拿下地铁建设项目的重中之重——地铁车厢承造权;商以"市场换技术",换取国外城市轨道车辆制造业的尖端技术,确立伟业在城市轨道车辆制造领域的金字塔尖地位,为进一步垄断国内市场、把市场版图拓展到非洲的国际战略布局奠定技术优势,一个得到官员政绩,一个达成企业扩张,实现双赢。他们是利益捆绑体,一荣俱荣,一损俱损;他们的联络,一向隐秘而警惕;他们的关系,不能为外人知晓,否则会成为摧毁他们的致命武器。所以,就连他们的子女都对此一无所知。

摆脱了诉讼困扰,也卸下了六年的心理包袱,书澈终于能做那件他筹划已久、期待已久的事情了,这也是一个迟到的计划,它本来应该发生在缪盈抵达美国后的第二天。

书澈载着缪盈,行驶在美国西海岸的高速路上,风景如画的太平洋,就在他们的右手。副驾上的缪盈扭头问他:"你要带我去什么地方?"书澈答以微笑:"到了你就知道了。"

他把车停在面朝太平洋的一片礁石滩边,这里人烟稀少,天地悠悠。书澈从后备厢里拎出一把工兵铲,一手拎铲,一手牵着缪盈,小心翼翼地保护她从一块礁石迈上另一块礁石。

"书澈,这里有什么啊?"

第 6 章

"马上你就看到了。"

他们迈上一块平坦的礁石,书澈在此停步:"就是这儿!"缪盈看了看脚下光秃秃的礁石:"这儿除了石头,还有别的吗?"书澈跳进礁石缝隙,向缪盈伸手:"下来。"她被他扶着,也跳下去,除了碎石和沙,还是什么也没有。书澈笑意盈盈,指着缪盈脚边的碎石堆说:"来,挪开它。"

缪盈跪下,把碎石堆一块块挪到旁边,露出下面的沙地。书澈拿起工兵铲,一锹一锹向下挖掘沙地,缪盈觉得好玩,抢过铲子,他坐到沙地上,笑望她挖沙,以逸待劳。沙坑被挖到三四十厘米深时,还是什么也没有,缪盈累得停手。

书澈瞄了一眼坑深,督促她:"还不到,加油!"

缪盈继续挥铲,沙坑被挖到半米深时,书澈拉住她,用双手从坑底往外捧沙,然后示意缪盈看坑里,她望下去——

一个沾满细沙的漂流瓶,静静地躺在坑底。

缪盈伸手拎出漂流瓶,抚去瓶上细沙,看见满满当当塞了一瓶子折叠的字条,瓶口塞着木塞,又被蜡油密封。书澈把漂流瓶拿过去,抠掉蜡油封,拔出木塞:"看看字条上都写了什么。"

缪盈倒出几张,因为时间和受潮的缘故,字条呈现出深深浅浅的黄色,展开,书澈的字迹有些模糊。

第一张:"今天连续第十天吃IN-N-OUT,缪盈,我疯狂想吃你做的醋熘白菜醋熘白菜醋熘白菜醋熘白菜……"

第二张:"今天发生了我到美国后第十次被骚扰,也是我第十次坚贞不屈守身如玉。缪盈,有那么几秒,我心一横,想将身放纵,把她当成你,但仅仅几秒就幻灭了,因为——没有人哪怕有一分像你。"

缪盈的双眼蒙上了一层湿雾,她把这张字条推给书澈,他却把脑袋扭向一边,逃避不看,嘲笑自己说:"我自己也无法直视。"

第三张:"等你来的第412天!由于长期不近女色,今年防控重点由女转男，难度陡然提升，一旦抗拒从严，基友从此无法面对。做一个守身如玉的直男已经好难，做个宁折不弯的直男，更是难上加难！缪盈，我已离亲叛众，距离你来，却还有1778天！"

缪盈笑出了眼泪，书澈伸手拉她起身，一起面对六年来阻隔了他们也见证了他们彼此思念的太平洋。

"我写下第一张字条装进这瓶子时，是来美国的第三天。这片礁石滩，听过我所有说给你的话，知道我的孤独、我的思念，也见证了我六年没出过轨、没出过柜，也没有炮友的单身狗史。本来计划在你来美国的第二天，我就带你来这里……缪盈，你愿意嫁给我吗？就是现在！马上！立刻！"

缪盈一愣，意外于书澈的求婚来得如此突然，却又顺理成章，她有什么理由拒绝呢？自己的人生不是注定了要流向他吗？

缪盈用眼泪和微笑回答书澈："我愿意！现在！马上！立刻！"

对于结婚，书澈不是心血来潮，缪盈也没有感情冲动，他们甚至不需要一个轰轰烈烈的婚礼向外人广而告之，只想从此幸福地在一起，一起求学，一起奋斗，永不分离。他们本来以为结婚就是哪天阳光明媚，两人手牵手，一起去市政厅登记注册，非常Easy、悄悄Happy的事情，万万没想到：第一个报喜的人也是他们希望得到的第一份祝福——成伟，对于两人结婚给出的反应，竟然暧昧不明、心意叵测。

书澈如约来到成家别墅，参加成伟做东的家宴，成家三口在美国难得聚首，加上未来的准女婿，一开始，气氛其乐融融。

成伟表现出对庭审情况知之甚少的样子，对书澈说："书澈，缪盈给我讲了庭审经过，结果不算糟。抱歉我最近忙于谈判，没怎么过问，也没给你太多支持和帮助。"

缪盈瞥了一眼成伟，父亲的谎言她心知肚明；书澈对成伟报以一笑，对于准岳父的表演，他也心照不宣。

书澈回答:"没关系,这是我希望的结果。遇到问题就该自己处理,犯了错就该自己承担,而不是依赖别人帮我摆平。我终究要成为我自己,而不是谁的依附。"

"成然,听到了吗?你什么时候能有书澈这样的独立精神?"

成然争辩:"老爸,我14岁就被一个人扔到美国,我还不独立?"

"你只在大手大脚花钱上做到了独立自主。"成伟接着对书澈说,"我这边的工作差不多结束了,很快要回国去,难得有今天这样的空闲,和你们聊一聊未来的计划。明年你研究生毕业以后,有什么打算?回国创业还是留在美国工作?"

"我想继续留学,再读一个法学院研究生。"

这个想法,连缪盈都是第一次听到,她表情惊讶,更不用说成伟了。

成然:"是和萧清一样的JD吗?哈哈,那书澈你就从学长降格成学弟了。"

缪盈问书澈:"你什么时候有这种想法的?"

书澈回答她:"有段时间了,我发现自己对法律产生了浓厚兴趣,想深入学习。"

成伟问:"难道你未来想从事法律相关职业?不从商了?"

"那倒未必,我不给自己未来设限,想掌握更多知识、了解更多现实,在多领域成为专业人士。无论将来做什么职业,都是面对社会与人。学法,能帮助我发现人与社会,还能发现自己,回答我对自己、对很多事情的疑问,帮我找到最终的答案。"

成伟笑着说:"听上去,你更该去读哲学。答案还要花时间去找吗?人生的终极意义,就是存在的价值,唯一的答案,就是成功。"

成然插科打诨:"就是我爸和你爸的样子。"

书澈微笑:"没错,你们都很成功。但成功是唯一的价值吗?我想去找找看,人生还有没有其他意义。"

成伟突然问："你父亲希望你从商吧？"

"是，他反对我从政，对我的设计，就是商科毕业、去华尔街投行。但我的理想不是他希望的那种名校镀金学历、跻身华尔街精英、拿六位数年薪的格式化人生。我还有很多时间，应该有更多经历，寻求更多可能，甚至干一些在你们看来不务正业的事儿，不想直奔一眼可见的成功而去。"

"你爸知道你学法的计划吗？"

"还没有和他谈过。"

"我预感他会反对。"

"还有大半年来考虑这件事，等有了决定，我会告知他。"

"你压根儿没打算和他商量呀？直接剥夺了他的议政权。"

"我的人生，自己做主。"

成伟又一次感受到了书澈坚若磐石的自主意识。

缪盈打圆场："学法未必不可以从商呀，法律生经商，在逻辑思维和法规合同两方面都强于商科生，我觉得不但不是劣势，两者比较还有优势呢。其实爸，书澈决定花三年再读一个硕士，也没耽误工作，他现在就是边工边读、自主创业，正研发一种域名解析服务器作为创业项目……"缪盈不知道她无意给成伟搭了一座"桥"。

成伟立刻表现出兴趣盎然："哦！那是什么？能给我解释一下吗？"

书澈向他解释自己的研发产品："打个比方，域名是企业、金融机构、银行、网上商城的网络门牌号，一旦遭遇黑客攻击或者系统本身存在漏洞，门牌号就会发生混乱，乃至消失，大家就找不到这些企业、银行、网上商城了，网络就会陷入瘫痪。域名解析服务器，就是一个防止黑客攻击、保护网址安全性的软件系统，装置在每个商业网址的网关上，确保各大企业、金融机构的门牌号不被黑、不被遮盖、不被冒用，避免网络恶意攻击。"

成伟以敏锐的商业触觉做出判断:"这东西对任何一家企业的网络安全都不可或缺,市场前景应该非常好呀!我们现在能国产吗?"

"这个产品,目前国外有十几家企业在做,但中国公司在此领域完全缺席。中国互联网企业目前只能购买国外的域名解析服务器,价格昂贵不说,把自家的门托付给别人造的锁,做不到真正意义上的网络安全,道理您懂。"

"你想自主研发,掌握知识产权?"

"对,我想做中国自己的域名解析服务器,填补国产空白。不过现在还在草创阶段,我招募了几个学IT的校友组成一个team,完全凭着热情和有限资金在做研发、编写程序。"

缪盈向成伟说明:"目前阶段,书澈一直拿自己的钱在投入。"

书澈进一步介绍研发进展到了一个什么阶段:"我们很快会做出一个成品,然后计划去找风投。"

成伟笃定断言:"凭我的经验,这个创业产品体量小、前景好、市场大,是优质投资项目!何况你的理想是掌握自主知识产权,一旦成功,就会形成国内市场垄断,发展不可限量。产品做大,公司盈利,然后上市,源源不断的资本注入,持续开发推出新产品,股票升值……相比于我做的传统制造业,只有互联网企业才能在短期内做到资本急速扩张、规模几何倍增长。书澈,我看好你的创业,接触风投了吗?"

"还没有,硅谷每年至少有几百个高科技产品在找投资,我想稳打稳扎把产品做出来。何况在产品开发阶段,大风投也不可能给你投资。"

成然快嘴建议:"还用找风投?爸,你当书澈的天使投资人,不就两好合一好了吗?"

书澈一愣,成然的提议,并不是他的希望,但却正中了成伟下怀。

成伟不动声色:"我当然可以作为个体投资人投资,另外伟业旗下就有产业附属投资机构,也在寻觅可持续发展的项目……"

"我不想要你的投资。"书澈的断然拒绝,不但让成伟,也让缪盈和成然感到意外,大家都一愣。书澈注意到众人的反应,意识到自己表现得过于激烈了,于是缓和语气:"成叔叔,感谢你的好意,我不否认自己需要投资,但是,我想尽量避免来自你的投资,因为即使是正当商业投资行为,我也怕……给我爸带来麻烦,甚至风险。"

成伟随机应变,立刻调整谈话策略:"难得你考虑周全,确实,你父亲身在官场,众矢之的,就算洁身自好,还是不得不防。没关系,书澈,我完全尊重你的决定。即使我帮不到你,也可以介绍资质好的投资基金给你。"

"我还是自己找吧,我对我们team的产品有信心,我们自己可以搞定。"就连从中搭桥的曲线扶助,都被书澈拒绝得一干二净。

成伟意欲投资给书澈的企图,被彻底堵住了去路。当着女儿、儿子的面,这让他有些尴尬,笑着自我解嘲:"看来,你不想和我在经济上有丝毫瓜葛,任何事情都要自己来。"

书澈微笑回答:"只有独立,才有最大的自由。"

关于投资的话题,显然无法再继续下去。书澈望一眼缪盈,两人交换了一个默契的眼神,到了他们向亲人宣布婚讯的美好时刻。

"成叔叔,今天我和缪盈还有一件重要的事情,要告诉您和成然。"

"还要经过我批准?"成然正襟危坐,"说吧。"

书澈伸手握住缪盈的手,微笑宣布:"我和缪盈决定结婚了!"

话一出口,让成伟始料不及,这是两位父亲完全没预见过的一个局面,而且是在如此微妙的时刻。本来,书澈和缪盈结婚,对两家而言,都是顺理成章、皆大欢喜的美事,但一个作为书望的儿子、一个作为成伟的女儿,在地铁项目投标前后这两年时间里,两人的婚姻和两家联姻就变得非同小可,绝非日常之事!成伟猝不及防,他既不能支持,也不能反对。

成然先振臂欢呼起来:"Bingo! 我坚决支持你们结合,批啦!"起身和书澈、缪盈热烈握手,碰杯祝贺,"恭喜恭喜! 百年好合! 早生贵子!"

三人都发现了,即使在最初的目瞪口呆平复之后,成伟也没有露出一个父亲该有的喜悦,他的反应先让缪盈心生狐疑。

"爸,我们决定结婚,你很意外吗?"

"你俩学业都没结束,人生方向没确定,怎么突然计划结婚?"

成然插嘴:"结婚只要确定爱的方向就OK了。"

书澈郑重其事地回答未来岳父:"其实结婚早在我的计划里,我一直在等缪盈来美国,等她来了我们就结婚,一等就等了六年。也许未来有很多事还无法确定,但我现在唯一能确定的,就是我爱她! 我想永远和她在一起。"

他的肺腑之言足以感动缪盈,却似乎不能化解成伟的疑虑。

"但结婚本身也很烦琐,婚礼婚庆,这边怎么办? 国内怎么办? 你们婚后住哪儿? 何况,我和你父母还没有正式见过面。"

"我们不打算大办,就去注个册,邀请几个朋友聚一下,然后缪盈搬到我现在租的房子就OK了。"

"这么简单?!"

"我和书澈一样,希望简单一些。"

"你家那边,我家这边,有很多关系需要交代,我猜你爸对你们就这么结了婚也会有想法……"成伟不得不搬出书望。

书澈语气柔和但很坚决:"我觉得结婚是两个人的事。"

缪盈试探父亲的态度:"爸,你对我们结婚有什么想法吗?"

成伟连忙否认:"没有没有,我当然高兴你们在一起,祝你们幸福!"他知道贸然反对反而会暴露他们的意图和事实的真相,在行之有效的阻拦计划出台前,按兵不动是最好的选择。成伟起身,举杯向女儿、女婿表示祝贺。

书澈和岳父开心碰杯，轮到缪盈和父亲碰杯时，她眼神探究地凝视着她爸。等成伟干尽杯中酒坐回座位，他的心思似乎已经离开了这张餐桌。只有女儿能一眼看出父亲的口是心非，缪盈不明白这是为什么。

成然亢奋起来，摩拳擦掌："我大显身手的时刻到了！婚礼爬梯我来承办，保证旧金山富二代豪车美女全部到场，让全美西华人圈都看到你俩的盛大婚礼。"

缪盈："我们不想把结婚办成一场秀。"

成然："怕花钱？信不信我能让这场婚礼爬梯帮你们赚钱？"

书澈："成然，我坚持结婚就是两个人的事儿。"

"从长计议，从长计议。"成然的手机突然收到一条微信提示，低头一看，脸色瞬间变了，借口去卫生间，起身离开餐桌。他鬼鬼祟祟溜出成家别墅大门，看见停在路边的玛莎拉蒂，直奔过去，刚一头钻进车里，立刻遭遇嘴对嘴的激吻！绿卡这一吻，激情似火、缠绵悱恻，让成然无处躲藏。她乘胜追击，上下其手，解他衬衫扣子，拽他裤子皮带。成然挣脱出红唇怀抱，一手抹嘴，一手把绿卡推出去八丈远。

"冷静！也不挑挑地方？！你来干吗？不说好我爸在这儿期间，禁止你在我家方圆几英里范围内出现吗？"

绿卡充满怨气："他到底什么时候走？鸠占鹊巢！我都多少天见不着你了！"

"你说谁是鸠？这是他的房子，让谁来、不让谁来是他的权利，你搞清楚！"

"我不能来找你，那你也不去找我？"

"我爸天天找我不痛快，你能不害我现在顶风作案吗？"

"可我想你怎么办？你就一点不想我吗？我感觉咱俩现在就像被你爸棒打鸳鸯劳燕分飞，生生拆散了一样。"

成然见绿卡幽怨的眼里泛起泪花，瞬间豆大的泪珠滚滚而下，心立刻酥了,张开手臂把她揽进怀里:"好啦好啦,不哭不哭!他刚才说很快就回国,他走了咱俩就能破镜重圆了。"

绿卡小鸟依人一样,依偎在成然怀里:"真的?"

"真的。"

"那你给我一个倒计时。"

成然又蹿了:"我哪敢倒计他的时?!你别再来了,回家乖乖等,不要让我爸看见你,走之前最好让他把你忘了,不然以他的脾气,非逼咱俩解除婚约不可。"

绿卡被震慑住了:"哦!那我赶紧走,不要滞留在危险地带。"

"走吧走吧,别来了啊!"成然刚要下车,又被绿卡一把拽住。

绿卡给他系上刚才被她扯开的衣扣,擦拭他嘴边残留的口红,眼神带钩儿:"要不这两天,你找个时机先偷偷来趟我家?"

"喜欢才放肆,真爱是克制。克制!松手!"

绿卡望着成然下车溜回别墅的身影,眼神里又是爱又是怨。

成家别墅的家宴结束,书澈离开后,成伟的大脑一直在高速运转,他找遍了各种可以充当正当理由的说辞和方案,试图阻止书澈和缪盈现在结婚,但结果是,没有一个能够成立。因为双方家长没有任何理由不为这对恋人的结合而欢呼雀跃,除了因为——他们正在暗中勾结的利益。

成伟一人独坐在昏暗里沉思时,缪盈悄无声息地来到了父亲身边。

"爸,你是不是有什么想法?今天当着书澈面没法畅所欲言?"

"我是感觉非常突然。"

"我能看出你不是由衷替我高兴。"

"不是,缪盈,说实话,我由衷地高兴,我希望你幸福,也一直相信书澈就是会让你幸福的那个人。"

"那你为什么看上去忧心忡忡?"

成伟说了一句真话:"我担心我从来都不是一个好爸爸,我怕最后耽误你幸福的那个人……是我。"

缪盈此刻听不懂成伟这一句充满预见性的暗示,她不解其意:"爸你为什么这么说?我不懂你的意思。"

成伟轻叹一声:"我希望你永远不懂,但你早晚都会懂。"

"你是反对我结婚吗?"

"我不反对,我只是觉得你们选择现在结婚的时机不合适。"

"为什么不合适?理由呢?"

"就是我白天对书澈说的那些,也没有更多了。"

"那你觉得什么时机结婚合适?"

"或许再过几年,等你俩都毕业了,工作稳定下来,也决定了到底是在美国定居,还是回国去发展,那时候比较合适。"

"我和书澈很早就独立生活,我俩都渴望有个家,觉得只要两人相爱,任何时间结婚都合适。"

"你们一直强调结婚就是两个人的事儿,但这种想法未免过于自我。婚姻从开始那一刻起就不仅只有两个人,婚姻不亚于一场商业合作,而且是终身,涉及双方阶级、家族、父母乃至身份、地位和财产。何况书澈父亲是市长,你是上市集团的大股东和继承人,你们俩不是普通人家的孩子,结婚怎么可能只是你和他这么简单?"

"我们开始恋爱,书澈就有个当官的爸爸,我就是富豪的女儿,从来没觉得我和他的背景有多么复杂,我们在一起,只是相爱那么单纯。"

"我把话撂在这儿,书澈家里也会反对他现在结婚的。"

"爸,我真心觉得你们没有反对我们结婚的理由。"

"但你们有什么必须现在结婚的理由吗?"

父女两人不知不觉拔高的声调惊动了楼上的成然,他闻声下楼,正巧听见了这句话,强势插嘴:"姐,你是不是怀孕了?带球上场?"

缪盈对她弟怒斥一声"去",转回成伟,父亲上一句反问里含着一种强词夺理的味道,让她震惊:"除了相爱,结婚还需要别的理由吗?爸,从小到大你对我不闻不问,我的成长、恋爱你从来没时间参与,从来不给意见,为什么我结婚会引起你这么大情绪?我感觉你甚至在潜移默化地操纵我!"

"我想告诉你:缪盈你不仅仅是你自己,还是我女儿、伟业家族继承人,从一出生你就背着家族使命!你做什么、不做什么,都不能只考虑自己,更不能随心所欲,因为你不是平常人的孩子,所以你没有平常人的自由。"

"小时候我需要关爱,你给我自由,现在我独立了,你说我从来都不自由。家族继承人怎么是我?不是成然吗?"

成伟一指儿子:"就他那样,我能指望上吗?"

成然抗议:"我这回可是无辜躺枪……"

被成伟一声怒喝:"你给我闭嘴!"

"爸,直说吧,你是不是反对我和书澈结婚?"

"我希望你们能慎重考虑延后,不要现在。"

"我觉得你并没有告诉我你反对的真正理由,我想听你说真话,想知道那个'真正的原因'是什么。"

缪盈的质问让成伟无言以对,反对结婚的真实理由,他不能说,至少,现在还没有到不得不说的地步。

"我去书澈那儿了。"缪盈得不到父亲给出的答案,掉头而去,离开别墅。

成伟望着女儿出门的背影,发出一声深重的叹息。成然赶紧蹑手蹑脚上楼,避免沦为炮灰。

缪盈把车停在书澈租住的别墅外,用钥匙开门进屋。书澈和房东老奶奶合住在一栋别墅里,他居住的部分有独立客厅、卧室和卫生间,也有一道自行出入的独立门,缪盈当然有这里的门钥匙。一进门厅,她就听到书澈正和父母视频通话,书家父子针尖儿对麦芒儿,对

143

话充满了火药味儿。

　　书澈也刚刚向父母通报过自己即将和缪盈结婚的决定："我们只想先在美国注个册，在法律上成为夫妻，没打算大张旗鼓，当然，以后可以尊重双方家里要求补办婚礼。"

　　视频里的书望一声怒吼："这不是重点！"

　　这声怒吼，不但惊到书澈，也吓到了缪盈，她选择暂时回避不出现，静静躲进一个角落，倾听书澈和父亲的争执。

　　书澈问父亲："那重点是什么？"

　　"重点是你在美国仗着我鞭长莫及，发生任何事情都不向家里通报，更别说征求我和你妈的意见。就像刚被起诉、被庭审，你打电话视频只字不提，把我和你妈蒙在鼓里。我们不但被你剥夺了参与权、决策权，连知情权也没有了。"

　　"我知道康律师一定会向你们汇报的。"

　　"他要不说，这么大事你就瞒天过海了？"

　　"我没打算瞒你们，只是不希望你，尤其是我妈担心，我觉得可以自己解决。"

　　"罪名成立、留案底，这就是你自己处理的结果？"

　　"你可能不认同，但我在做我认为对的事。"

　　"你认为对？书澈，你去美国这六年，拼命摆脱我，就是为了坚持你所谓的个性独立和自我实现？我过去为你所做的一切，哪一次没帮你摆平麻烦、度过危机？我给你创造的种种便利，哪一次没帮你事半功倍？哪一次害过你，阻碍了你的前进？"

　　"爸，我感谢你给我提供的便利，但很早以前我就开始害怕，怕我依赖你，一直无休止地索求下去，变成一个只会伸手的蠢蛋和欲壑难填的浑球儿！我想通过自己的努力，而不是你的庇护，来成就我的人生，不想被拔苗助长。"

　　"培养个人能力与接受父母扶持，这两者矛盾吗？我奋斗半生，就为给你一个更高的平台。你去看看，多少同龄愤青抱怨自己出身寒门、父母让他们输在起跑线上，他们羡慕嫉妒恨没你这样一个起点，只恨人生没有大腿可抱。而你养尊处优，一边享受既得利益，一边又反抗被操控，高冷地谈论独立。等有一天，你不向家里伸手要钱，不用我帮你付学费生活费时，再来跟我谈独立吧！一切不建立在经济独立上的个性独立都是吹牛逼和凹造型！所以，你现在说的每一句话都是空中楼阁。"

"有一天我会证明：不靠你，我一样能成功。"

"乐见其成，不过那时候你又怎么证明你达到的高度不是站在我肩膀上取得的呢？"

书望的最后一击，终于让书澈哑口无言。轩昂霸道的父权宣言，把儿子的尊严碾压得尸骨无存。

书妈出言劝阻丈夫："你对儿子说话，何必这么刻薄？"

书望反驳妻子："我想让他知道现实和真理只会比我的话更刻薄！"

"所以你反对我结婚，就因为我没问过你意见、自行先做了决定？"

"你的重大人生决策未经我和你妈同意擅自做主，就是我反对的理由：你结婚摆出一副拒绝我们参与、和父母无关的姿态，就是我不同意你现在结婚的原因。"

"我到了法定年龄，结不结婚、什么时候结，并不需要征得别人同意。"

"你要把结婚也变成一场为反对我而反对我的战争吗？！"

"你们父子每次谈话一定要这样对戗吗？你们男人即便是亲爷俩儿，也要分出谁服谁、谁胜谁负吗？我真受够了你们！"书妈拂袖而去，从视频画面中消失，扔下一对僵持的父子尴尬相对。

书澈率先把语气缓和下来："爸，我不会拿结婚这么重要的事儿和你赌气，我希望得到你和我妈的祝福。"

书望在视频中凝视儿子："书澈，我只会永远祝福你，但对你决

145

定现在结婚,我态度很明确:不同意!希望你能慎重考虑我的意见,在做出任何决定以前,至少履行和父母沟通的义务。"

"我会的,再见。"书澈筋疲力尽,关上视频,和父亲的争执耗尽了他的元气,他甚至没觉察到自己哭了,那是被挫伤的自尊。直到缪盈从身后温柔地抱住他说:"别往心里去,他说的那些话对你不公平。"他才将她揽入怀里,把脸埋进她的发丛,不想让她看见自己的眼泪。

"缪盈,你也别往心里去,他不是针对你。"

"他到底为什么反对我们结婚?"

"其实,我也不是很明白,甚至都不知道我和他是怎么吵起来的。"

他们既没有预料到结婚会遭到阻力,更没有想到阻力还不止来自一方。

缪盈表情突然执拗起来,蕴含着一股子不顾一切的力量:"不管!谁反对,我都要和你结婚。"

"你愿意嫁给我吗?现在?"

"一万个愿意!"

书澈横抱起缪盈,走进卧室,走向两人的婚床!

在缪盈离家出走后,成伟一直坐在昏暗里,抽着闷烟,他依然在思考:如何以一种既被书澈和缪盈所接受又不暴露自己真实意图的方式,阻止两个孩子选择现在这个时候结婚?

突然,他听见一种诡异的声音:咔咔咔。成伟仔细辨别,判断声音是从别墅大门传来,他的目光向那里聚焦。只见别墅门把手在转动,显然有人在试图开门入室!成伟起身,寻觅能够防身的家伙什儿,随手从墙边的高尔夫球包里抽出一根铁杆,准备攻击入侵者。别墅门被轻轻推开,一个脑袋先探进来,观察四周环境。成伟愣住了,闯入者居然是绿卡。

第 6 章

　　绿卡鬼鬼祟祟进门，轻轻关门，没发出声音，正要抬脚上楼，突然意识到自己脚上的高跟鞋也会发出响声，于是脱了鞋，用手拎着，光着脚踩上台阶。她完全不知道自己已经暴露在成伟的监控之下，还以为神不知鬼不觉。成伟控制脚下，也不发出声响，尾随在绿卡身后，跟上二楼。

　　绿卡潜入成然卧室门外，不敢敲门，就用指甲挠门，发出一阵低沉但闹心的诡异声。屋里传来成然由远走近的脚步声，奔房门而来，绿卡挠得更起劲儿了。房门被猛地拉开，只穿了一条小内内的成然见门外站着一个人，张嘴正要惊呼，被绿卡一把捂住嘴，把惊叫熄灭在他嘴里。

　　成然这才看清来人是绿卡，惊魂稍定，从她手里拔出嘴，低声问："你咋又来了？！"

　　绿卡面对着美好的裸体不能自持，她二话不说，扔了鞋，猴扑到成然身上，逮哪儿亲哪儿。成然站立不稳，仰面摔倒在地，绿卡顺势骑到了他身上。天雷地火，一触即发！

　　成然百忙之中不忘提示："关门！关门！"

　　正在这时，灯光大亮，房间通明！女在上、男在下，衣衫不整、鬓发散乱，两人以一种香艳的姿态，定格在地毯上，他们一起望去，门口处，站着成伟。

　　成伟居高临下，对绿卡形成压迫之势："你干吗来了？"

　　绿卡从成然身上站起身，气闲神定地整理衣衫："您不都看见了吗？"

　　"成何体统？"成伟对眼前场面无法直视，只好把视线转向别处。

　　绿卡没羞没臊："还不都是思念惹的祸。"

　　成然更没节操，立刻往外摘自己："可不是我招的啊！"

　　"跟我来书房一下。"成伟下完指令，率先走向书房。

　　"欸！"绿卡答得脆生，紧随成伟脚步。

成伟坐在书房写字台前,在一张英文支票上唰唰签上他的大名,然后把支票扔到绿卡面前。

绿卡看看支票,问成伟:"这是给我的?"

"你看看,少不少?"

绿卡拿起支票,看到上面的支取金额,是20万美元:"请问这是什么钱?"

"解除商婚、离婚的钱!除了你们约定的15万,不是还有你给成然的日用零花钱吗?"

绿卡这才明白成伟叫她来的用意:"哦,没算过,可能还多了。"

"没少就好。"

"您意思是让我和成然离婚?"

"这也是成然的意思。"

绿卡扭头看看躲在身后的成然:"你要和我离吗?"

成然随手抓了件浴袍遮体,被绿卡一问,瞄一眼他爸,再瞄一眼绿卡,不敢表态,避免任何一方找他秋后算账。

绿卡转头面对成伟,坚定表态:"我的爱情我做主,有首歌送给您:爱情不是你想买,想买就能买!"

成然嚷嚷:"那不是我的词儿吗?"

"他的爱情都不卖给我,我的爱情哪能卖给您?!"绿卡恭恭敬敬,双手奉还20万美元支票给成伟,扭头就走。

成伟在她身后说道:"既然和你说不通,那就请你父母来一趟吧。"

绿卡转过头,一脸喜出望外:"好哇!我爹妈等这天等到花儿都谢了,您说哪天?我带二老登门拜访。"

"后天下午吧。"

"叔叔不见不散。"绿卡欢天喜地,挽住成然就走。

"慢着!"

第 6 章

"您还有什么吩咐?"

"姑娘您请回吧。"

"回哪儿?"

"回你自己家去!"

就在书澈和缪盈为结婚很难而疑惑、成伟为儿子离婚不易而焦虑时,萧清同学开始了她JD第一年艰难的非人学业。这天,走进刑法课教室,她一眼看见了坐在后排的书澈,笑着上前招呼他:"你选修了我们法学院的必修课?"

书澈淡淡回答:"我想听听刑法。"

"难道你要申请法学院的研究生?"

"还没决定。"

萧清伸手和他握手:"欢迎你加入,成为我同门师弟!"

书澈对她伸过来的手视而不见,这让萧清有些讪讪,只好缩回手,但她还是想努力化解两人之间微妙的尴尬。

"我想告诉你那天在法庭上,你真帅!之前我没想到你是这样一个人。"

"之前你觉得我什么样?"

"之前以为你就是那种家里帮你搞掂一切事、惹出麻烦就一推三六九的妈宝爸宝。"

"你难道不怪我挡你的财路吗?"

书澈的话让萧清一愣,笑容尽失:"你什么意思?"

"当然,可能你已经得到好处了。"

"你到底想表达什么?请说清楚。"

"你还要我说得多清楚?"书澈起身离座,拿起自己东西走开,挑了一个远离萧清的位置坐下,他用身体姿态表明疏远和距离,不能再明了。

书澈的话里有话和明确的冷遇，让不明不白的萧清一口闷气窝在胸口，郁闷至极。忍到刑法课下课，见书澈走出法学院教学楼，萧清一路小跑从身后追上他，挡住他的前路，开启了法学院庭辩女律师模式。

"不行！你不说清楚我会死！什么财路？什么好处？你说的是哪件事？"

"如果不是和我有关，我也无权评价你。"

"那就是和你有关的事儿了？好在也没有几件。你对我的评价是什么？"

"我评价，是因为我亲眼见到了。"

"你见到什么了？"

"你和汪特助……"书澈点到为止。

萧清心里明白了，她知道自己和汪特助的见面，一定被书澈无意撞到了，因此她必须解释清楚："书澈，你看到的只是一小部分，不是全部，你基于这一小部分建立的认识，并不是真相，你误会我了！"

"我误会了吗？缪盈说你答应在法庭上翻供，难道不是因为开庭前收到了一辆车？"

"我的确答应了缪盈，但绝不是为了那辆车！而且开庭前我已经把车还给汪特助了，不信你去问他！"

"他们不希望我知道这些背后动作，你觉得我会去问汪特助或者去问缪盈她爸：萧清把车还给你们没有？你是特别不通人情还是特别通世故才故意让我去问？因为你明知道我不会和他们交流这件事！况且就算你把车还了，我怎么知道你是不是因为我主动认罪才不得不归还呢？"

"是不是因为你不肯去求证，我就只能浑身长嘴说不清、被你误会被你黑？"

"我只信自己眼睛看见的东西，对了，我还欣赏了你的旧金山自驾一日游。"

萧清无力辩解,她是游了车河,但书澈没有看到她游完车河之后的事情,她要怎么做才能让他相信自己?

这时的书澈,完全不相信萧清自己的说法:"软弱和贪婪虽然不值得夸耀,但也并非不可原谅。"

"你至少可以去问问缪盈我为什么答应当庭翻供。仅仅是因为——我已经把你俩视为朋友。"

"我轻易不交朋友,因为——我不愿看到他们总在我面前摧眉折腰!"只有书澈能说出这样高傲而冷酷的话,多么居高临下的姿态,多么眼里不揉沙子的高冷,多么轻慢他人的尊严!

萧清万万没想到她一句发自肺腑的暖意友达,换来的却是他拒人千里之外的友尽冷语。她的尊严被他的倨傲深深、深深、深深地刺伤了!萧清不允许自己在书澈面前失控,她强忍着所有泛起的情绪,有愤怒,也有委屈,因为竭力克制,浑身都在发抖。

书澈继续雪上加霜:"其实,比起现在人情练达、善于变通的你,我更欣赏那个第一次见面不近人情、拒绝顶包的你。"

萧清一言不发掉头就走,连解释的努力都彻底放弃。离开书澈!离开书澈!此刻不多给一分钟让他的道德凌驾在她之上,今后再也不给他视自己"摧眉折腰"的任何机会,唯有这样,才能维护萧清内心的尊严!

保时捷风驰电掣驶来,停在萧清面前。成然被她的夺命连环Call叫来,揣着一脑子旖旎的YY下车:"你叫我来,是不是为了还那顿友谊的小酒?"随即,他的嬉皮笑脸撞上了她零度以下的急寒脸。

萧清不苟言笑,问成然:"我让你交给汪特助的那辆车呢?"

成然大脑有几秒空白,这才恍然想起:"哎呀,是这样,我想起这件事给老汪打电话的时候,国内有点急事儿,我爸已经把他派回国去了！"

萧清声色俱厉："你没把车还给他？！"

成然慑于她的严厉，赶紧辩解："给了给了！但是……给不着啊，他走了，这不怪我。"

"那车现在在哪儿？"

这一问把成然问得更心虚："那个……那个……"

萧清怒吼："车到底在哪儿？！"

"我把它……给一个朋友了。"

"What？！Why？！"

"因为还车时老汪说这是公司财产，让我放公司就行。公司财产就是我爸的财产，我爸的财产就是我的财产。"

"然后你就把它私自给人了？"

"我那几天被他们逼得有点狠，之前和他们打赌赌输了，赌得有点大，拿不出现金，一摸兜，兜里正好揣着那把车钥匙，就顺手扔给他们了。"成然坦白交代。

"就是说，车被你还赌债了是吗？"

"你别太介意，一辆小破车，老汪不介意，我爸也不介意……"

"但是我介意！"

成然被萧清这声咆哮惊呆了，不解她为何如此激动："不就是老汪把公司车借你开了几天这点不值一提的小事儿嘛。"

萧清忍无可忍，终于说出真相："这辆车，是你爸让汪特助交给我、换我上庭指控书澈时撒谎翻供的贿赂金！这就是我为什么让你必须在开庭前还给他们的原因！"

成然听傻了，脑子半天才盘算明白："有这么复杂的黑幕呢！"

"我求你成然立刻去向你爸解释清楚！说我没要他的车，说你能证明我在开庭前就把车钥匙交到你手上了。"

"求你了女神！别让我现在跟我爸说好吗？把你洗白了，我就黢黑黢黑了！商婚的账我爸还没有和我算完，再加上这一笔挪用公司财产还赌债，我小命不保啊女神！给一条生路好吗？你大慈大悲不会舍得看我死对吧？"

萧清悲从中来："我的清白，比起他看破不说破，比起你狐朋狗友一场赌局，都不值一提是吗？"

成然当然听不懂她话里的恩怨纠葛："女神请你说得通俗一点。"

"我不配和你们'上流社会'为伍，我再也不会让你们误会我'摧眉折腰'！"这句话，更让成然听不懂了，因为——这是萧清对书澈的反击，也是她给自己立下的誓言！

"谁上流？谁不配？萧清你什么意思呀？"

萧清扬长而去，甩给成然一个头也不回的背影。

"女神！女神！一言不合就走了？"

萧清奋力蹬车回合租别墅的一路，她的眼泪都无法自控，泪如雨下。这时她还没有意识到被书澈伤害的，不只是她的自尊心，还有感情。

生活让我们感受"生命的尊严"时，从来不会让我们遗忘还有"生活的压力"，它总是对你双管齐下，让你尽情掂量：两种哪一个更重？萧清后来回忆：她的留学学业的开始，伴随着被误会的偏见开始，也伴随着生活磨难的开始。

已经有两天和北京家里失联了，萧清又一次向老妈萧云请求微信视频聊天，又一次没有得到她的回应。这让萧清感到纳闷，这是双方约好的固定联络时间，在这个雷打不动的点儿上，萧妈为什么一反常态不接她的电话呢？

萧清继续拨打中国区号和北京家里的座机号码，国际长途拨通了。此刻是北京时间的清晨，这个时间，萧云一般都在家，何晏有时候也还没去反贪局上班。但今天，"嘟——嘟——嘟——"的无人接听声一直在持续。

一种不安的情绪漫上萧清心头：家里出了什么事？

第7章

　　成然在自家泳池里激浪，游到池边一冒头，看见了一双脚，抬头见是他爹。成伟冲儿子勾勾指头，成然乖乖上岸，拿起浴巾一边擦水一边跟随成伟坐下。

　　成伟对儿子说道："明天绿卡父母过来，跟他们谈判前，我得先摸摸你的底，你老实回答我几个问题。"

　　"爸你怎么弄得跟审讯似的？咱俩一伙的啊。"

　　"我就是想确定咱俩到底是不是一伙的。"

　　"对我这么没信心？成，您问。"

　　"绿卡看上你了，你看上她了吗？"

　　"绝对没有！"

　　"不想和她把商婚弄假成真，一起过日子？"

　　"百分之千不想！"

　　"那她咬死了两年后也不跟你离婚，你打算怎么办？"

　　"其实我不怕她到时候不离婚，惹急了我去移民局投诉她，让她绿卡作废、遣送回国。我一美国公民，我怕什么？"

　　"你这么手拿把掐，那就是没什么困扰需要解决了？"

　　"有啊！她现在老没完没了纠缠我，严重妨碍了我的人身自由和恋爱自由,我就想把这个困扰解决了。"

"成然,我看得很清楚,她就是要用这两年时间搞定你、弄假成真,你呢,稀里糊涂、左摇右摆、态度暧昧,就给了她可乘之机。"

"我就是心太软,你说一女孩儿这么喜欢我,虽然我不喜欢她,也不忍心让人太难堪吧?再说,我也没吃什么亏啊。"

"你这脑子……这么跟你说吧,如果你想让绿卡不再缠着你、盯着你,只有一个办法,就是中止你们的商婚协议,立刻离婚。"

"能离吗?她不会答应吧?"

"她要能答应,我就不找她家长了,这就是明天我和她父母谈判要达成的目的,你同意吗?"

"那……是不是还得退钱啊?我可没钱退。"

"钱不用你操心,我负责退款给他们,你只要态度坚决就行了。"

"那行!我举双手同意!"成然又二乎了,"不会发生债务转移吧?我可也没钱还你。"反正他的底线就是不造成经济损失,至于节操和婚姻,损不损无所谓。

成伟鼻孔里喷出一股子冷气:"哼!我也没指望你有这个骨气。"

"那我就放心了。"成然的嬉皮笑脸就是他应对万变以及和这个世界和谐相处的法宝。

第二天,约好的绿卡双亲登门时间到了,成伟和成然两父子站在成家别墅的落地窗前往外看,只见两辆豪车沿着别墅区车道一路驶近,绿卡的玛莎拉蒂在前,还有一辆崭新的宾利欧陆在后。

成然一声惊呼:"我靠,宾利欧陆!她家真不比咱家钱少哇。"

"瞧你那点儿出息!"成伟没好气地斜了儿子一眼。

"咱是礼仪之家,我出门迎迎他们。"成然完全没有其父的矜持倨傲,巴巴地出门接客去了。

两辆豪车停在成然面前,绿卡先下车,麻利儿从后座拎出十几个爱马仕礼品袋,递到成然手上:"这是我爸妈的见面礼,这几袋给咱爸，这几袋是咱姐的。"

成然两只手瞬间被占满，眼神还四处乱扫："还有吗？"

"没了。"

成然顿感失落："没有……我的？"

绿卡一把挽住成然胳膊，把他带到父母面前："先来拜见你的岳父岳母大人。爸妈，看看你们女婿，活人比照片还帅吧？"

绿卡妈望着成然，浑身每个细胞都发出由衷的笑："帅！真帅！我闺女的审美没挑儿。"

绿卡爸一把攥住成然不撒手："哎呀！见我这女婿一面，可真不容易啊。"

"叔叔阿姨好，这宾利欧陆太漂亮了，您二老还开这么潮的车呢！"

"我就知道你会喜欢这车。"绿卡爸一脸得意，把车钥匙扔给绿卡。

绿卡接住钥匙，把它举到成然眼前晃了晃，然后塞进他的裤兜："归你了！"原来，不但有成然的，还是这么大一份礼。

成然喜出望外："啊？这……这，不合适吧？"

绿卡妈："有啥不合适？这车是我们给你准备的见面礼，不过东西可是我闺女订的。"

绿卡含情脉脉甩给成然一个媚眼："喜欢吗？还是我了解你吧？"

成然欣然笑纳："就是太贵了！"

绿卡妈："你不是亲女婿嘛，又不是外人！"

成伟出现在别墅门口，显然，他已经目睹了成然被馈赠宾利的一幕："这样破费好吗？"

"哟！亲家吧？"绿卡爸大步流星迈上别墅台阶，用比刚才攥成然更紧密、更热切的力道握住了成伟，"一个心意，有啥好磨叽？金有富，你叫我老金就行。"

成伟故意保持一种有距离的矜持礼貌，自我介绍："成伟。"

"你是名人，不用介绍。老弟！咱们总算见面了。"

成伟被老金一把拉进宽阔的怀抱，后背连续遭到大力拍打，矜持瞬间被拍散了花儿。

绿卡爸妈一走进成家别墅，就开始四下参观豪宅，访亲秒变看房。绿卡爸不停赞叹："湾区拿下这么大一套，不便宜吧？还是成伟老弟你有实力啊。"绿卡妈也对闺女说："还是别墅看着豁亮，露露，要不是你非住城里公寓，咱家也在这边买别墅了。"

成然介绍："我爸当初买这房是因为距离斯坦福近，结果我上了旧金山大学。"

绿卡又冲他批发媚眼："你还是住我那儿方便，这儿就给你姐住吧。"

眼见气氛越来越休闲和谐，成伟赶紧往紧张严肃上收："各位请坐，咱们今天是协商，不是走亲戚。"

"我们可不就是来走亲家的嘛！当然也是为了一起好好商量孩子们的事儿，不矛盾。"绿卡父反客为主地招呼大家，"来来来，都坐下。"

两家五口人终于都坐下来，成然在成伟目光谴责下，从绿卡身边挪回到父亲旁边，坐回自家阵营。

绿卡爸对于今天议题的豁亮开放态度，也带着一股子反客为主的味道："成伟老弟，咱一家人，孩子们的婚事你有啥想法就直说。"

"我和你们不能算是一家人，成然和绿……金露的婚姻关系是个交易，不是真实婚姻，这一点，您二位同意吧？"

"给钱了肯定算交易，但交易也不一定就不真实，真不真实他俩自己最清楚。"绿卡爸转头问绿卡，"闺女，真实不？"

绿卡坚定不移、始终如一："我俩受法律保护，当然真实！成然，你敢说咱俩婚姻不真实？"

每到自己沦为矛盾焦点，成然立马耍太极："咱别抠字眼行吗？双方认识不统一，就讨论解决方案，爸你说呢？"

成伟说出自己想好的既定方针："我的解决方案是这样：金先生、金太太，我相信金露付给成然的钱一定是你们出的，我希望把这笔钱退还给你们，同时中止成然和金露的商婚协议，让他俩尽快离婚。"

绿卡说："叔，那天你给我开支票都被我拒绝了，你怎么还使这招儿呀？"

成伟不搭理绿卡："金先生、金太太，你们的意见呢？"

绿卡爸爽快回复："我们没意见。"

成伟心里一喜，没料到对方如此轻易就站在了自己阵营这一边："就是说：您二位能接受我的方案？"

"钱是我们出的，可婚是闺女结的，我们没意见，都听闺女的。她要能接受你这个方案，咱就这么办；她要不接受，我们也没办法。"原来，绿卡爸的"没意见"，不是对成伟没意见，而是对闺女没意见。

绿卡妈问绿卡："闺女，你啥态度？"

"我不离！成然你啥态度？想中途违约？"

成然又成了焦点，舌头拌蒜："不是，我……离不离都行。"

绿卡妈见女婿这么为难，就老鹰护小鸡一样，把成然也置于自己保护之下了："哎呀老成，看你把小然逼得，咱们做父母的得成全孩子，哪能这么为难孩子？"

成伟发现自己居然是孤军奋战，怒视着昨天达成一致、统一战线的儿子："我还让你为难了？"

成然抹稀泥："爸，要不……咱们还在原来的合同框架里谈？"

成伟被迫让了一步："既然你们不同意中止商婚协议，成然也出于善良不坚持毁约，那我就退而求其次。我勉强接受让我儿子继续履约，直到结婚两年期满、金露拿到永久绿卡，但也仅仅是到此为止，绿卡一到手，必须马上离婚。"

绿卡爸问："闺女，你俩合同是这么写的吗？"

"是。"

"那还谈啥？"绿卡爸一副严格遵守合同、尊重闺女意见的态度。

成伟指出矛盾所在："问题是金露一直表示不想跟成然离婚，两年到期也坚决不离。所以，为了保证合同能按约定执行，我要求咱们双方签订补充协议，确保两年到期必须离婚。"

绿卡妈问："咋确保？"

"如果到期不离，我们保留向移民局说出事实真相的权利，那时候金露将会面临被取消绿卡、遣送回国的处境。"

绿卡笑了："叔，我说过我没那么在乎绿卡，您说的这处境我也不怕。"

"鉴于金露态度不够理性，我只能要求和您二位跟我签这个补充协议，由你们监督及约束女儿履行合同规定，按期配合成然离婚。"

绿卡爸说："成老弟，你的意思我都听懂了，但我觉得有个事儿你没弄明白。"

"愿闻其详。"

"俩孩子都是成年人了，爹妈已经不能替他们当家拿主意了，这要在旧社会就行了，由着咱包办结婚、包办离婚，现在这些事咱们说了不算啊。露露和小然结婚，我和她妈跟你一样是被通知的，结婚都不跟咱商量，离婚能听咱的？就算今天我俩跟你签了这个补充协议，到时候他俩就是不离，协议也没球用啊。"

绿卡妈紧跟丈夫敲边鼓："就是，到时候小两口要过得好好的，还离啥呀？"

"你们的态度，就是补充协议也不签？"

"签了也没用，我们的态度很明确，一切尊重闺女意愿，她啥态度，我们就啥态度。成伟老弟，我劝你也尊重儿子的想法，不能当大

159

家长。"

"我儿子的想法和你女儿的意愿,压根儿就不一致。"

"那就让他们小两口自己解决去,啥时候一致啥时候算,咱别操他们的心。"

绿卡向成然要一个最终态度:"你到底是什么意思?"

"我就是不乐意你老盯着我、管着我。"

"那我以后改还不行吗?"

"你老说话不算数。"

俩小冤家一搭话,就把解除婚约变成打情骂俏了,临阵变节的熊儿子把成伟一个人晾成了干瞪眼。

绿卡爸倒是看得眉开眼笑:"哎呀,本来就该是这个样子的嘛,成伟老弟,你别管他们了!我们两口子大老远到府上拜访,礼数不算不周全吧?你这一杯清茶,可把我肠子都涮干净了。差不多也到饭点儿了,咱们是不是上饭桌接着聊啊?我可带着好酒呢,咱老哥俩初次见面,怎么也得过过招吧。"

成伟无可奈何,猪队友叛变,既定目标没完成,还要搭上一顿饭。

成然找空儿溜出家门,钻进宾利欧陆驾驶室,爱不释手地抚摸仪表盘、方向盘。绿卡尾随出来,坐进副驾,得意地问他:"喜欢吗?"

"太喜欢了,越看越喜欢。"成然直勾勾盯着车。

"我也是,越看越喜欢。"绿卡直勾勾盯着的,是成然。

成然被绿卡火辣辣的目光烫着了:"我说你能含蓄点吗?"

"你对一辆车都不能含蓄,让我对一大活人含蓄?老公,我就知道你是假装屈服于你爸的淫威,实际上是跟我一伙的。"

"别自作多情,我跟你们谁都不是一伙,你是胡搅蛮缠派,我爸是铁血无情派,我是随情顺意派。我再跟你说一遍,只要你不整天对我死缠烂打、不干涉我自由,咱俩就相安无事,该怎么配合怎么配合,两年后你顺利拿到绿卡,咱俩离婚,一别两宽,OK?"一辆豪车让成然彻底放弃了挣脱商婚枷锁的努力,背叛了他和成伟的联合统一战线。

"我妈说我了,她说男人不能盯太紧看太死,容易激起他们的逆反心理。"

"你妈说得太对了,你现在就激起了我的严重逆反。"

"德行!适当给你自由还不行吗?反正你就是我的人。你爸同意了,以后咱俩可以光明正大幸福生活在一起了,你正式搬我那儿去吧。"

"你瞎呀?我爸那叫同意?他是和我一样没辙了。还搬你那儿去?你信不信他能一枪崩了我?"

"那我就搬你家来。"

"你这叫私闯民宅,信不信我爸一枪崩了你?"

绿卡一迈腿骑上成然,抱住他脖子:"别麻烦你爸,有本事你一枪崩了我。"

两瓶精品五粮液见底,成家别墅的饭桌已经沦陷成绿卡爸的主场。绿卡爸对着成伟大谈金家家史和他的发迹史:"早年间煤炭行情好的时候,我们两口子把所有时间精力都花在了矿上,出煤速度赶不上钞票往里进的速度,哪有精力管孩子?就把露露往姥姥家一扔,钱管够儿花,要啥都给最好的,就是没时间陪她。后来,煤炭生意一天不如一天,我们也没啥可忙活了,管管闺女吧,一瞅,除了学习不灵,啥都灵。"

当着亲家面,绿卡妈拼命维护自己闺女:"学习不好不能赖孩子,怪咱当爹妈的没有学习基因。再说,咱都奋斗成这样了,孩子学不学好,能咋的?"

"对!我们想得开,有钱赚就玩儿命赚,没钱赚就敞开了花。闺女混完高中,懒得考大学就不考,想去哪儿玩就去哪儿玩,满世界走一圈,最后相中美国了,说这里是自由的天堂,那咱就在美国买房、买车，让她在自由的天堂可劲儿翱翔。这就是作为父母能给孩子最无私的爱，最大的支持。"

成伟报以呵呵冷笑，结果绿卡爸会错了意，端起酒杯和他热烈碰杯："喝，喝！"

绿卡妈问成伟："我听说你还对成然搞经济制裁，一个月就给一万生活费？这是何必呢？明明早晚钱都是留给他的，你说你现在限制他干啥？"

绿卡爸："老弟，我明白，你本意是怕儿子变成败家子。但听老哥我一句劝，你还是没悟透啊！咱们整这么大家业，说到底是为了啥？还不就是为了孩子吗？你就放开了，由着他们败，还能败到哪儿去？"

成伟无可奈何："你们管你们闺女，我管我儿子，咱聊不到一条道上。"

结束双边"峰会"，绿卡一家三口酒足饭饱、心满意足地出了成家别墅，成然搀扶喝大了的绿卡爸上车，关怀备至："叔叔小心脚下，叔叔您迈腿，叔叔您收脚。"

绿卡爸按下车窗，死死盯住成然："你叫我啥？还不改口？"

绿卡站在边上使劲掐成然胳膊："叫爸。"

成然心虚回头，往别墅门里看了看，确保自己卖父求荣没有被他爸看见，才小声嘟囔了一声："爸。"

绿卡爸十分满意，亲热地拍了拍成然脸，豪气承诺："改口费下回给！"

绿卡给了成然一个飞吻，玛莎拉蒂绝尘而去。

回到客厅，见成伟仰躺在客厅沙发上，似乎睡着了。天赐良机，成然蹑手蹑脚溜上楼，想躲避清算，就听身后一声怒吼："你给我站住！"

成伟忽然起身发话："我宣布两个决定：一、暂时取消你作为继承人的资格；二、我通知旧金山分公司，禁止你在公司行使任何股东权利，包括但不限于任何资金和人员的使用。两项决定立即生效，直到你和绿卡正式离婚，才能解除。"成伟已经彻底看透了成然且爬且享受的架势，儿子这个商婚坑他救不了，只能暂时割肉止损，由他自己在坑里翻腾。

成然试图抗争："爸，第一条我认了，第二条能不能再商量一下？"

成伟对他怒目而视："你有资格跟我讨价还价吗？"

成然举手投降："不还了，我认。"他不算无奈地接受继承人身份被暂时冻结的厄运，因为在婚姻存续的未来一年多里，被成伟剥夺的这两项权利失去的利益，足以被岳父岳母带来的实惠弥补。经济账上，成然一向算得精明。

对于书澈和缪盈的结婚，书成两家长辈的态度尚未明朗。就在这时，书澈接到母亲打来的电话，告诉他她人在首都机场，十几小时后抵达旧金山。

"书澈，我在首都机场，一会儿就飞旧金山，明天你能来接我吗？"

这让书澈非常惊讶："妈，你要来旧金山？前两天通话，也没听说你要来呀，有什么事吗？"

"你不想见妈啊？到底能不能接我？"

"谁说我不想见你了？把航班号发给我，明天我去接你。"

"好，那咱娘俩儿明天见面再聊。"

书澈挂断书妈的电话，对缪盈说出了心里的疑惑："我妈怎么忽然要来美国？而且就要起飞了，才打电话告诉我。"

缪盈也在揣测书妈此行突然而至的目的："阿姨是有别的事儿？还是专门来看你？"

"她没说，有点突然袭击的节奏。"

"会不会……和你爸妈不同意我们结婚有关？"

"难道她是拿着我爸的尚方宝剑来的？"

"你妈来了,你们当面聊聊也好。"

"缪盈,明天你和我一起去机场接她吧。"

"好,我很久没见阿姨了,正好我爸也在,咱们安排他们双方正式见个面吧,你说呢?"

"我看行!这样,就在咱俩注册结婚前让双方家长见过面了,这就叫化阻拦为成全。"

连续几天,萧清不停拨打萧云的手机和北京家里的座机,始终没有人接听,这些迹象预示着不正常,越发让萧清心神不宁,最后她不得不拨通了何晏的手机。何晏的手机号码萧清一直有,但几乎从来没打过,因为还没有出现过万不得已的急事儿要女儿直接找父亲。但现在,母亲失联,有联系父亲的必要了。

何晏的手机一拨即通,过了许久对方才接起,父亲的声音传到耳朵里的一刻,萧清心里的石头落了地。

"爸,我妈最近怎么失联了?约好和我视频也没动静,给她发微信也不回,手机也打不通。"

何晏的声音听上去还算正常:"哦,我忘了告诉你,你妈手机坏了,前几天送去修,还没拿回来呢。"

"那我给家里打电话怎么也没人接?晚上11点没人接,早上6点也没人接,这不正常啊。"

"没啥不正常,赶巧了呗,你妈最近课外辅导比较忙,晚上经常回来很晚,早上……可能是我拉她出去晨练了……"

"爸,你现在在哪儿呢?"萧清突然对何晏的"正常"语调产生了怀疑。

"在单位上班啊,我还能在哪儿。"

"你没发现我打的是你私人手机,不是工作手机吗?平时你上班,这个私人号码从来都关机,今天为什么开着?你这个手机开着,就说明你没在上班。"

何晏声音露出了几分慌乱:"我……刚从单位出来……"

"爸你别撒谎了,你撒谎我能听出来,我妈是不是出什么事了?你跟我说实话。"

"你怎么跟审贼似的?爸没有撒谎,你妈没出什么事,就是最近太忙,手机又坏了,跟你还有时差,时间老对不上茬。你别发神经胡思乱想,过两天闲一点,她就给你打电话。行了,我赶着要去办事,挂了。"

"爸……"萧清还想追问,听筒里已是挂断的忙音。不对,怎么感觉都不对!在手机通讯录里找到小姨的号码,拨通:"小姨,我是萧清,你这两天和我妈有联系吗?"

小姨一开始有些低沉:"我……没有……"随即她声音哽咽了,继而是沉默。

萧清确定家里出了状况,焦急万分:"小姨你情绪不对,是不是我妈出什么事儿了?我一直联系不上她,刚才给我爸打电话,他什么都不告诉我,小姨,我妈怎么了?你快点告诉我。"

小姨终于忍不住说出实情:"清儿,你爸不让我告诉你,可我觉得瞒不了太久。你妈一周前出了车祸,现在还在ICU,不过你别太紧张,她已经脱离生命危险了。"

"车祸!她和人撞车了?!"

"不是撞车,她去给学生上课,晚上开车回家太疲劳,从高速护栏冲出去了,身上多处骨折,最大问题是肋骨骨折,伤到了肺,感染严重,一直高烧,前天终于开始退烧了,但医生担心她的肺部感染会有反复,所以要在ICU继续监控。"

听到这里,萧清已经是泪流满面:"我要回国,去看我妈。"

"清儿,千万别!你爸不想告诉你,就是怕你往回折腾,这边有我和你姨夫,帮你爸照顾你妈,你回来也帮不上忙,还耽误功课,而且现在你妈治病正是需要用钱的时候,你就别浪费来回往返的机票钱了。"

钱?萧清这才意识到还有钱的问题。

"治病用钱?我妈不是有医保吗?"

"我们也是刚知道,车祸不在医保报销范围内,而且因为没有肇事方,车险的人身险只能赔偿一万,事故不是发生在工作时间,也不能算工伤,学校会人道支援一些费用,但是大部分花费都只能靠自己了。"

"全部医疗费大概需要多少?"

"你妈刚被送进医院抢救的时候,你爸交了5万押金,昨天通知让再交钱,估计得照着30万往上预备,这还没算营养费和以后康复的费用呢。"

萧清的心,一直往下沉:"医药费要这么多钱?"

"钱的事儿有我们,用不着你操心。这种时候,孩子不添乱就是最大的帮忙,所以你好好安生念书,别的都不用你管。还有,情况我都告诉你了,你别再去问你爸了,他心焦你妈,又怕影响你,你得体谅他,知道吗清儿?"

萧清的眼泪再次奔涌而出:"知道了,谢谢小姨。"

一个海外留学生最怕的是什么?他们所能遇到的最大困境乃至绝境是什么?十之八九的人会告诉你:国内家庭的灾难。那种远隔千山万水鞭长莫及、自己除了担忧焦虑一无所能的无力感,那种彷徨无依、前途未卜的流离感,那种顿感自己是家庭负累的自责感,身处异乡时,会以百倍于在国内时的力量压垮你,会以千倍于在父母身边时的孤独席卷你。

自从上回因为坦白用日本车抵了狐朋狗友的赌球债从而激怒萧清后,成然一直不停给她打电话,试图挽回萧清重新搭理他,但是,萧清始终不接他的电话。于是,成然来到合租别墅外守株待兔,终于等到萧清神思恍惚、步履沉重地归来。

"女神,终于把你等回来了。这几天为什么不接我电话?还生我气呢?"

"你找我干吗?"

成然发现萧清双眼红肿,像是哭过:"你哭了?"

"和你无关。"

"谁欺负你了?"

"你有事没事?"

"本来我想请你吃饭,诚心诚意向你道个歉。"

"不必了,你道不道歉对我毫无意义,我也没心情和你吃饭。"

"告诉我你为什么哭?"

"我说了不干你事,没必要告诉你。"

"咱不是朋友嘛,你要是遇到什么难处就说出来,没准儿我能帮上忙。"

"我和你不是朋友。"

"就算你有理由生我气,暂时剥夺我做你朋友的资格,那你和我姐总还是朋友吧,我姐朋友我也可以帮。"

"我交不起你们这种朋友,我的难处在你们眼里只是不值一提的小事儿。走吧,没事儿别来找我。"萧清绕开成然,走进别墅。

"还能不能愉快地聊天了?"成然更加一头雾水,既弄不清萧清为何如此耿耿于怀他拿车抵债,更无从知晓仅仅几天工夫她所遭遇的家庭变故。

用了整夜失眠的时间,萧清做出了一个重大决定。第二天一早,她就来到法学院系主任安德森教授的办公室,向他坦陈了自己家里的突发状况,提出了休学回国的申请。

安德森听完她的讲述,十分同情:"萧,我非常遗憾你妈妈遭遇

167

这样的事情，这对任何家庭都是很大的冲击，但关于是否要休学，我建议你慎重考虑，你做这个决定和你父亲商量过吗？"

"我很清楚家里的经济状况，也慎重考虑了各种因素，才做出了休学决定，我爸爸可能不会支持，但是我自己可以做主。"

"我完全理解你的心情，你愿意听听我的建议吗？"

"当然，安德森教授，我很需要您的建议。"

"我的建议是：你先请一段时间的假，回中国去看望你妈妈，如果确实觉得有休学的必要，再向学校递交休学申请。休学的最长时限是五个月，我希望你能在五个月之内回来上课。如果超过五个月，就算退学了，一旦变成退学，学校就不再保留你的学籍，你再想回来学习，就要按新生重新申请入学。"

"明白了，我打算回国前就向学校提交休学申请，当然我会尽量争取在五个月之内回来，但如果情况不允许，我也做好了退学准备。"

"萧，退学太可惜了，我还是希望你能回来，我愿意尽量帮你想办法解决一些困难。"

"谢谢您，安德森教授，我会努力争取不退学的。您能告诉我申请休学的程序吗？"

"好吧，首先你要拿到医院出具的关于你妈妈身体状况的证明文件，然后去国际生办公室提交休学申请，经学校的留学顾问批准之后，会在SEVIS系统注明你的休学状态，并且给你一份书面休学证明。这样就完成了申请休学的程序，可以回国了。"

"必须要我妈妈的医院证明吗？"

"当然，这是证明你需要休学的必要文件，没有这个证明，留学顾问不会随便批准你休学。"

休学申请程序让萧清犯了难，想要拿到萧云的医疗诊断书，就意味着她无法瞒住何晏，不可能不征得父亲同意就擅自休学回国。她心事重重走在斯坦福校园里时，遇到了缪盈。缪盈叫她的名字，萧清抬头,"嘿"了一声,并不热情。

"萧清,你这会儿有空吗?咱俩聊会儿?"

"一会儿有课。"

"我一会儿也有课,就聊五毛钱的。"缪盈不由分说拉着萧清在长椅上坐下,试探着问,"萧清,你最近怎么了?"

"没怎么啊。"

"我怎么觉得你不太对劲呢?好几次在学校碰上,你都匆匆忙忙、说不了几句话就走,你不是在躲我吧?"

"没有。"

"你看,我说一串话,你就回答两个字,肯定不对劲!是不是我无意说了什么不合适的话?或者做了什么让你不愉快的事?如果有,你就告诉我。"

"真没有。"

"那你有什么心事?"

"也没有。"

缪盈对她察言观色:"萧清,我们是好朋友,你如果有什么事,可要告诉我。"

"我真没事儿。"

缪盈不好追问,于是转移话题:"我想告诉你我最近会有一个很大的变化。"

"变化?哪方面?"

"算是生活方面吧。"缪盈唇边溢出笑意,"我和书澈准备结婚了。"

这个消息让萧清惊讶:"是吗?"

"我们不想太张扬,就打算去注个册,和朋友们聚聚,简单庆祝一下,到时候邀请你,你一定要来。"

"不知道那时候……我还在不在,先提前祝贺你们吧。"

169

缪盈对萧清的欲言又止和语焉不详感到纳闷:"为什么不在?萧清你要去哪儿吗?"

萧清避而不答:"不去哪儿,看情况再说。"

"看什么情况?你到底有什么事,这么神秘?"

"对不起,我上课时间到了,先走了。"萧清快步走开。

萧清她怎么了?缪盈感受到了和成然一样的疑惑,但又和成然一样对萧清情绪失常的原因不明所以。

书澈和缪盈一起,从旧金山机场接回了突然赴美的书妈。开往酒店的路上,他还是忍不住追问书妈此行为何而来。

"妈,你突然跑来旧金山,到底什么事?"

"你想不到我为什么来?"

"难道……是为我们?"

"不为你们,还能为谁?你俩突然说要结婚,我能不来吗?"

"妈,你是来阻止我们结婚的?"

"那倒不是,我不反对你俩结婚。"

"真的?"

"当然是真的,"书妈怜爱地抚摸准儿媳的头发,"缪盈多好,你俩一对金童玉女,看着就顺心,我高兴还来不及,干吗反对你们结婚?"

书澈对他妈的话信以为真,高兴了:"我还以为你是执行我爸的任务来对我严防死守呢。"

"你跟你爸只要杠上了,脑子都是一根筋,也不想想,你们真想结婚,我能怎么防怎么守?"

缪盈对书妈说:"阿姨,我们还是希望能得到您和叔叔的祝福。"

"让你叔叔的犟脾气慢慢往回拧,我是百分之百祝福你们。其实我这趟来就一个想法,不管你们要在哪儿注册、办不办婚礼,我这个当妈的都必须在场见证。缪盈,我这么想没错吧?"

"当然,您这么想,我们太开心了。对了阿姨,我爸正好也在旧金山,您既然来了,哪天到家里吃个便饭,和我爸见个面吧?"

书妈的惊讶看上去再正常不过,就像她真不知道成伟这时也在旧金山一样:"是吗?这么巧!你爸爸也在?"

缪盈丝毫不疑,说:"他来处理公务,已经待了一阵子了。"

"妈,双方家长也该会晤一下了,你就代表我爸跟成叔叔见个面吧。"

"当然应该见面,我一定登门拜访。"

"看您哪天时间方便,我来安排家宴。"

"晚两天吧,先让我倒倒时差,调整一下状态。缪盈,爸爸在你就好好陪爸爸,让书澈陪我就行了。"

到了酒店套房,缪盈离开,只剩母子单独相处时,书澈才慢慢感觉到书妈并非如她自己所说,此行是为支持和参加他的婚礼而来。

"妈,缪盈一来美国,我的生活质量噌噌提高,幸福感爆棚。"

"所以你就想结婚了?"

"结了婚,我们俩在这儿就有个家了。"

"一口一个缪盈,你俩有幸福的小家,妈以后可就失落了。"

"你这是提前吃儿媳妇醋呢?"

"说到结婚,妈得跟你念叨念叨,你记不记得去年我问过缪盈的生辰八字?"

"记得,缪盈说你肯定要找人给我们俩算姻缘,后来也没听你说。"

"去年邻居吴大姐认识了一个易经大师,非要让我也去算算,我说我不信这些乱七八糟的封建迷信,可人家说易经是很有道理的,不是封建迷信。"

"嗯,易经还真不是封建迷信。"

"我当时没去算,前几天你说要结婚,我就把你俩的八字拿去给大师看了。"

"大师怎么说？"

"大师说你俩的八字都挺好，合得也不错，而且你属蛇，缪盈属羊，老话讲：蛇盘羊，越过越强。"

"这么好？"

书妈话锋一转："不过，大师说你俩不能早婚，今年也不适合结婚。"

"妈，这大师是不是也认识我爸？"

"不认识，我可没跟大师说你爸反对你们结婚。"

"那我们今年不适合结婚的理由是什么？"

"有两个原因。一来，你今年是本命年，大师说：属蛇的本命年犯太岁，各方面运势不太好，情绪也不稳定，如果今年结婚，夫妻之间会经常吵架，影响感情；二来呢，今年农历没有立春，老人讲话，这叫无春寡妇年，不适合结婚，说寡妇年结婚过不好，还容易有灾。"

"妈，你什么时候开始研究相信这些了？一下子背这么一大篇词儿，不容易吧？"

"我以前是对这些不感兴趣，这不事关我儿子的婚姻幸福吗？大师的话我认真听进去了，觉得很有道理，所以根本不用背，记得清楚着呢。"

"有什么道理？纯属封建迷信。"

"你刚才不是说易经不是封建迷信吗？"

"易经不是封建迷信，但你刚才这种说法和解释跟易经没半毛钱关系。"

"那不是我的说法和解释，是大师的。"

"妈，你又是《易经》、又是大师，把能想到的各种神秘力量都发动起来了，不就是为了让我相信现在结婚不合适吗？也别兜这么大圈子了，直说吧，你就是带着我爸交给你的任务来的，就是为了阻止我结婚来的，对不对？"

"不对！我真不是要拦着你们结婚！儿子，我打心眼里喜欢缪盈，早就认准她当我儿媳妇了，你们俩在一起我特别高兴，怎么会反对你们结婚呢？"

"你可能不反对，但是我爸反对，你从来拗不过我爸，最终都要和他保持一致。"

"其实你爸也不反对你们结婚，只是希望你们不要现在结。书澈，你和缪盈能不能等一等，两年以后再结婚？"

"两年以后？为什么？既然你们都同意我们结婚，为什么要让我等两年？为什么不能现在结？"

"刚才我不是都说了吗……"

"你刚才东拉西扯的那些神秘力量都不算，还有别的原因吗？"

书妈被儿子问得一时语结，至此，书澈已经确定老妈突然飞来美国的来意，还是为了阻止他结婚。

"妈，你动用各路怪力乱神，云山雾罩说了一篇学术论文那么长，也没说出一个反对我结婚的正当理由，这是因为你们根本就没有反对的理由。我爸之所以反对，不过是因为我没有事先征求他的意见、获得他的许可自作主张，有损他父亲的权威。"

"你爸的做法是有点霸道……"

"他何止有点霸道？他是十分霸权！从小到大，因为他所做的一切是为我'好'，所以我就必须服从他的意志，听从他的安排，接受他的处世哲学代替我的个性选择，接受他越俎代庖、替我设计，替我决定我的人生。"

"你爸所做的一切当然都是为你好！"

"妈，你们认为的'好'，也许未必是我的'好'，而你们认为的'坏'，可能是我必需的经历。"

"书澈，你出国这六年的确是变了，你不但自己有主意，还事事

173

自己拿主意，难怪你爸对你有情绪。他送你出国留学，不是为了让你把翅膀练硬了好和他对着干。"

"妈，不是我故意叛逆，我早过了为叛逆而叛逆的年纪，我只想做自己的主。"

"你爸这回反对你结婚，不是全无道理……"

"有什么道理？如果你们说出一个我能理解的原因，我不是不能接受，谁结婚不想得到父母的支持和祝福？谁想把结婚变成一场战争？！"

书妈被儿子将军将到了话到嘴边，却无法出口的地步："有些话，可能现在还说不了，有些事，也许以后才能告诉你……"她的话意味深长，却欲言又止，"所以妈也希望你把结婚计划放一放，给你和你爸两个人留出沟通转圜的时间和空间，他并不是反对你结婚，只是觉得现在不是一个合适的时机。你们父子又不是仇人，有什么调和不了的矛盾？为什么不能耐心沟通、彼此包容、解决分歧呢？一个不由分说，一个一意孤行，这么针尖儿对麦芒儿，你们是要把这个家拆散了才算吗？"

书澈还没有意识到书妈这句话里的严重性："你见谁家父子俩相敬如宾、其乐融融了？我怎么就把家拆散了？"

"你知道什么哪……"书妈没说完，眼泪已经夺眶而出。

书澈被她突然爆发的情绪惊呆了："妈，你怎么哭了？！"

"你真以为咱家像你看到的那样风平浪静、花好月圆？那是因为——什么都没有让你知道！"

母亲这句话，等于明确无误地告诉书澈：家里有事发生了，而他，却被蒙在鼓里。

"妈，有什么事一直瞒着我？你告诉我！"

儿子的追问让母亲紧守的最后一道闸门彻底崩塌，她一时无法自控，把脸埋在书澈怀里，泣不成声。

"真的有事发生对吗?家里到底出了什么事?你们为什么瞒我?"

"书澈,你不在这六年,出了很多事,有些事就连我也是刚知道没多久,我也一直被蒙在鼓里,以为一切风平浪静、花好月圆……"

书澈立刻敏感察觉到:所有事情,源于父亲。

"妈,我爸他怎么了?"

书妈意识到自己的失口,连忙掩饰:"你爸?你爸怎么也没怎么,不是你爸。"

"除了他,还有谁能把你蒙在鼓里?就是他!是经济问题?"

"胡说!没有!你爸他一向廉洁。"

"那就是情感出问题了!"

书妈倒吸一口冷气:"你听说什么了?"

母亲此语一出,让书澈终于确定了:父亲出了这方面的事儿。

"我爸那个身份地位,一旦出事,不是权,就是色。他是不是出轨了?"

书妈的眼泪忍不住往外涌,她无力摇头否认,欲语却又还休。母亲这个反应,等于默认了父亲出轨的事实。

"那是什么时候的事儿?"

"我也是最近才发现,你爸承认……他和那个女的有一段时间了。"

"她是谁?干什么的?怎么和我爸认识接触上的?"

书澈的步步进逼让书妈猛然意识到自己说得太多了。

"我不是很清楚,也不是很在乎,这些都不是那么重要……"

"为什么不重要?!你怎么可能不在乎?!"

"因为……你爸说他很后悔,他已经向我认错了。"

"他和她断了吗?"

书妈点头,但她眼神躲闪、表情含糊,显然,对自己的说法也充满不确定性。

"我想和我爸谈谈……"

"不要！书澈，你什么都不要和你爸说，本来我也不该对你说这些……我希望这件事无声无息，赶紧过去！你不要再追问了，关于这件事，你尤其不要对外人漏一个字！千万千万！一旦泄露出去，对你爸的影响将是毁灭性的！这个你懂！"

"我知道。"

"答应我：谁也不告诉，包括缪盈！"

"我答应你。"

"妈累了，想睡了。"

面对心力交瘁的母亲，书澈还能说什么？还能继续追问什么？他只能沉默地守护母亲，看护着她渐渐入睡，不敢离去。父亲出轨给书澈造成的冲击前所未有地巨大，但此刻的他还无法预料：事情不但没有结束，还远远不止于此，未来，还将引发更大的爆炸！

深夜，担忧的缪盈打来电话，询问书澈一直没有回家的原因："你还在酒店呢？"

"我正想给你打电话，今晚我不回去了，你别等我。"

"OK，你是该多陪陪阿姨。"

书澈并不想对缪盈隐瞒他今晚得知的事情，但这些情况无法在一通电话里说清楚，所以他什么也没有透露，只问了她："明天下午你几点下课？"

"两三点吧，怎么？"

"我明天一整天都有课，你下午下课以后，来酒店陪陪我妈吧，她……情绪不太好，你带她出去逛逛、散散心。"

"我争取，课后学习小组讨论，到时候看能不能请假。"

"那你明天到酒店后微信我一下。"

"OK。"

就在同一晚，萧清终于下定决心，再次拨通了何晏的手机。此刻是北京的早晨,何晏刚来到医院,站在ICU病房外,透过隔离窗,看着里面的妻子。被送进医院以来,大部分时间萧云都在昏迷或者昏睡,她闭着眼睛躺在病床上,身上连接着各种监护仪器,输液瓶里的药液,正静静地滴注进她的身体。

手机在何晏的裤兜里振动起来,他掏出手机,屏幕上显示"清(美国)",迅速调整好情绪,接通了电话:"清儿,你能掐会算吧?我今天忘了关私人手机,你就又打过来了。"

萧清一句话就瓦解了父亲的表演:"爸,你别演了,我全都知道了,是小姨告诉我的。"

何晏只能答以一声叹息:"唉!"

"别怪小姨,你早晚都瞒不住我。"

"清儿,你别太担心,你妈已经脱离危险了,这几天情况一直很稳定。"

"爸,你现在是在医院吧?能视频吗?我想看看我妈。"

"清儿,ICU不能随便进,现在只能隔着窗户看看。"

"隔着窗户也行,我要看看我妈。"

"好。"

随即,萧清通过微信视频,在手机屏幕上看到了萧云躺在病床上的画面,她身上连接着各种监控生命体征的仪器,喉部插着吸痰和排肺部积液的引流装置,手上连着静脉输液管,这样羸弱的母亲,让萧清顷刻泪崩。

何晏通过屏幕看到了女儿的悲伤:"清儿,听我给你讲讲你妈的情况,因为多处肋骨骨折伤到肺,手术后肺部有痰和积液,她自己不能往外咳,为了防止感染影响心肺功能,做了喉部切管,你看她喉部那个金属管,就是一个引流装置,定时用仪器吸管直接把痰从气管吸出来,所以她短时间内说不了话。"

"伤到脊柱了吗?"

"颈椎没伤到，腰椎错位和压缩性骨折，万幸没伤到神经，不需要手术。左腿和右小臂都有骨折。"

"我妈还是一直昏迷吗？"

"没有，她这两天高烧基本退了，说明肺部炎症正在消除，虽然每天睡得多、醒得少，但不是昏迷状态，是太需要休息了。医生说：虽然要遭不少罪，但你妈命大，意志也特别强，只要好好治疗、康复，完全能恢复健康。所以你就踏踏实实的，别太担心。"

"爸，我需要你帮我个忙，请医院开一个关于我妈病情的诊断证明，然后寄给我。"

女儿的要求引起了何晏的戒备，反问她："你要你妈的诊断证明干什么？"

"给学校，申请休学用。"

"什么？你要申请休学？"何晏大吃一惊。

"您别大惊小怪，休学没什么大不了，我今天向安德森教授咨询过了，休学可以保留五个月学籍，我先回国，如果我妈五个月之内能恢复好，我就回学校继续上课，如果康复期很长，我就办退学。"

"你还想退学？！"

"休学也好，退学也好，不过就是按下暂停键，等以后什么时候条件允许了，可以再重新申请。"

何晏断然否决："不行！休学退学都不行！也没这个必要，你休学回来干吗？"

"我可以照顾我妈。"

"你妈用不着你照顾，现在她在ICU，时刻有医生护士照顾，每天只允许家属进去探视一小时，估计ICU至少要住一个月，你回来除了能看看她，什么都做不了。"

"可她以后还要做康复啊，你要上班，小姨和姨夫也有工作，不可能长期在北京不回广州吧？我回来至少可以陪我妈做康复。"

"你妈学校表过态了,等她开始做康复,系里会安排人过来帮忙,还可以请专业护理人员,再怎么说,也不需要你休学回来当护工。"

"那我就工作,我休学把学费省了,再找个律师事务所上班,给我妈挣医疗费。"

何晏被女儿一连串的自作主张惹火,忍不住怒吼:"医疗费有我呢!用不着你省学费,你能不能别自作主张瞎操心?好好上你的学,让我心静一点,比什么都强。"

瞬间,手机两边都沉默了。

"清儿,咱俩再约个时间好好商量,行不行?"

"不用商量了爸,咱家经济情况我心里有数,休学是我深思熟虑后的决定,你不用想着怎么打消我的念头。如果你不肯帮我开医院证明寄到学校,也没关系,我这两天就订回国的机票,回去后我自己找医院开证明,虽然麻烦一点,但照样可以办休学。"

"你这孩子怎么这么犟……"

"爸,过几天见。"

知女莫若父,何晏知道:就算自己再打一百通越洋电话,也拦不住女儿飞回国的脚步。挂断父亲的电话后,萧清立刻在电脑上订了三天后旧金山飞往北京的机票,然后去意已决地去向安德森教授告别。

"安德森教授,我来跟您告别,我向国际学生办公室请了假,后天下午的飞机回国。"

"这么快就走?暂时不办休学了?"

"我递交了休学申请,回国后开了医院证明文件再寄过来。"

"为什么不让你家人开好证明寄过来,等休学申请批下来再走?急着回去看妈妈?"

萧清红了眼圈:"我在视频里看见我妈躺在ICU里的样子,一分钟也不想多等了,我想尽早回去。"

"萧,我非常理解你的心情,别太难过,回去好好照顾妈妈,祝愿她早日康复。"

安德森教授用手轻拍萧清的肩,传达他的同情和慰问,这时办公室门忽然被推开,安德森的办公助理、一个名叫劳拉的美国女孩推门撞见了这一幕,萧清的哭泣和教授放在她肩上的手,都让劳拉感到错愕。

安德森教授吩咐助理:"劳拉,你可以下午再来。"

"没问题,不打扰你们了。"劳拉退出办公室前,萧清还是收到了她异样的眼神。

"萧,一旦你妈妈情况好转,我希望你早点回来上课,尽量不要造成退学,好吗?"

"斯坦福是我的梦想,我不会轻易放弃梦想的,我保证。"

"那我们说好了。"

"再见,安德森教授。"

真要告别斯坦福、告别美国时,萧清才发现她对这里的一切充满了留恋和不舍,斯坦福和旧金山,还没有熟悉就要挥手作别,留学刚开始便已经夭折。深夜,她坐在合租别墅门外台阶上,倒计时着自己在美国的时间,吹着最后两晚的旧金山夜风,第一次也是最后一次喝着美国啤酒,心想:出国留学对于自己、对于自己的家庭,是不是一个奢侈的理想?理想是不是一件有了信念和努力就足够的事情?自从有了到美国留学读研的念头以来,萧清第一次对她的奋斗目标、对她的勤奋刻苦产生了怀疑,甚至反省。

车灯闪过,一辆车停在合租别墅前,莫妮卡晃晃悠悠地下了车,隔着车窗和驾驶座上的帅哥缠绵吻别,然后踩着高跟鞋,扭向了别墅大门。

萧清在黑暗中开口:"你又换男朋友了?"

莫妮卡猝不及防被吓到,"啊"的一声惊叫,这才看到了萧清:"吓死我了!三更半夜你坐在这儿干吗?"

萧清冲她晃晃手里的啤酒瓶。

"咦?少见。"莫妮卡惊奇地一屁股坐到萧清身边,"我陪你喝。"

"还喝?你已经是一瓶行走的威士忌了。"

莫妮卡抓起地上那瓶啤酒就喝:"欢乐是短暂的,今朝有酒今朝醉。"

"我觉得你一直很欢乐,因为你永远在热恋。"

"那是因为,只有初见和热恋是快乐的,之后就是Long Long Long的痛苦不堪,所以,要在痛苦来临前,立刻开始下一段。"

萧清重重点头:"受教。"

莫妮卡和她碰了下酒瓶:"孺子可教!今天你很反常,恋爱了?"

萧清苦笑出来:"比起这个,恋爱真是一件微不足道的小事儿。莫妮卡,我要提前退房,房租能退给我吗?"

"你要搬走?喂,恋爱了也不用这么快搬去和男朋友同居吧?"

"同什么居?我没恋爱。"

"那你想换房子?是不是对凯瑟琳有意见?"

"不关凯瑟琳的事儿。"

"你总不会对我有意见吧?"

"我对谁都没意见,也没想换房子,家里出了点事儿,我要回国,后天就走。"

莫妮卡意识到了事情的严重性,关心地询问:"回国需要退租房子?你是不打算回来了吗?"

"有这个可能。"

"那是出了很大事儿?"

"我妈发生车祸,很严重,虽然脱离了生命危险,但以后需要漫长的康复治疗。"

"哦,真糟糕!你是向学校请了长假、等你妈情况稳定后再回来吗?"

"可能更糟,也许暂时不回来了,我打算申请休学。"

"休学?只能那样吗?"

"发生这种飞来横祸,除了担心我妈,我还要考虑家里的经济负担。"

"车祸没有保险理赔吗?"

"因为是自己全责,所以理赔很少,除了手术医疗,后期康复治疗也都要自费。"

"哦,没法儿更糟了,我很抱歉。"莫妮卡的微醺被萧清的遭遇一下子惊醒了,一时不知道如何表达自己的关切,不知能否帮上萧清一点点小忙。

"抱歉的人是我!这种时候,我对我爸妈感到很抱歉。"萧清突然想对人说点什么,而莫妮卡是此刻不用设防的不二倾诉对象,所以她一股脑儿地说了下去,"他们是那种最勤勉的精英阶层,不靠任何背景、全凭个人奋斗,获得了今天的身份地位,虽然没大富大贵,但都是行业翘楚和社会中坚。我爸的工作……可以归入国家公务员吧,明面儿上的钱不多,因为掌握关乎他人生死的权力,所以有很多灰色收入会主动送上门,我亲眼见过不知道多少回我爸将它们拒之门外。小时候不懂事,有一次别人送上门的东西我爱不释手,死抱着不撒手,客人走了被我爸胖揍一顿,之后记恨了他很久。那些东西我没有、很想要,又没偷又没抢,别人送上门,为什么不能要?我特别感谢我爸,因为他坚持拒绝,我家才有这么多年的心安理得和平静幸福。我妈是我家的经济支柱,我留学的学费、生活费,全靠她辅导音乐艺术考生赚的外快,我花的钱,是她一堂一堂教、经常连续上八小时课攒出来的。我爸妈就像是我这辆车上的两个部件:一个是方向盘,一个是发动机。我原来很自信,认为我优秀,那是因为我努力。这场意外,突然让我看清一件事:原来你的优越,一直是父母的负担；你的机遇，其实是因为他们的牺牲。你以为凭自己一步一步走上了更高的台阶，但其实你的每一步，都有父母在脚下为你添砖。如果到这种时候，我还只顾自己攀登，那就太自私了。我不能让他们为了成就我，不敢享受、不敢旅游、不敢休息、不敢生病……"

萧清感受到莫妮卡搭到自己肩上的手，那种无言的安慰，在这个即将告别的夜晚，给了她莫大安慰。虽然只有两三个月的短暂相处，但萧清知道：莫妮卡的放浪形骸下，一定有颗柔软温暖的心。

"走之前我把行李收拾好，先存在你这儿，一旦确定休学，可能要麻烦你帮我把行李寄回国。"

"没问题。"

"谢谢你，莫妮卡。"

莫妮卡拉住萧清的手用力握了握，用这样一句话安慰她："有你那样的爸妈，有那样一个家让你惦记，是一种幸运。"

"隔着千山万水心急如焚的节奏，难道也是幸运？"

"不然给你一种没人惦记你、你也不惦记任何人的轻松试试？就像我这样，还好有酒、有帅哥！"

萧清突然捕捉到了莫妮卡身上有一种稍纵即逝、无须外人安慰的孤寂，捕捉到了表面的热烈沸腾无非是她掩盖内心空虚创痛的挣扎，但是很遗憾，她没有时间进一步了解她为什么成为这样一个莫妮卡了。

第8章

第二天下午,缪盈离开斯坦福,像前晚在电话里答应过书澈那样,走进了书妈下榻的酒店,她习惯性看了下手表,时间显示,这时是下午3点。缪盈寻找电梯,正四顾环视时,惊讶地看到了——成伟!他正站在电梯间打着手机,完全没有察觉到缪盈的出现。

酒店巧遇成伟让缪盈非常意外,她爸怎么会在这里?他是碰巧来这儿找人?又是谁恰好和书妈住在同一间酒店?她走向成伟,刚走几步,正要呼喊,"爸"还没喊出口,脚步就戛然而止,因为她看到了更加意外的一幕——电梯门打开,书妈走出电梯,成伟迎上她,两人熟络招呼,完全不是陌生人的感觉。

来不及梳理情绪和分析,缪盈已经本能藏到了遮挡物后,把自己隐藏起来。只见成伟和书妈并肩站在一起等待电梯,两人的身体和头挨得很近,窃窃私语,关系之密切昭然若揭。电梯抵达大堂,成伟一手轻扶书妈,一手挡住电梯门,护送她走入电梯。

缪盈没法按照书澈的嘱咐上楼去陪伴书妈,但也不能离开酒店,她在大堂找了一个座位坐下,安静思考刚才所见。那一幕意味着什么?这不是成伟和书妈的第一次见面?难道他们早就认识了?显然,他们说彼此"从未谋面"是撒谎。那么,成伟和书妈为什么对他们撒谎隐瞒双方的密切关系？书成两家的大人们从何时开始不为缪盈书澈所知的交往？

成伟跟随书妈走进她的酒店套房后，书妈立刻关门上锁，她决定先发制人，带着一种微微的居高临下和克制的咄咄逼人："在谈书澈和缪盈的婚事前，你知道我会先说什么吧？"

挥斥方遒的霸道总裁成伟，竟然在面对书妈时，呈现出毕恭毕敬、小心翼翼和唯唯诺诺的姿态："知道，知道，我认错，全怪我！"

"我帮你成就事业，你却来动摇我的家庭。"

"我完全没料到事情会发展到这一步，如果之前我能预见到，我绝对不会……"

书妈打断他的解释："我不想再往前捯了，这次来美国，除了孩子的事儿，我还有一个目的：这件事因你而起，所以你必须给我一个交代。不管用什么手段，你尽快给我料理干净，让那个人从我生活中永远消失！"

成伟向她做出郑重承诺："你放心，我保证负责到底！"

书妈这才吐出一口胸中的恶气。

酒店大堂的时钟走到了下午4点，距离成伟跟随书妈上楼已经过了一小时。缪盈从时钟上收回视线，随着成伟在书妈房间滞留的时间越长，她的疑惑就越深。手机响了，一看是书澈打来的，缪盈犹豫了几秒，才按下接听键。

"缪盈，你到酒店没有？"

"还……没有。"缪盈没法在电话里向他解释自己这一小时在酒店的所见所闻，只好先撒了一个谎。

"啊？你没去陪我妈？"

"抱歉，我还在学校呢，争取尽快结束，看一会儿能不能过去？"

"算了，你忙你的，别耽误你事儿。"

"你昨晚电话里说阿姨情绪不太好，为什么？"

书澈也明显不想在电话里和缪盈谈论昨晚,只说:"回头见面细说吧。"

"你还在上课呢?"

"嗯,课间,打电话问问你情况。"

"我要是能去陪你妈,就告诉你一声。"

"别勉强,晚上见。"

缪盈挂断手机,开始反思自己为什么会向书澈撒谎。她首先要极力防止的是,一旦书澈对书妈聊起今天下午她来过酒店却没有出现,书妈就会警觉,知道她发现了自己和成伟的"密会"。

楼上套房,成伟和书妈的"密会"话题,进展到了书澈和缪盈的婚事。

"虽然我和缪盈为此争执过,但当着书澈面,我不能态度明确横加阻拦,那样会引起他的怀疑,反而容易暴露咱们的关系和意图。"

"我昨晚试过了……"书妈摇头叹气,"还是说服不了他。"

"本来硬性阻拦就很难,我们确实没有反对他们结婚的理由,何况谁不希望他们俩在一起?"

"缪盈是我早就认定的儿媳妇,我巴不得他们赶紧结婚。"

"实在是不得已而为之!所以我总有一种不好的预感,怕这次耽误了他们的幸福……"

"不过是一种权宜而已,可怎么才能阻止他们呢?"

"我想来想去,只有一个办法。"

"什么?"

"要让他们结不成婚,不是因为我们的阻拦反对,那就只能是——缪盈拒绝了书澈。"

"可是缪盈怎么会拒绝书澈呢?"

"让她知情!"

书妈被成伟的想法震惊了:"难道要把我们的关系和计划都告

诉她？"

"和盘托出！只有这样，她才能明白和书澈结婚对全盘全局的影响，她才能了解这不仅仅是两个人的事儿。"

"这样做不冒险吗？缪盈会不会告诉书澈？"

成伟对自己的女儿未来会产生什么反应有十足的把握和笃定："她不会！我女儿我了解，我对她会做出什么决定有把握，因为从小到大，她能站在任何人的立场替所有人着想，从来没有放纵任性过，也从来不把她自己摆在第一位。"说起缪盈，他语气里饱含感情，还有内疚。

书妈被成伟这个方案说服了："你打算什么时候和缪盈说？"

"迫不得已、不得不这么做时。"

成伟走出电梯、经过大堂时，缪盈的目光一直追随着父亲的身影，直到他走出酒店大门。看表，下午5点多，成伟和书妈共处一室长达两小时，这绝对不是"素未谋面"的节奏。因为这个"秘密"非比寻常，缪盈最后决定：自己不出现在书妈面前，她也起身离开酒店。

萧清正在打包回国的行李，两个超大行李箱如何带来，现在要如何带回去。有人敲她卧室门，她起身，踩着一地东西的空隙，走过去开门。拉开门，门外站的竟然是成然。

"你来干什么？"

成然俯视着满地行李，惊讶地问萧清："什么情况这是？你真要回国？"

萧清不置可否，回身继续收拾。成然跟进门，见缝插脚，踩着行李箱之间的空隙，勉强立足。

"听你室友说你妈妈出了车祸，严重吗？"

萧清知道肯定是凯瑟琳放成然进门，也是她快嘴说出自己即将回国的消息。

"我妈脱离生命危险了,不过还在ICU,就算能出院了,未来也要进行长期康复。"

"上回我来你哭,就是因为这事儿吧?你打算回去待多久?"

"不知道。"

"计划什么时候回来?"

"没计划。"

"难不成你暂时不打算回来了?"

"有可能。"

"等你妈情况稳定了还要你陪吗?不就可以回来继续念书了吗?"

"我不想说,你别逼我吐槽、演怨妇。"

"你说,你的难处在我看来都是不值一提的小事儿,你的难处是钱吗?如果是因为钱,我爸说过:凡是钱能解决的问题,都不是大问题。"

"恭喜你有个气吞山河能说出这句话的爸爸,让你把别人举步维艰的人生走得如履平地,让你以为看不见就等于没有,你不知道无数个你抬脚而过、从没留意过的沟沟坎坎,对大多数人而言,就是翻不过去的高山!"

"你不就说我靠爹嘛,有个富爸爸怪我喽?爸不能选,朋友可以处嘛;没爹可靠,还能靠朋友。你为什么不找我们帮忙呢?让书澈给你介绍校内工,我也介绍一些赚外快的零工给你,再不济,我还可以借钱、贷款帮你交学费……"

成然怕他的援手让萧清窘迫,所以故意说得戏谑、说得轻描淡写,但这恰恰刺激到了萧清,自己的困境被别人用吊儿郎当的态度谈论,即使对方是好意,也让萧清忍无可忍。

萧清一声断喝:"我不要!"

她的怒吼,吓了成然一跳,完全没防备萧清如此抵触:"我说什么了?就算没有一句温柔的谢谢,也不该是怒吼的拒绝吧?"

"对不起,我没把你、把你们当成朋友!即使是朋友,我也没有权利要求人家帮我，朋友对我而言，不是信用卡和救命稻草。"

因为萧清的态度，成然不由得正经了很多："你是不是还在生那辆车的气？那件事我错了，我让你背锅，我保证向我爸解释清楚，还你一个清白。"

"无所谓了，我马上走，你们认为我白不白，对我已经毫无意义。"

"萧清，对这事儿你是不是太介意、太纠结了？你的情绪我不是很懂。我爸再也没提过这事儿，更没有去问老汪，他早就忘到脑后了……"

"这就是我们成不了朋友的原因，你爸随手送人转头就忘的一个念头，你随口一赌轻易输掉的一份赌资，却成了我百口莫辩的一个道德污点。"

"怎么就污点了？没人误会你呀！"

"你不知道，不等于没有。"

"除了我爸，还有谁误会你？我一个一个去替你解释。"

萧清不想倾诉书澈给她造成的心理伤害："我说了无所谓了，他爱怎么看就怎么看，我没有攀附上流的憧憬，就不会因为被误会而失望。"

成然听不懂，当然也不知道她说的是谁："你拒我千里之外，为什么连我姐也一起冷淡了？她不知道你家里出了什么事儿，更不知道你马上回国，否则她怎么可能不帮你？"

"不要！谁的帮忙我都不要！我能凭自己创造所有的好，就能一个人扛全部的糟！"

萧清的铜墙铁壁终于激怒了成然："是不是为了维护你神圣的自尊不受侵犯，只有穷人才配做你朋友？我有钱，我的好意就对你形成了刺激、构成了侮辱，是吗？你要画地为牢，拒绝一切不对等的善意，来捍卫你尊严的完整、成就你独立自主的人生吗？把个人尊严看得比一切都重要，你到底是内心强大，还是心理虚弱？"

成然的质问，像针一样刺痛了萧清，是啊，被书澈的误解伤害、对缪盈疏远、对成然拒绝，是不是只是因为——她内心虚弱？

"我从来不看什么上流下流、有钱没钱，我对人高冷傲娇，那是因为他们不管有钱没钱，都他妈很讨厌；我也可以很贱很跪舔，就是因为——我喜欢你！"成然猛然意识到自己刚刚冲口而出的，居然是"喜欢"？这让他感觉很囧，"你什么时候走？"

"后天。"

"后天几点？我送你去机场。"

"我自己打Uber。"

成然决定蛮不讲理："我就要送你！到底几点？不告诉我航班时间，我可以自己查！"

萧清心里坚硬的壁垒，突然松软了一下，她低头，藏起自己的小感动。

"明、明天你干什么？"

"走前我还有很多事要做……"

"需要你就叫我，现在……还有什么要我帮忙？"

"没有。"

"那后天见。"成然没法在萧清斗室里赖着不走，他跨过行李箱，出门后，又扔下一句"后天你等我"便走了。

成然走后，萧清走进厨房，给自己倒了一杯水，刚把杯子举到嘴边，就听见身后凯瑟琳说道："连我都被感动到了，萧清你可真沉得住气！我打赌你回国后很快就会回来，因为——像这样有钱肯花钱、有情还是肯花钱的男孩子，怎么可以错过？"

一股火直蹿萧清脑门，她把杯子重重摔在操作台面上，发出"哐当"一声巨响，吓得凯瑟琳赶紧闭了嘴。忍耐、再忍耐，萧清头也不回，走回卧室。

在她背后，凯瑟琳小声嘀咕："你才长袖善舞好嘛。"

走进卧室前,萧清听到了这句话,回手关上房门。因为显而易见的贫富差距,就连成然的一腔善意和情不自禁都一并被萧清粗暴地拒之门外,可在世俗眼里,她还是被人那样定义。萧清甚至没有时间,也没有未来去证明自己并非如此,因为,她就要离开美国。

当晚,书澈和缪盈都回到家里,在他全神贯注、噼里啪啦敲击电脑键盘时,她一直在犹豫要不要告诉他自己下午不但去过酒店,还见到了成伟和书妈在一起。最终,缪盈决定保守这个"秘密"。

"书澈,对不起,我今天没抽出时间去酒店陪阿姨。"

"没关系,忙完这两天等你有时间了再说。"

"她昨晚为什么情绪不好?"

听到这个问题,书澈停下手里在做的功课,抬头告诉缪盈:"我妈告诉我……我爸出轨了。"

这一天,还有多少劈头盖脸、无法承受的信息量?

缪盈目瞪口呆:"你爸?!他和谁?"

"我想打探那个女人是谁?我妈支支吾吾、语焉不详,但是我直觉她知道,只是不想告诉我。"

"然后呢?"

"没有然后了,她不告诉我任何信息,连出轨都是被我逼问出来的,她还千叮咛万嘱咐让我对谁也不许说,包括对你。"

"你是对谁都不能说!以你爸的身份地位,这种负面信息不亚于核弹,我也必须装作什么也不知道的样子……书澈,你打算和你爸谈这件事吗?"

"我不知道,等明天带我妈和你爸见完面,我想找个安静时间,再和她好好聊聊。我想知道更多事,想知道我妈心里怎么想,想确定我爸和那女的断没断……然后,再决定我该怎么做。"

"你爸的事儿和我们结婚有关系吗?"

"我想不出这两件事之间有什么因果关联。"

"那你妈这次来美国,对咱俩结婚,到底是一个什么态度?"

"她说了一堆理由,我觉得都是借口,都不是我爸反对我现在结婚的真正理由,我想知道——那个他们说不出口的真实原因,到底是什么。"

缪盈心里一震,书澈竟然说出了她对成伟说过的一模一样的话!她知道他和自己一样,逐渐看透了大人们的伪装,触到了他们极力掩盖的真相的边缘,但她也怕被书澈看透自己比他更早一步见到了更多接近真相的秘密。

深夜,被缪盈环抱着,他已酣然入梦,缪盈却夜不成寐。那个反对他们结婚的真正原因到底是什么?发现成伟和书妈早已熟识的关系,让这个问题的答案在缪盈心里呼之欲出,只待最后的求证。

沉睡中的书澈突然痉挛了一下,打断了缪盈的沉思,她听见他在梦里嘟囔她的名字,感觉到他的手在找她的手,好像害怕失去她一样。她攥住他,他才安宁下来,继续酣睡。缪盈翻身面对书澈,悄悄亲吻他,更紧地抱住他。

谁也不能将她和他分开!——这就是缪盈决定保留酒店那个"秘密"的原因,她更怕自己隐约知晓的真相被书澈知道,她不敢想象:一旦得知了父辈的"秘密",他会怎样面对这一段被"玷污了"的爱情?

书成两家家长"初次见面"的这一天,书澈开车拉着书妈,前往成家。

"妈,你以前没见过成叔叔?"

儿子无意间一句询问,让书妈心里一惊,心虚否认:"没有,没见过。"

"我爸也没见过他?照说一个主管城建,一个是本市著名企业家,他们从来没在商界活动中碰过面?"

"我没听你爸说过,应该没有吧。"

"那今天算是双边首次'峰会'的重大时刻了。"书澈一厢情愿地认为,书妈对着儿子只能干笑。

车开到成家别墅,成伟缪盈父女两人站在门口,恭敬相迎。见书妈迈出车门,成伟趋身上前握手:"终于见面了,书夫人,久仰。"书妈报以礼貌寒暄:"成总,幸会。"两人果真如陌生人一般客套,心照不宣地上演初次见面的戏码。

缪盈旁观这一幕,对比前一天她在酒店的所见所闻,感觉恍惚,对于双方的演技,她给打十分!

成伟恭维:"早有耳闻市长夫人雍容华贵,今天终于一睹您的风采。"

书妈自黑:"我人老珠黄了,成总现在才是男人最有魅力的年龄。"

书澈在旁边听得忍无可忍,开口制止:"妈,求你说人话。"

"我怎么不说人话了?"

"你们就叫'书澈妈'和'缪盈爸'就好,再'夫人'和'总'的,我要求退场。"

成伟打哈哈:"其实要从彼此知道算起,我和你妈绝对是老相识了。"

书妈随声附和:"是呀是呀,早就想见见缪盈爸,听都听成熟人了。"

上了餐桌,成伟问书澈:"你妈来这几天,你没陪她四处玩玩儿?"

书澈说:"留学狗时间不自由,这几天课满,一有空了我就安排。本来缪盈说昨天下午请假去酒店陪陪我妈……"

这句话让成伟和书妈两人同时一愣,他们快速对视一眼,又迅速回避视线。这一切,都落在缪盈眼里。

书妈问缪盈:"昨天下午你来酒店了?我怎么不知道?"

"我没去成酒店,因为没请下假。"缪盈看到她说完这句话,成伟和书妈同时松了口气,"阿姨我改天陪你,好吗?"

书妈笑着回应她:"你们功课都忙,阿姨不用你们陪。"

成伟建议:"要不,我安排公司的人和车,陪您四处转转?"

书妈笑纳:"好哇,但我很随性的,也不想天天出门。"

成伟大包大揽:"我来安排,保证张弛有度,您想去什么地方?想吃什么东西?"

两个大人一唱一和,为他们以后的频繁接触做了足够的合理铺垫。缪盈看穿了他们的用意,书澈却不以为意,他的心思和注意力都在即将宣布的婚讯上。

"成叔叔,妈,我有件事对你们说。"书澈伸手拉住缪盈的手,以前所未有的郑重,说出下文,"尽管我父母认为现在时机不合适,但我还是决定——和缪盈结婚!"

成伟和书妈步调一致,保持沉默,不轻率亮明态度。

"我们会在近期选个日子到市政厅注册,控制在最小范围,和最好的闺密、基友小聚一下,就算是我们结婚了!——这就是我和缪盈希望的结婚仪式,当然我们更希望:得到你们的祝福。"书澈缪盈一起望向成伟书妈,等待着两家家长的答复。

书妈向成伟投去一瞥,似问询,也似求助。

出乎所有人,尤其是缪盈的预料,成伟露出笑容,说道:"既然你们决定了,我当然尊重你们的决定,当然会为你们祝福。"

书澈对书妈补充:"妈,注册前我再和我爸好好谈谈,争取得到他的谅解。"

"也只好……这样了。"

相比书妈的无奈接受,成伟显得意兴盎然:"书澈妈,这是喜事!高兴高兴!来,让我们代表双方家长,祝福这对孩子。"

众人起身碰杯恭喜时,缪盈的视线牢牢锁定父亲。父亲此刻的欣然接受,相比此前的强烈反对,扭转速度角度都过于猛烈,她不知道他在想什么。

成伟举着酒杯说了一段肺腑之言:"书澈、缪盈,我多么希望你们的爱情,永远不被身边的利益所困,不被周围的诱惑所扰,干干净净、清清澈澈!无论将来发生什么变故,无论产生什么样的误会,你们都要相信——彼此的爱!永远在一起!永远不要分开!"

说完,成伟红了眼圈,将杯中酒一饮而尽。这一刻的动情,是他对自己所作所为的内心纠结,也是他对即将亲手毁掉女儿婚姻的内疚和隐忧。

书澈当然无从知晓准岳父此刻的复杂心绪,还一派天真:"谢谢叔叔,我们会的!"

缪盈把目光从成伟转向书妈,看到她一副心思不属、阴晴不明的表情。书妈发现缪盈在看自己,赶紧换上一副笑脸:"祝福你们!缪盈,我盼你做我们家媳妇好多年了。"

成伟问:"你们打算哪天注册?"

书妈要求道:"我和缪爸都在,你们婚礼再低调、不张扬,也不能把我俩排除在外吧?"

"程序上,我们要先去市政厅注册,拿到结婚许可后才能预约仪式,预约后要等排期,这两步不一定能安排在一天。"

"我不管,反正我要出席见证你俩结婚。"

"这样好了,注册本身就是办个手续,我们注册完回到这里,我和缪盈请大家吃个饭。等仪式日期确定了,我们正式邀请你和成叔叔出席观礼。"

插不上嘴的成然这时跳起来显示他的存在感:"到底哪天?能不能早点确定?给我的时间不够了!"

成伟呵斥儿子:"有你什么事儿?!"

成然自鸣得意:"只有我在美国结过婚,你们难道不需要过来人引领指导?"

成伟只好自嘲:"我怎么总忘他是已婚人士这茬儿了。"

两家家长宴的气氛无比融洽,结婚突然变得畅通无阻。饭后,作为东道主,成伟邀请书妈到后院泳池单聊,在书澈成然看来,这自然而然,缪盈却留了特别的心思。她踩着不易被察觉的脚步,悄无声息地经过通往后院的走廊,走近泳池,隐约听见了成伟和书妈的低声对话:

书妈在问:"看来只能按你的方案走了,你真有把握?"

成伟在答:"你放心!"

"你的方案"?什么方案?是针对她和书澈结婚的应对方案吗?那会是什么呢?缪盈隐隐约约预感到她和书澈顺顺利利地注册结婚,不会是这件事的终点。

结束了成家别墅的家长聚会,书澈送书妈回到酒店,一进门,他就向书妈道歉。

"妈,你不怪我今天没事先征得你同意,就擅自对成叔叔宣布吧?"

"妈怎么能怪你?我只是希望你将来回想起现在,不要怪我们……"

"我为什么会怪你们?"

书妈无法直视儿子清澈的目光,逃避地从他面前走开。

"妈,我还想和你谈谈我爸……"

"谈你爸什么?"

"关于他出轨……"

书澈话没说完,就被书妈激烈打断:"那件事过去了!没什么好谈的!"

"可前天晚上,你还没从那种情绪里摆脱出来……"

"那晚我情绪失控,可能是因为之前喝了酒,加上时差,导致紊乱,总之不是正常状态。你不要把那晚我说的话放在心上,本来我也不该让你知道这些过去了的事儿。"

"真的……过去了吗?"

"你爸保证他和那女人一刀两断,现在他按时上班、按时回家,我和他回到从前,一切都过去了。你不要去和你爸交流这件事,更不要向外人透露一丝一毫,要像什么也没发生过一样!"

书澈无法继续追问下去,但他的目光和内心一样充满疑问:真的就像什么也没有发生过一样吗?

离开旧金山飞回北京的日子到了,房间被收拾得整整齐齐一尘不染,恢复到萧清入住之前的样子,现在,她要把房间完璧归赵,还给莫妮卡。莫妮卡下了楼,靠在萧清卧室门上,酷酷地交叉双手,看着她最后的整理。

萧清把一只行李箱推到她面前,里面是暂时不需要带回国的东西:"这一只就拜托寄存在你这儿了。"

"就放这屋吧。"

"别,我还是把它放到储物间去,别耽误新租客入住。"

"就放这儿!没有新租客。"莫妮卡不由分说。

"这个房间你不要继续往外租吗?"

"留着它,等你回来。"

"我不一定能回来……"

"那就等你确定不回来再说。"

这就是不屑于缠绵的莫妮卡的温柔的方式,两三个月的短暂留学生活并非一无所获,萧清鼻子一酸,拥抱住她。

"谢谢你,莫妮卡。"

"我有什么好谢的?"

"谢谢你让我知道欢乐都是短暂的……"

"啊?抱歉,没有励到你的志。"

"不会呀,因为同理,痛苦也会是短暂的。"

莫妮卡一头黑线,耸肩笑道:"好吧,你懂辩证法。"这时,别墅门铃响了,"一定是赌咒发誓今天会出现的那个人来了。"

萧清打开别墅门，惊讶地发现门外来客并不是成然，而是安德森教授。

"安德森教授，怎么是你？"

安德森教授的神态和语气都带着一种责备："萧，我以为你请假回国和计划申请休学是和父母商量过、共同做出的决定，想不到是你自己一意孤行。"

"我爸不希望我回国，他也不同意我休学。"

"于是你就拉黑了他？"

"您怎么知道？"

"你的处理方式简单粗暴，辜负了你所受的法学教育。"

"是谁告诉你我拉黑了我爸？"

"当然是来自被害者的本人控诉。"

"他联系您了？"

"和你失联了，你父亲只能联系我，他打电话给我，希望我能阻止你上回国的飞机。对于你父亲的嘱托，我没有把握不辱使命，所以最好还是你们面对面沟通出一个结果。现在，他要和你通话。"

安德森打开自己手机上的Face Time视频，点击通信录上萧清父亲"Mr He"，屏幕上出现了何晏的头像，所在环境，一看就在北京的医院，教授把手机递给萧清："逃避不是好的交流方式。"

萧清接过教授的手机，她和何晏在视频中面对面。

"清儿，你现在人在哪儿？"

"马上要去机场。"

"爸知道你做任何决定都经过慎重考虑，也知道你一旦做了决定就很难改变。但在最终决定前，你先听听你妈的想法。"

萧清发出一声惊呼："我妈？！她能说话了？"

"还不能说，但你妈今天实现了历史性的突破，取得了阶段性的胜利：她不但清醒了，还能写字了！清儿你看。"

何晏转动镜头，手机屏幕上出现了——平躺在ICU病床上的萧云。此刻，她神志清醒，虽然颈部依然固定着切喉的引流装置、全身依然连接着各种管子，但她面对镜头，绽放出笑容！

这个画面让萧清瞬间泪眼蒙眬："妈，你醒了？你好吗？"

萧云无法动弹，她举起唯一没有骨折的左手，冲萧清比画了一个V字。

萧清一边泪奔，一边冲母亲竖起大拇指："你太牛掰啦妈！"

萧云伸出左手，陪护的小姨赶紧把一支笔塞到她手里，帮她握好笔杆，又托起一个书写板，让萧云在上面一笔一画地写字。

何晏在一旁现场解说："这不是简单的一笔一画，你妈的一个字，是咱家的一大步！"

对萧云而言，每写出一个字，就是一段长征，她写得艰难而缓慢。但是，相隔万里、视频两边的人，都无比耐心地等候着。

莫妮卡无声地站到了萧清身后，默默地红了眼圈。

成然出现了，他推开虚掩的大门，发现这么多人在场，却对着一台手机静寂等待，一时有些诧异，随即看到了萧清的反应，迅速明白状况，乖乖静候一旁。

萧云终于写完最后一画，攥不住手里的笔，却依然伸手使劲儿够着书写板。何晏理解了妻子的意图，把手机交到小姨手里，帮妻子把书写板竖在她的胸口，向镜头展示她刚刚书写的字迹，小姨把手机镜头缓缓推近。

萧云歪歪扭扭的字迹，写了这样一句话：女儿，我很好，你放心！我们一起加油！

萧清捂住嘴，拼命抑制，不让自己发出悲声。

莫妮卡哭了，把头扭向一边，掩饰情绪。

成然热泪盈眶。

就连沉稳的安德森教授，也难以控制感情外露。

母亲的一行字，捆住了女儿回国尽孝的脚步，推搡着她在理想的台阶上继续向上攀登。

成然缓步走出合租别墅，依然沉浸在某种情绪里无法自拔，坐进宾利欧陆，也迟迟没有发动汽车。刚才，对成然而言，是自己不曾经历、一生也不会经历、极为遥远陌生的一个境遇，却给了他刻骨铭心的感受和记忆。成然突然觉得：相比于萧清，自己的一切都轻飘飘，连财富都失去了重量。

萧清双膝跪在自己卧室的地板上，重新解锁行李箱的开关。

那一声"啪"的开锁声，让莫妮卡无比心安。

萧清和家里的视频热线也恢复了，虽然手机屏幕上只有何晏一人，父女两人已从之前的激烈对抗中平静下来，恢复了正常邦交。

何晏问女儿："机票退了吗？"

"飞机起飞前退掉了，损失了百分二十的手续费。"

"退了就好，从明天起，你安心上课读书。我知道你惦记钱的事儿，还是那句话：车到山前必有路，你不要为学费生活费分神儿，本来钱就不该是你操心的事儿。"

"安德森教授告诉我，他决定给我提供一份校内工职位，聘用我做他的办公助理，时薪10美元，一周工作20小时，这样我每个月就会有七八百美元的固定薪水了。"

"每天工作四小时，会不会太辛苦？"

"爸，这份辛苦很多人抢破头都争不到呢。安德森教授是好人，不然这么好的校内工机会，轮不到我这个入学没多久的研一生。现在我终于可以理直气壮突破我妈不许我留学打工的禁令了。"

"清儿，你知道吗？爸这辈子，从来没软弱过、没动摇过，但这两周，我总克制不住一个念头往外冒：只要我一伸手，所有问题就都解决了……"

"爸，这次飞来横祸唯一的好处，就是让我更加确定：你是一个多么清廉的检察官,我为你自豪!我们自己有手,所有问题都能解决。"

"爸不让你回来的结果,可能反而让你更辛苦、逼你更坚强。"

"爸,你也让自己更辛苦、逼自己更坚强呀。"

"那就像你妈说的:咱们都加油吧。你妈一个学渣已经做得那么好,咱学霸爷俩儿,哪能输给她?"

"必须给她好看!"

父女两人隔着屏幕击掌鼓劲儿!

职业码农宁鸣,日复一日,凭着他的勤奋努力,流向了平凡,同时也是稳健、靠谱的人生。白天,坐在鸽子笼一样的办公室隔间里,敲打键盘、编写程序,周围往来穿梭,时间从光天化日变换到夜幕低垂,他的姿势可以不发生任何变化;入夜,走出写字楼,万家灯火,没有一盏灯为他而亮;裹挟在人流中,红灯停、绿灯行,步调一致,泯然众人,没有一个人与他有关。

回到和两名室友合租的三室公寓,不是开门撞见室友甲和女友在客厅沙发上缠绵热吻,就是碰到室友乙和女友在厨房你喂我、我喂你,两张嘴共叼一块点心。单身狗的人生,是如此艰难。

孤身一人去看午夜场电影,宁鸣也深陷重围,身前身后全是深夜无处可去、到影院来热恋的情侣。他们眼里只有彼此,电影只有他一个忠实观众,在一片蒸腾的荷尔蒙之中,哭得撕心裂肺、泪流满面。

宁鸣的每一天都是一样的,再没有什么事情能让他为之疯狂,再没有什么人让他为之欣喜。直到一个难得的休息日,他无处可去,鬼使神差地回到了清华校园。走过那些因记忆而闪亮的地方:男生宿舍、女生宿舍、教学楼、操场……最后,来到清华礼堂。

走上礼堂外的台阶,站在四年前新生开学典礼时初见缪盈的位置,他向对面投去视线,那是第一眼望见缪盈时她站的位置,此刻,空空荡荡。

　　宁鸣沦陷在自己的记忆里，突然一声呼唤"缪盈"，像一枪击中了他，猛然惊醒宁鸣！不会吧？！想她时，她就在眼前？！

　　环顾四周，宁鸣寻找着呼唤"缪盈"的声音来自哪里。他看见七八个面熟的女生正在台阶下不远处，头挨头，高举自拍杆拍摄视频，一起对手机镜头说话："缪盈！缪盈！你的后宫们都在这里了！为了你，今早，我们各郊县名媛披星戴月，从回龙观、门头沟、通州、怀柔出发，四面八方地聚在这里，重返校园，鸳梦重温。"

　　宁鸣认识其中好几个人，她们是经管学院的女生，都是缪盈的闺密。他走近她们，被陈虹羽一眼发现了他。

　　陈虹羽叫他："哎！宁鸣你也在？真巧！你出现得太及时了，赶紧过来当自拍杆。"

　　王诗琳问他："你也是来给缪盈录婚礼视贺视频的？"

　　婚礼？！缪盈的婚礼？！她要结婚了？！

　　宁鸣的心跳顿时错乱，漏跳了好几拍，但谁也看不出来，因为他脸上无波无澜："谁结婚？"

　　"缪盈呀，你不知道她就要在美国注册结婚了吗？"

　　"不知道，什么时候？"

　　"下周日，我和王诗琳打算飞过去到场观礼。"

　　"哦……"

　　"现在你做好一根自拍杆吧。"

　　陈虹羽把手机递给宁鸣，女生们手机镜头前重新集结完毕，宁鸣按下视频录制键，举手示意她们可以说话了。

　　陈虹羽代表闺密团致婚礼贺词："缪盈，今天，你就要嫁给他了！书澈先生：过去的缪盈是你的，未来的缪盈也是你的，但是！呵呵！她最美最好的四年，是我们的！'必须让她幸福'这种废话，就不用我们交代了吧？你要是胆敢让她有一点点、一丝丝、一丢丢不幸福,我们这里、不分性别、不分年龄、不分物种,人人都是接盘侠!在你的卧榻之侧,有很多、很多人抱着枕头等待上床安枕……要有危机意识哟!别怪我们没有提醒你!"

女生们集体面对镜头摆恐吓威慑Pose,宁鸣发现他的手和手中举的手机一直在抖。陈虹羽跑来,抢过手机查看,立刻对不停震颤的视频画面表示不满。

"为什么画面一直在抖?宁鸣你帕金森了?"

"有吗?我看不抖哇。"

其他女生围拢过来一起看回放,纷纷鉴定:"就是抖!宁鸣你眼睛也有问题,得去医院看看。"

陈虹羽命令他:"重来一遍,这回你给我端稳了!"

女生们又在镜头前重新集结卖萌,这一回,宁鸣不但努力克制住颤抖的手和颤抖的画面,还不动声色地点击进入了"查找我的朋友"App,打开陈虹羽的位置共享。这样,只要陈虹羽不关闭位置共享,宁鸣就可以通过定位她的未来行踪,轻而易举地找到缪盈!

做出这一举动时,宁鸣自己都不明确在他的内心深处,潜伏着怎样的蠢蠢欲动,以及仅仅几天后,他将会做出怎样的疯狂之举。

录完婚礼祝贺视频,宁鸣和经管女生们一起离开清华校园,陈虹羽打手机预约餐馆时,问宁鸣要不要参加闺密团的一起聚餐。宁鸣突然气壮山河地说:"今天我买单!"一群女生莺歌燕语,唯独他郁郁寡欢。

吃完饭,大家又一起卡拉OK,这个晚上的宁鸣,把在场的经管女生们惊得耳目一新、振聋发聩,她们不认识此刻这个光脚丫子、站在沙发上、手举麦克风、声情并茂引吭高歌的宁鸣,他颠覆了自己四年来一贯的寡言木讷、毫不起眼。

宁鸣正在唱的是,阿黛尔的Someone like you:

I heard, that your settled down.——已闻君，诸事安康。

That you, found a girl and your married now.——遇佳人，不久婚嫁。

I heard that your dreams came true.——已闻君，得偿所想。

Guess she gave you things, I didn't give to you.——料得是，卿识君望。

Old friend, why are you so shy?——旧日知己，何故张皇？

It ain't like you to hold back or hide from the light.——遮遮掩掩，欲盖弥彰。

I hate to turn up out of the blue uninvited.——客有不速，实非我所想。

ButI couldn't stay away, I couldn't fight it.——避之不得，遑论与相抗。

I'd hoped you'd see my face and that you'd be reminded.——异日偶遇，识得依稀颜。

That for me, it isn't over.——再无所求，涕零而泪下。

Never mind, I'll find someone like you.——无须烦恼，终有弱水替沧海。

I wish nothing but the best, for you too.——抛却纠缠，再把相思寄巫山。

Don't forget me, I beg, I remember you said.——勿忘昨日，亦存君言于肺腑。

Sometimes it lasts in love but sometimes it hurts instead.——情堪隽永，也善心潮掀狂澜。

Sometimes it lasts in love but sometimes it hurts instead, yeah.——情堪隽永，也善心潮掀狂澜，然。

Nothing compares, no worries or cares.——无可与之相提，切莫忧心同挂念。

Regret's and mistakes they're memories made.——糊涂遗恨难免，白璧微瑕方可恋。

第 8 章

Who would have known how bittersweet this would taste?——此中酸甜苦咸，世上谁人堪相言？

Never mind, I'll find someone like you.——无须烦恼，终有弱水替沧海。

I wish nothing but the best, for you too.——抛却纠缠，再把相思寄巫山。

Don't forget me, I beg, I remember you said.——勿忘昨日，亦存君言于肺腑。

Sometimes it lasts in love but sometimes it hurts instead.——情堪隽永，也善心潮掀狂澜。

Sometimes it lasts in love but sometimes it hurts instead, yeah.——情堪隽永，也善心潮掀狂澜，然。

这一刻，宁鸣歌神附体！全身发光！

女生们看傻了、听痴了，集体被宁鸣点了迷穴。

陈虹羽和王诗琳两人窃窃私语。

"他这是被谁附体了？"

"不，这才是他的本我。"

"我靠！给跪了！"

嗨到后半夜，剩下一个女生还在婉转轻唱，其他人已经东倒西歪。宁鸣早已醉卧沙发，头枕着陈虹羽大腿，嘴里还在嘟嘟囔囔，哼着Someone like you，她听见他模糊不清地嘟囔出一句："你若安好……"

"便是晴天对吗？"

"霹雳！"

陈虹羽趴到宁鸣耳朵上，小声问他："宁鸣，你悄悄告诉我：世贸天阶还有毕业典礼上的那个夙货——是不是你？"

宁鸣像听到一个笑话，突然扯脖子高喊："怎么可能？！那是个

205

傻逼！"

一行眼泪，顺着他的眼角滚落，宁鸣把脸埋进陈虹羽的裙摆里，藏起了一枚屎货的眼泪。

几天后，宁鸣站在就职的IT公司所属部门的高管办公桌前，听他羞辱自己："你入职不过才两三个月，试用期还没过，好意思跟我要一周的年假？我要是你，我就不好意思！"他的请假要求被无情拒绝。

午休，在一台银行自动柜员机上插入自己的银行卡，查看卡上余额，人民币余额显示9030元，这是他的全部个人财产。

深夜，宁鸣夜不成寐，长久凝视着天花板，突然一跃而起，翻开笔记本电脑，打开机票预订网站，搜索北京至旧金山的航班，从一长串信息里，点击购买了票价最低廉的机票。然后他蹦下床，找出登机箱，拉开衣柜，把一件件衣服摔进行李箱。

明知道那是锥心刺骨的一幕，宁鸣还是按捺不住万里迢迢上门找虐的冲动，业已熄灭的火苗又被点燃，烧成熊熊大火。他觉得要是不去美国亲眼看一眼缪盈出嫁，就会被自己的内火烧成灰。说不清这种冲动到底是不见棺材不落泪的悲壮，还是不到黄河不死心的执拗？

从得知缪盈即将结婚那一刻起，宁鸣就从死水无澜的平凡轨道上脱轨了，他不受理智控制的灵魂牵引着身体，漂洋过海，飞蛾扑火，义无反顾。

从思考、决定到出发，宁鸣承认自己没有一秒理性可言，找不出一个冠冕堂皇的请假理由，得不到合法假期，就无故旷工；没办法向父母解释去美国干什么，就不告诉他们。

第二天，他身背双肩包，手拖登机箱，在钢筋混凝土的城市森林间疾走。

在机场快轨关闭车门的一瞬间，他冲进车厢。

他走进首都机场3号航站楼的国际出发厅，通过安检。

在登机口，他给长春家里打去一个电话。

"爸、妈，公司派我去美国出差几天，跟你们打声招呼，别担心我。"

"去美国哪儿呀？去多久？"

"旧金山，几天就回来了，你们放心，家里都好吧？"

"我们都好，你别惦记。"

"我爷身体没问题吧？"

"没问题，能吃能喝，好着呢！"

"等我从美国给你们买鱼油回来。"

"别给我们乱花钱，我们啥也不缺！在外面别亏着自己，美国那地方啥好吃的都没有，你注意营养！"

"瞧你把人家说得跟农村似的。"

"可不就是美村儿嘛。"

"我上飞机了。"

"一路平安啊，落地就给家里报平安，啊！"

"好，挂了妈。"

经过廊桥，走到机舱门口，空姐对他微笑："欢迎您乘坐国航北京飞往旧金山的航班。"宁鸣深吸一口气，迈步踏进了飞往缪盈的飞机！

第9章

在即将和书澈注册结婚的前一天，缪盈独自回到成家别墅。在门外停好车，她坐在车里，最后沉思了片刻。今天，她想从父亲成伟那里，为自己的满腹疑团找到一个答案。

缪盈不知道，此刻，父亲正站在二楼窗前看着她。成伟望着缪盈下车走进别墅，离开窗前，走下楼梯。今天，他将让女儿知道一个前所未知的真相，用来改变她和书澈结婚的未来。

"你和书澈注册结婚的时间确定在明天了？"

"是，我们约好明天一早去市政厅。"

"今天回家要拿什么东西吗？"

"衣服，还有点杂物。另外，我还想和你谈谈。"

"是呀，在你出嫁前，咱们父女俩是该好好谈一谈。"

"爸，我心里有些疑问，不知道怎么开口问你。"

"你都要出嫁了，有什么想问我的，赶紧一起问了吧。"

"从书澈说要结婚、你当着他面表示许可祝贺、背后却向我表明反对态度那时起，我就想知道你究竟因为什么不同意我们结婚。"

成伟一僵，想不到缪盈率先开启了今天的中心话题。

"还有，你和书澈妈妈过去从来没见过面吗？这次见面前你们果真不认识？"

成伟又一愣，更没想到缪盈会质疑他和书妈的关系，难道她发现了什么？

"你认为我和她以前认识？"

"不是我认为，是我亲眼看到了。"

成伟快速思索他和书妈何时何地的举动让缪盈发现了他们关系非比寻常？随即恍然大悟。

"书澈说你没请下假陪他妈的那个下午，其实你去酒店了？"

"我去了，一直坐在大堂。你和她是什么关系？肯定不是之前你说的'互不相识'。"

成伟点头承认："没错，我们认识、熟悉有几年了。"

"爸，你不会在书澈妈妈成为我婆婆前先让她做了我后妈吧？"

成伟捕捉到女儿的思路，突然放声大笑。

"你还笑？！"

"原来你怕的是这个，爸向你保证：这个绝对没有！她是市长夫人、你未来的婆婆、咱家的亲家，我得有多胆大妄为、精神错乱和饥不择食，才敢想和她？"

"可你为什么向我们隐瞒你们的关系？我和书澈早就确定了恋爱关系，你和他爸妈见面、认识不是顺理成章、极其正常的事情吗？为什么你们反而遮遮掩掩？甚至对我们也要掩饰你们早有联系的关系？你和书澈父母究竟是什么关系？是不是你们的关系才是反对我们结婚的真正原因？"

缪盈终于问到了事情的真相，何其聪明的女儿呀！

"缪盈，今天我带你去见一个人。"

"谁？"

"见了他，你就会得到想要的答案。"

一小时后，缪盈坐在奔驰商务车里，被成伟带去一个地方。成伟和弗兰克都西服革履，显示出对即将前往的活动的重视。缪盈不知道父亲带她去见何方神圣。因为有弗兰克在场陪同，她猜想一定和伟业的国际业务有关。

到了一家高档商务会所，成伟一马当先，走在私密性极好的悠长走廊里，缪盈跟在父亲身后，这一刻的成伟，才是纵横商海、挥斥方遒的霸道总裁！他在一扇门前站定，略整衣装，肃立的waiter为他打开包间门，沙发上一位衣冠楚楚的美国中年男性起立迎接，热情伸出了手。成伟和他紧紧握手，弗兰克赶到两人之间，为他们口译。

"你好鲁尼！几周不见，你的健身很有成果嘛。"

"我必须确保未来和成伟总裁站在一起时不被叫成'那个美国胖子'！因为我们会有非常多并肩而立的机会，是吧？"

缪盈看出父亲和这位气宇轩昂的美国跨国企业高管的关系熟悉而亲密，一眼可见他们正在进行或者即将达成某种合作。

被成伟称呼为"鲁尼"的美国高管注意到了缪盈的存在："这位高贵的小姐是谁？"

成伟向鲁尼介绍："她是我女儿缪盈，刚从清华大学经济管理学院毕业，现在正在斯坦福商学院读MBA，今天我把她作为我的助理，带她来见习旁听我们的谈判。"

鲁尼和缪盈握手："哦，了不起的女孩！未来商界精英，伟业集团继承人，将来我们这些老家伙会被你们拍死在沙滩上。"

成伟向缪盈介绍鲁尼："这位是美国CE公司亚洲业务总裁鲁尼·斯特朗（Rooney Strong）先生，我的好朋友。CE是美国最大的轨道交通装备制造公司，掌握国际最尖端的地铁车厢制造技术，是世界上仅有几家能造出出厂时速达到100公里以上地铁车厢的企业。"

作为一个商科生，缪盈自然了解CE这家美国公司在国际市场的领航地位，她对鲁尼颔首致敬："我对贵公司的行业翘楚地位略知一二，久仰。"

鲁尼·斯特朗毫不隐讳地告诉缪盈:"CE正谋求成为伟业的卖家,把我们的地铁车厢制造技术卖给中国,希望成总给我这个荣幸和机遇,做CE通往中国市场的桥梁。"

缪盈望向父亲,成伟脸上浮现出一种掌控他人命运的淡笑,似乎他的位置不是求购别人东西的买家,而是被人求着的挑剔买主。接下来,缪盈全程旁听了成伟和鲁尼·斯特朗的谈判,虽然全程缄默,但她没有漏过一丝信息。

成伟面对鲁尼一副胸有成竹的姿态,故意把承诺说得轻描淡写:"虽然我不能打包票,但明年我们市政府的竞标结果,基本处于伟业掌控之下。"

缪盈心里一惊,表面不动声色。市政府竞标?处于伟业掌控之下?成伟的话,如草蛇灰线,在她心里,引申向了书澈的父亲,书望这两年来的工作重点之一,不就是地铁项目竞标吗?

鲁尼·斯特朗表示:"我对此毫不存疑。"

"如果伟业确保赢得竞标、拿到地铁车厢承建权,CE对于我们'以市场换技术'的一揽子合作计划是否全盘接受?"

"我个人以及团队对于伟业提出的合作计划全盘接受,但我们无法代表董事会决策。你知道世上任何地方都会有一些保守僵化的老家伙,包括CE董事会,他们会把维护技术壁垒上升到领土安全和政治安全的层面;不像我,把两者分得很清楚:生意的归生意,政治的归政治。"

"我们之间,就是单纯的生意。合作建厂、出让技术、中方拥有自主知识产权的合作条件,没有讨价还价的空间!CE如果不肯出卖核心技术,伟业立刻可以找到几个心甘情愿卖技术的备选下家。"

"作为亚洲业务总裁,我对于这项双方利益均能最大化的宏伟大业,一定极力促成!我未来的工作,就是要苦口婆心说服那些保守主义老家伙,告诉他们:中国市场是当今世界上最大的一块蛋糕,如果还像过去一样死攥着兜里的看家宝不撒手,只怕连个蛋糕边儿也分不到，会被彻底排除在这场全球盛宴之外。"

"我相信你的说服力。"

"董事会审核、磋商、决策会是一个耗时的流程，恳请成总耐心等候CE董事会对伟业合作计划的表决结果。"

"我很快会返回中国，静候佳音。"说完，成伟再次浮现出掌控者的谜之微笑。

缪盈在卫生间洗完手，关上水龙头，刚要推开门走出去，就听到了成伟和鲁尼趁她不在场时进行的一段对话。

"鲁尼，你能否在你的部门帮我安排一个人？"

"这很容易，你有什么要求？"

"给她提供工作签证，确保这个人可以长期合法居留在美国。"

"没问题。"

"当然，也请你监护和照顾她的日常生活。"

"监护是指什么？"

"比如，掌握她的一切行踪，再比如，禁止她回中国。"

鲁尼·斯特朗心领神会："懂了，包在我身上！"

缪盈猜不到成伟拜托鲁尼安排职位、照顾生活、长期居留美国、禁止回中国的这个"她"是谁。她也绝对想不到这又是一场交易的开始，而这场交易，即将彻底毁掉她和书澈的爱情！

见完鲁尼·斯特朗，父女两人回到成家别墅，缪盈当然体会到了成伟的用意。一个金融才女，怎么会看不懂这一场三方交易？她对父亲和鲁尼"以市场换技术"的国际合作、对成伟和书望的权商结盟，一目了然。

"缪盈，知道我为什么带你去见鲁尼·斯特朗了吧？"

"'明年市政府竞标处于伟业掌控之下'，这就是你和书澈父母的真实关系吧？也是你们向我们隐瞒的原因？"

成伟直言不讳:"也是我们不同意你们现在结婚的原因。距离地铁项目竞标还有不到一年时间,在竞标前后,一旦被外界发现我们两家的联姻关系,查到你和书澈已经注册结婚,未来的竞标结果就会引来质疑甚至调查,以权谋私、权商勾结就会被当成既定事实。"

"因为已经是既定事实了,对吗?"

"缪盈,你是伟业未来的继承人,你要知道做企业做到一定规模,如果不背靠权力、不寻租一份权力庇护,等于没有把你的财富放进保险柜!"

"我想知道:你和书澈父母什么时候开始背着我们交往?"

"几年前,我有了掌握地铁车厢尖端制造技术、垄断全国市场的抱负,今天你目睹我正在谈、正在做的这件事,将是我一生中做过的最伟大的一件事!我的野心,远不止于一个产业的开拓和利润,也不止于市场垄断地位,我的愿景,是用中国的市场,给中国制造业换回一个跻身金字塔尖的国际地位和历史机遇!"

"你一直都知道你的宏伟蓝图越接近实现,我和书澈的感情越不能公开示人,是吗?"

"所以我一直怕……耽误了你的幸福。"

"如果我坚持结婚,是不是就毁掉了你为之奋斗的宏图伟业?"

"我和书澈父母都非常高兴你们在一起,但是对不起,缪盈,做我的女儿、伟业继承人,家族使命是刻在你身上的烙印,你的个人利益必须让位于家族和企业利益,你们结婚不是两个人的事儿,你也没有随心所欲、想做什么就做什么的自由。"

"这是我的宿命,是吗?尽管我并不热衷做什么伟业继承人。"

"现在看来,只能是你!必须是你!这个身份、这份责任你无可逃避。"

"你要求我怎么处理结婚这件事?"

"拒绝书澈!在明年市政府竞标、我得到地铁车厢承建权以前,我们两家的关系绝对不能公之于众,你和书澈不但不能结婚,连恋爱也只能地下,尽量低调。"

"可我用什么理由拒绝他?明天一早我们就要去注册了……"

"抱歉女儿,我不知道你用什么理由取消明天的婚礼。我知道这让你极其为难,但我只能为难你。"

缪盈被置于一种巨大的矛盾纠结当中,服从父亲,意味着——把触手可及的幸福推远,更何况,她找不到一个让书澈相信并接受的延期结婚的理由,而暗中成为书望和成伟权钱交易的棋子这个秘密,一旦被书澈知道,不堪设想。但是,拒绝父亲——明天坚持结婚,等于将父辈的暗中结盟一夕瓦解,将集团和家族的伟业毁于开端。向前是毁灭,退后是深渊,无论缪盈怎么选,都注定是错。

"绝对不能让书澈知道这一切!你了解他们父子的关系,也知道书澈和他爸在对现实的理解认知上,包括价值观上的分歧,谁也无法确保一旦被书澈知道这些事儿,他会做出什么反应?会引起怎样的轩然大波?"

"那你让我知道这些内情,是因为确认我能理解并且配合和服从你们的安排吗?"

"是,我对你有把握,因为从小到大,你宁愿委屈自己都不愿意让别人失望,你就是这样一个女孩儿。"

缪盈鼻子一酸,泪水充满了眼眶。

"明天你打算怎么办……"

"求你了,别问我好吗?我不知道……"

成伟知道他不能继续施加压力逼迫女儿了。

"我想一个人安安静静地待着。"缪盈走上楼梯,想钻进属于自己的空间,把自己封闭起来。

成伟叫住她:"缪盈,爸说过希望你永远不懂这些,但是……对不起。"

第 9 章

泪水决堤前,缪盈从父亲面前逃走。

萧清站在斯坦福大学图书馆里两排巨大书架之间,笔记本电脑打开摊在地上,她正按照电脑显示屏上的书籍清单翻找所列书籍、收集资料,这是安德森教授给她安排的校内工工作时间。她听见书架另一侧发出窸窸窣窣的声响,停下工作,透过书籍的缝隙向那一边窥视,什么也没看见。继续翻书,窸窸窣窣之声又响起,这次她不抬头,侧耳倾听,辨别声音来源。声响距离她越来越近,甚至还伴随呼吸声。就在声响近在咫尺时,萧清猛然抬头!

书缝之间,一双眼睛直愣愣和她对视,大眼瞪小眼,随即消失。萧清一跃而起,绕过书架,来到另一侧,一眼看见成然正半跪半蹲在地上。

一见萧清,成然就嬉皮笑脸:"我打扰到你了吗?"

萧清见是他,面无表情返回原位,继续工作。

成然屁颠屁颠跟过来:"我问了一圈,他们说你在这儿……"

"现在你打扰到我了。"

"话也不让人说一句?你是不是想让我沉默而圆润地离开?"

"这是工作时间,我上着班儿呢。"

"哦,校内工怎么样?辛苦吗?"

"基本是文案工作,不怎么辛苦,就是每天时间显得更少了。"

"那我更不该占用你金子一般的时光喽?"

"你找我有事儿吗?"

"真有,我姐和书澈明天注册结婚。"

萧清对此感到意外,虽然缪盈对她说起过准备结婚:"这么快?我以为他们得筹划一段时间。"

"他俩不想张扬,就去悄悄注个册。但我决定从他俩一走出市政厅,就给他们制造一连串惊喜,连我姐的清华闺密都被我从北京请过来了。今天来，就是想请你明天参加我给他俩操办的主题为'最后一次放纵'的单身趴，来和我们一起放纵吧。"

萧清为难到底去不去，心里纠结不知如何面对书澈，但这种纠结无人知晓，连成然也不知道："我……明晚不一定有时间。"

"你是不还在生我们上流社会的气呢？"

"没有了，其实，你说的，还有你做的，我很感谢，虽然不能接受。"

"就是说咱俩友谊的小船没有沉？"

"没沉。"

成然得寸进尺，蹬鼻子上脸："我有两个问题，第一个，以后我可以经常来找你吗？"

"可以，别经常。"

"第二个，你愿意我给你介绍一些好零工吗？我介绍的，收入都不错，还保证你不受累。"

"这我应该谢谢你。"

"那你能不能先帮我写篇论文？"

"什么论文？"

"对你就是小菜一碟，大一社会学的paper，我真心写不出啊！"

"这就是你给我找的好零工？"

"虽然工作不那么正当，但价格从优哇……"成然被萧清的眼神鄙视得心虚，见她的鄙视还在增长，赶紧给自己找了个台阶下，"就当我没说。"

"书总要自己念，论文总要自己写吧？"

"你不知道现在大学不用自己亲自上也能毕业……"

"除了吃喝玩乐买买买，其他您都不想亲自吧？"

"和你们学霸真聊不到一起去。"

"跪求不聊，我真要工作了。"

"那你明天一定要来！"

"我争取……"

"你晚饭怎么吃？"成然还想赖着不走，见萧清一张墙壁脸，"祝你废寝忘食，我走了。"走出几步又回头，"以后我真可以来找你？"得到萧清无奈点头，雀跃着走了。

距离和书澈一起去市政厅注册结婚，还有12小时，缪盈依然不知道明天会发生什么。甚至这一晚，她都不知道如何与书澈相处。成家别墅成了她唯一的逃避之处，今晚，她只能躲在这里。

静音的手机不时振动，这一次总算惊动了缪盈，果然是书澈打来的，就算不知道对他说什么，现在也必须说点什么。

"缪盈，我打了好几个电话，你都没接，怎么回事？"

"手机扔楼上了，我一直在楼下……"

"你什么时候回来？"

"今晚……我不回去了。"

"是要在出嫁前和你爸秉烛夜谈吗？"

"我爸有好多话想对我说……"

"将来咱闺女出嫁的前一个晚上，我说不定多抓狂呢……"电话里，书澈被自己展望的未来场景逗笑。

缪盈的眼泪再次喷涌而出，电话两边，他在笑，她在无声哭泣。

"那你好好陪他最后一个晚上吧，我就不和岳父争抢你这一晚的归属权了。"

缪盈只能"嗯"一声，唯恐哽咽被他听出来。

"明早8点，我去你家接你？"

"不用了，直接去市政厅碰面吧。"

"也行，那8点半市政厅见。"

"好，晚安。"

"晚安，别睡太晚，缪盈……明天你就要嫁给我了！"书澈沉浸在自己的欢喜里，却忽视了他并没有听到缪盈的回应。

"挂了。"

"明天见。"

书澈再次忽视了，就连"明天见"，缪盈也没有回应。挂断手机，他打开戒指盒，那是一枚早已买好、明天即将戴到她手上的戒指，一个简单的铂金素圈儿，他对着戒指傻笑。

整整一夜，缪盈辗转反侧，无法入眠。左也不是，右也不是，无人可诉，无处可求，委屈和无助将她淹没。怎么躺都是煎熬，索性起身，抱膝而坐，天色越来越亮，心情越来越暗。

清晨，缪盈走进卫生间，神思不属地刷牙洗脸，抬头望着镜子里的自己发呆。成为书澈的新娘还是服从父亲的意志？她必须做出最后的决定。

缪盈给自己化了一个柔和的淡妆，穿上一条精致简洁的小礼服裙，镜中的自己清丽不可方物，长长地深呼吸，无论何种选择，今天都将刻骨铭心。

成伟和成然都还在睡觉，整栋房子很安静，缪盈轻手轻脚走下楼，不想惊扰父亲和弟弟。她静悄悄煮咖啡、烤面包，给自己做了简单的早餐，望着窗外浓荫绿草初阳，这个清晨，原本应该那样美好……听见下楼的脚步声，缪盈抬头，遇上了成伟的目光。

成伟问女儿："起这么早？"

缪盈倒了一杯咖啡，放在父亲面前，继续安静地吃自己的早餐。

成伟欲言又止，父女两人沉默相对，什么话也没法说。

吃完早餐、喝完咖啡，缪盈起身拿起自己的背包，向父亲告别："爸，我去市政厅了。"

成伟没有惊讶，也没有追问，起身送女儿往外走。送出别墅大门，父亲站在台阶上，目送女儿坐进驾驶室，系好安全带，最后抬头

第 9 章

向他凝视了一眼,父女两人意味深长地对视,成伟挥手告别,缪盈驶离成家。

能做了,都已经做了,答案只能等待。

在这个早晨,宁鸣飞到了旧金山,一走出机场抵达出口,他就打开了手机,点开"寻找我的朋友",显示陈虹羽的位置,放大坐标,此刻她正在旧金山市区里的某一家酒店。点开Uber,在目的地输入了陈虹羽下榻的酒店地址。下一步,就是前往那里,找到她,进而,找到缪盈。

就在宁鸣乘坐Uber向陈虹羽进发的同时,书澈行驶在开往市政厅的路上,他西服革履、精神焕发,副驾上放着手捧花和戒指盒,此刻缪盈也正开往市政厅,但她和书澈的情绪截然相反。

宁鸣一路走,一路追踪手机上陈虹羽的坐标变化,发现她离开酒店、开始移动,立刻指示Uber司机跟随陈虹羽的位置坐标重新规划路线。

来到旧金山市政厅,宁鸣手机显示:他和陈虹羽的两个位置几乎重合上了,婚礼现场应该就在这里了。宁鸣下了Uber,正从后备厢里往外拎他的登机箱,忽然看见街拐角一辆车上正走下来一个女孩,是缪盈!

缪盈穿过街道,走向市政厅。宁鸣拎箱子一路小跑,保持着不易被她察觉的距离。走到市政厅外,缪盈迟疑片刻,终于还是走了进去,宁鸣悄然跟进。

还没有走到婚姻注册处,缪盈就远远看到了书澈的身影,停下脚步隐藏起来。他手捧一束鲜花,不时向她可能出现的方向张望,虽然看不清他表情,但她仍然能感觉到他的兴奋和期待。泪水再次充满眼眶,缪盈知道9点过后,她将带给他怎样的失望和困惑。

宁鸣对缪盈的止步不前心生疑惑:为什么她看见书澈却避而不见?为什么看上去她很伤感?今天的她不该充满喜悦吗?不该走上去和书澈牵手拥抱、迎来缔结幸福盟约的重要时刻吗?尽管这个时刻对宁鸣而言,无异于死刑宣判。这趟美国之行,他准备向自己的感情做一个遗体告别,但眼前这一幕,却完全不在他的预想之中。

见书澈低头按手机,缪盈随即收到他发来的微信:"很幸运,注册处人不多,你快到了吗?我迫不及待了。"她擦掉眼泪,最后看了他一眼,悄然离去。

只有宁鸣一个人目瞪口呆地看到缪盈走出市政厅外,她走了?!不结婚了?!甚至,都不见书澈一面?没有任何犹豫,他追赶上她离开的脚步。

书澈还在原地来回踱步,期待着他的新娘的出现。

宁鸣打了一辆出租车,一路追赶缪盈,离开旧金山市区,开上了沿海公路,他的目光在缪盈的车尾和狂跳的计价器之间来回飘移,随着狂飙的车费心惊肉跳。直到看见缪盈把车停在海边公路旁,下车,走向一片礁石滩。

缪盈踏上礁石,书澈在此无数次地思念她,也是在这里她答应了他的求婚,打开手机,发出一条微信:"书澈,对不起,我今天不能去和你注册了,别等我,别找我,也求你别问为什么……等我理清自己,会还你一个解释。"

过了约好的9点,缪盈迟迟没有出现,手机关机,微信不回,书澈按捺住内心的焦虑和狐疑,依然在等待,终于,等来了缪盈的微信,却是让他目瞪口呆的内容。

发出微信,缪盈重新关闭手机,她承受不了书澈哪怕一句追问,面对承载了他们无限思念的太平洋,她失声痛哭。宁鸣望着这一幕,几乎肯定缪盈正在痛别失之交臂的幸福,但这一切突发变故,究竟是为了什么?

书澈步履沉重地离开市政厅,经过一个垃圾桶,他把花束扔了进去。就在他踏出市政厅的瞬间,彩纸礼花扑面而来、漫天飞舞,伴随着人群喜庆的欢呼声。原来是成然和绿卡组织的亲友团，按计划埋伏在市政厅外，要给书澈和缪盈一个惊喜。

直到彩纸礼花散尽，众人才看清楚满身挂着彩纸屑的书澈那一张茫然而失落的脸，只有他独自一人走出来，不见缪盈，欢呼戛然而止，众人目瞪口呆。

成然走到书澈面前问他："姐夫，怎么就你自己？我姐呢？"

书澈努力让自己的声调保持平静："她……没来。"

"没来？怎么会呢？她一早就出家门了，没来这儿还会去哪儿？"

谁也回答不了这个问题，现场一片静默。书澈没有再说话，沉默径自离开，扔下成然、绿卡和一众友人面面相觑。

"书澈这情绪我得盯着他，另外还得回去向两边家长交代。"

"那咱这单身趴怎么办？"

"我姐放书澈鸽子了，你没听懂啊？婚没得结了，继续单身，还趴啥？现在是考验你的时候了，我把两边亲友团都交给你，尤其是祖国飞来的姐妹们，好好招待，担起中国驻旧金山亲友办接待主任的重任，能做到吗？"

"义不容辞！放心吧老公，姐那边有啥消息，想着通知我啊。"

成然和绿卡兵分两路，一个追赶书澈，一个安抚来宾。

离开礁石滩，缪盈开着车，漫无目的，走到哪儿算哪儿，她只知道自己不能回书澈家、不能回成家别墅、不能回斯坦福，却不知道能去哪儿？路边一家汽车旅馆跃入视线，就这里吧，她身心俱疲，只想找个没有人认识她的地方躲起来，找一张干净的床躺上去。

缪盈推门走进汽车旅馆，来到前台，挂着"贝茨"名牌胸卡、年过半百的女接待员笑容可掬地招呼她："你好！"

"您好，请问有房间吗？"

"有，请把证件给我。"

缪盈从包里取出ID卡片递给贝茨。

"需要住几晚?"

"我不知道……"

贝茨抬头,注意到了缪盈低落的情绪和哭红的双眼:"今天不太好过?"

"抱歉,我走神了,先住一晚吧。"

贝茨把房间钥匙和ID一起交给缪盈,语气更加柔和:"看起来你需要好好睡一觉,有什么需要就打电话来,要是想聊聊,也可以来找我。"

"谢谢您。"

贝茨的视线追随着缪盈身影,一直到她开门进入房间,接待处的门又被推开,宁鸣拉着行李箱走进来。

"你好,请问刚才来的那个女孩是不是住下了?"

贝茨用戒备的眼神上下打量他:"请问你是要住宿吗?"

"如果她住下了,那我也住下,请尽量给我安排一间能看到她房间的房间。"

贝茨一脸威严地紧盯住宁鸣:"如果你对那个女孩有什么怪念头,最好打消,赶紧离开这里,不然我随时会叫警察。"说完,她把手放在电话上。

"不不,请不要误会,我不是坏人,我是她的朋友,她今天心情非常不好,我怕她出问题,一路跟着她过来的。"

"你要怎么证明你是她的朋友?"

"她是中国人,名叫缪盈,生日是1991年10月6日,A型血,天秤座,斯坦福商学院研究生。这些可以证明吗?"

贝茨对照了缪盈登记的入住信息:"中国人、名字、生日都对,这只能证明你知道她的基本信息。如果你是她的朋友,应该知道她的手机号码吧?"

"她来美国后我们没有联系,我今天刚到美国,还不知道她的手机号。"

"那我可以打电话到她房间,问她是否认识你。"

"不不不,千万别打电话,她今天经历很糟糕,我不想打扰她,只想确保她的安全,请您一定相信我。"宁鸣拿出护照交给贝茨,"我可以把护照押给您,这是我最重要的东西了。"

贝茨仔细查看了宁鸣的护照,没有交还:"我会暂时保管,直到你离开这里。"然后把房间钥匙交给他,"这间房就在那女孩的对面,你能看到她的房间,但你要知道我从这里也能看到你的房间。"

"谢谢您!请千万不要告诉她我的任何信息。"就这样,宁鸣住进了随时能看见缪盈的房间。

市政厅没有任何消息传来,缪盈和书澈也没有回家,成伟先迎来了书妈的来访,一进门,她就压低声音问:"缪盈呢?"

"一早就去市政厅了。"

"她去了?!那这会儿他们应该已经注册上了吧?"

"未必,咱们等等看。"

"昨天你和缪盈谈的什么结果?"

"该说的我都说了,她能理解,但没有答应,从谈完话到早上出门,她什么话也没说。"

"既要瞒着书澈,还要给他一个解释,一个人承担所有后果,这也太难为缪盈了。你觉得她会接受、能做到吗?"

"现在,我们只能等。"

窗外传来汽车由远及近的声音,成伟和书妈急忙走到别墅窗前向外看。书澈的汽车在门外停下,他下车走向别墅,成然的车随后赶到,他跳下车追上书澈,但是,不见缪盈。

成伟和书妈紧张对视,一起迎向大门,书澈和成然先后进门,都不苟言笑,一脸凝重。他们的神色让成伟确定发生了什么,并为之暗

223

喜，表面却不动声色。

"书澈，你妈来了，我们正等着你们回来呢。"

书妈问儿子："缪盈呢？"

书澈没回答书妈，却问成伟："成叔叔，缪盈她没在家？"

"她不是一早就去市政厅和你会合了吗？"

"她也没回来过？"

"没有，你们难道不是应该一起回来吗？"

书澈沉默不语。

成然快嘴汇报："爸，我姐根本没去市政厅。"

"什么？！她早上漂漂亮亮出门，居然没去注册？怎么会？书澈，你一直没见着缪盈？"成伟的惊诧，就连书妈都看不出表演破绽。

书澈掏出手机，把缪盈发给他的那条微信给成伟看："我没见到她，只收到了这条微信。"

成伟和书妈也一起看完缪盈的微信，两人交换了一个安心的眼神，继续表演震惊。

成伟说："怎么会这样？你给她打过电话吗？"

书澈回答："她关机了。"

书妈接着问："书澈，你俩之前有过什么不愉快吗？昨天缪盈向你透露过什么迹象吗？"

"没有任何不愉快，昨晚睡觉前还发微信，约好一早在市政厅会合，她什么也没说，一切正常。"

"我姐这落跑得太突然了，连个预告片都没有，她到底为什么呀？"

"不管为什么，都先找到人再说。"事情结果遂了愿，但缪盈失联、失踪还是让成伟焦急担忧，他拨通手机，下达指示，"弗兰克，事情很紧急，缪盈不见了，你马上组织公司员工，查询旧金山各大酒店旅馆，看看今天有没有她的入住记录，另外找人帮忙查一下各航空公司出港航班，看有没有缪盈的购票信息？"

第 9 章

书澈转身就往外走。

"书澈,你去哪儿?"

"我去找她!"他已经拔腿冲出门。

书澈把他能想到的、缪盈会去的所有地方都找了一个遍,校园、教室、图书馆、咖啡馆、学校周边……最后,他开车驶上沿海公路,来到了那一片礁石滩,礁石滩上空无一人。踏上礁石,站在几小时前缪盈哭过的地方,书澈心中被疑问充塞:缪盈,你究竟有什么无法说出口的原因,让你选择在结婚当天不辞而别,连一句解释都没有?现在他几乎可以确定,找不到缪盈,不是因为疏忽,也不是因为突发状况,而是她有意地躲避藏匿。

夜幕低垂,书澈才回到自己的住处,刚下车,就听见妈在叫他,循声转头,看见成伟的奔驰商务车停在路边,书妈和成伟向他走来,显然,他们在这里等他回来,等了很久。

"成叔叔,你那边有缪盈的消息吗?"

成伟摇头:"各航空公司都没查到她的订票信息,应该没离开旧金山。问了一部分酒店,暂时没有线索,明天我会让人继续查。"

"能找的地方我都找过了,我只希望她能发个平安信息,无论给谁。"

"她也许只是有心事,想躲起来安静想一想,你别太担心,明天我再接着找。"

书妈担心儿子:"书澈,我今晚留下陪你住。"

被书澈摇头拒绝:"不用,我累了,想一个人静静。"

"那你好好睡一觉,明天我给你打电话。"

"成叔叔,拜托你送我妈回酒店。"

"放心,你好好休息。"

书澈进门,把这个突然令他费解的世界关在门外。

除了以最快速度上厕所，就连吃饭喝水，宁鸣都始终坐在窗前的那把椅子上，不错眼珠地盯着对面缪盈的房间。她的房间，纱帘紧闭，房门紧关，什么也看不见，没有任何动静，入夜之后，仍是一片黑暗。

对那一片黑暗的灾难幻想，让宁鸣焦躁不安到了极点，如果不做点什么确认屋里的缪盈还正常的话，他就要冲到她房门外破门而入了。宁鸣拿起房间电话，拨通了缪盈的房间号码，等待了漫长的几秒钟，话筒里传来她的声音："Hello？"宁鸣松了一口气，一言不发，立即挂断电话，坐回窗前，继续观察。片刻后，她的窗帘缝隙里透出了微弱的灯光，显然她打开了灯，这束灯光，终于让宁鸣的心安定下来。

半小时后，宁鸣看见对面房门打开，缪盈背包走了出来，他从椅子上一跃而起，冲出房门，跟踪在她的身后，他必须让她时刻处于自己的视野之内，因为从市政厅到这里，除了他，缪盈身边一个亲人也没有，虽然她也并不知道他的存在。

缪盈离开汽车旅馆，一路步行，穿街过巷，最后走进一个酒吧。宁鸣跟进去，见她已经坐到了吧台边，正向调酒师要酒。

调酒师问缪盈："小姐，你确认这几种酒都要？"

"我确定。"

调酒师拿出几个酒杯，在缪盈面前一字排开，分别倒进几种不同颜色的酒："这可都是烈酒，我很好奇你打算怎么喝？"

缪盈用行动回答他，拿起一杯，仰脖一饮而尽，剩余几杯，连续一口闷下。

调酒师被震撼了："哇！你酗酒吗？这个喝法很快会挂掉。"

"我想让脑子停下来，好好睡一觉。"缪盈从包里掏出现金放在吧台上，"再来一杯玛格丽特。"

"你会如愿以偿的。"调酒师动手调制玛格丽特。

宁鸣看到缪盈坐在吧凳上的背影已经摇摇晃晃，当玛格丽特放

第 9 章

到面前时,她支撑不住,趴到吧台上,断片儿了。宁鸣正犹豫自己该如何行动,一个外国男子凑过去,挨到缪盈身边,一副和她认识的姿态:"嘿,真是你呀!"

调酒师问他:"你认识她?"

男子自我介绍说:"她是我的朋友,我坐在那边,一直看她眼熟,果然是她,她喝多了,我送她回去。"

调酒师用手推缪盈,试图推醒她:"小姐,醒醒,你朋友要送你回去。"

缪盈迷迷糊糊嘟囔了一句:"谢谢……"

这给了男子可乘之机,他把缪盈的包挎在自己身上,架起她的双臂,扶她下了吧凳。缪盈被男子半拖半抱着,拖出酒吧,拖向停在街边的破车,这时,宁鸣挡住了他们的去路:"站住,你不能带她走!"

"我要送朋友回家,不干你的事,让开!"

宁鸣一把攥住缪盈胳膊:"如果你认识她,说出她的名字,还有,你要送她回家,知道她住在哪儿吗?"

"见鬼,我为什么要告诉你?多管闲事的家伙,你想挨揍?"

"听着,我才是她朋友,我们就住在那边的汽车旅馆,你立刻放开她,不然我现在就报警!"宁鸣在手机键盘上快速按出911三个数字,拇指悬在通话键上,一触即发。

男子骂了句脏话,松开缪盈,缪盈失去支撑,身体往地上出溜,被宁鸣一把扶住。宁鸣伸出另一只手,索回缪盈的包,他的双眼咄咄逼人,毫不退缩,直到男子摘下包摔到他手上、骂骂咧咧开车离去,他才半蹲下,让缪盈伏上自己的后背,起身前行。

宁鸣背着不省人事的缪盈,走在午夜的旧金山街道上。这是缪盈失去的一段记忆,在以后很长一段时间里,她都无从知晓:这一晚,自己是如何安然无恙回到旅馆床上的;这也是宁鸣的一段永久记忆,因为这段不长的街道,他的人生,脱离了平凡的轨道,拐去了另一个方向。

缪盈的脸伏在宁鸣肩上，长发抚弄着他的脸，他感觉到滴落在自己脖子上的她的眼泪，听见了她的呢喃："书澈……对不起……"他被当成了书澈，被她更紧地抱住。背着心爱的女孩，即使她浑然不知，即使她把自己当成另外一个人，对宁鸣而言，也是幸福。

回到汽车旅馆，宁鸣把缪盈平放到床上，帮她脱鞋、盖毯子、擦脸、擦手。做完这一切，他情不自禁，俯身靠近她，唇与唇，就在毫厘之间。最后一瞬，他的唇还是偏离了路线，滑向一旁，落在她的耳际。

这个乘人之危的举动，让宁鸣把自己划进了和那个外国人渣同样的一丘之貉，他扇了自己一个耳光，狠狠唾弃自己："禽兽！"

还有一件重要的事儿！宁鸣从缪盈背包里翻出她关闭的手机，打开，点击进入"寻找我的朋友"App，打开定位功能，重新关机。完成一系列动作后，又把手机放回原位。现在，他可以通过手机定位，随时找到缪盈了。

第二天，缪盈从宿醉中醒来，恍惚不知自己身在何处，头疼、口干舌燥、胃不舒服……种种反应，唤醒了她昨晚在酒吧发泄酗酒的记忆，之后呢？缪盈吓得从床上坐起，先确定自己和衣而眠、没有异常体感，再确定房间正常无异，背包就放在桌上，这才安下心来。可是，她是怎么回到汽车旅馆的？又是怎么上床的？无论怎么绞尽脑汁，硬是一点儿想不起来。

床头放着一瓶没开封的矿泉水，缪盈拿起它，狐疑地看着瓶上的标签，这不是旅馆提供的矿泉水，她也不记得自己买过这个牌子的矿泉水。这瓶水和她本人一样行踪可疑，不知道昨晚是如何回到这个房间的。

缪盈来到前台，想通过别人的记忆了解自己昨晚的经历，当值的不是贝茨，她向一名男接待员打招呼时，被独自坐在早餐区吃饭的宁鸣听到，他迅速挪身，背对前台，隐藏自己。

"我昨晚在附近酒吧喝醉了，醒来无论如何想不起我是怎么回来

第 9 章

的,请问你昨晚有没有留意到什么人送我回来?"

"抱歉,小姐,我不记得昨晚看见你回来,不过这种情况很常见,可能是同伴送你回来的,你可以问问他们。"

"我没有同伴,所以才觉得奇怪。"

"昨晚我11点才来上班,之前是贝茨太太值班,她中午11点会来,到时候你可以问问她。"

贝茨开车驶入旅馆停车场,刚下车,就听到一个压低的男声在叫她:"贝茨太太,贝茨太太。"她循声张望,发现宁鸣躲在拐角,正向她招手。

贝茨走过去,纳闷地问他:"你是在这里等我吗?"

"我有个请求,希望您能答应。"

"你的请求和那个女孩有关吗?昨晚我看见你跟着她出去、背着她回来,还进了她的房间。"

"她喝醉了,我把她送回房间就离开了,什么都没干。"

"当然,我一直盯着呢,如果你待在她房间里不出来,我会去敲门的,现在我相信你不是个坏人了。说吧,你求我什么?"

"求您对那个女孩撒个谎。"

于是,一小时后,缪盈得到贝茨对于昨晚这样一个回忆:"我看到你醉得不省人事被送回来了,还是我开的房门。"

"送我回来的是什么人?"

"当然是警察。"

"警察?!"

"一定是酒吧老板叫不醒你,就找了警察来帮忙。"

"太可怕了!我完全失忆。"

贝茨对缪盈说了一句意味深长的话:"亲爱的,千万别再一个人去喝酒了,不是每次喝醉,都会有关心你的那个人出现。"

229

第10章

书澈得到成伟的消息，以最快速度赶到了成家别墅，进门就问："成叔叔，你们知道缪盈的下落了？"

成伟告诉他："弗兰克查到她在一家汽车旅馆的入住登记。"

"能把地址给我吗？我马上去找她。"

"咱们一起去……"成伟动身，想和书澈一起前往。

书澈却希望自己一个人去："叔叔，您能让我先和她单独谈谈吗？"

成伟对他的心情表示理解："当然可以。"他吩咐弗兰克把写有汽车旅馆地址、街区号、门牌号的字条交给书澈。

"一见到她，我立刻给你们报个平安。"书澈接过字条就走。

成伟在身后叫住他："书澈，请你和缪盈好好谈，请你一定要体谅她。"

书澈沉默地点了下头，出门。按照GPS导航指引，一小时后，他就到了缪盈入住的汽车旅馆，前台接待的依然是贝茨。

"请问有没有一位持学生ID、名叫缪盈的中国女孩入住？您能帮我查一下她住几号房间吗？"

"能告诉我你是什么人吗？有什么理由要求我必须回答你的问题？"

第 10 章

"我是她的朋友,她和我失去联系快两天了,刚得知她住在这儿,赶紧过来找她,我急于知道她的下落,很担心她的安全。"

"你也是她的朋友?"

这个反问让书澈觉得纳闷:"还有谁这么说过?"

贝茨什么也没说,替宁鸣保守住了"秘密"。

书澈掏出手机,调出相册里他和缪盈的合影,递给贝茨看:"我是她男朋友,我们是情侣。"

贝茨看到照片上书澈和缪盈的亲密状态,确认他所言不虚,才如实相告:"她住在2612房间。"

"非常感谢!"

书澈一路寻找,越来越近的房号显示着缪盈的房间就要到了,这时,他看见一个男孩站在一扇门外,正将手里的一个纸袋放到门外的地上,放下纸袋后,他又立在原地犹豫了片刻,举手似乎要敲门,又转念放弃,掉头离开。就在男孩转身之际,书澈看到了他的正脸。这张脸有些面熟,书澈搜索记忆:他在哪里见过这个人?直到追随宁鸣的背影转过旅馆屋脚、消失不见,书澈才收回目光,继续往前走。

来到男孩方才站过的门外,房号显示,这就是缪盈的房间。来不及细想他是谁?为什么刚才站在缪盈的门外?书澈俯身拎起地上的纸袋,查看里面是什么,打开折叠的封口,袋里有几个餐盒,装着尚有余温、诱人食欲的食物。

书澈把纸袋抱在怀里,面对房门,深吸一口气,按响了门铃。

"Who in the outside?"

"我。"

门里门外,凭声音确认了彼此,片刻房门被打开,失联30多小时后,缪盈和书澈得以重新面对面。

此刻,宁鸣刚回到自己房间,进屋后,他习惯性向窗外瞥了一眼,立刻被缪盈和书澈一个门里、一个门外相对而立的场面惊呆。他

231

扑到窗口,目不转睛地盯着两个人的动向。

"还没吃东西?赶紧趁热吃点儿。"书澈把纸袋往前一送,同时在心里自我合理解释了刚才的男孩之所以站在缪盈门外,应该就是一个送餐小哥吧。

缪盈顺理成章地以为这是书澈带给她的食物袋,接过去:"谢谢,你怎么知道我在这儿?"

"你爸查遍了全市酒店旅馆的入住登记。"

缪盈明白了书澈突然出现的来历:"进来吧。"

书澈迈步走进房间,房门在他身后合上。

关闭的缪盈房门,让宁鸣坐立不安、抓耳挠腮,对那扇门里缪盈面对书澈的艰难处境,他充满担忧,却无能为力。

进屋后,书澈先给成伟发去了一条语音微信:"成叔叔,我到汽车旅馆了,已经见到缪盈,她没事儿,稍晚一点我们一起回去。"放下手机,他不想和她多绕一秒钟圈子,"从昨天一早失踪到现在,这一天多时间,你都在这儿?"

缪盈点头确认。

"你在逃避我?"

"所有人。"

"如果我不来,你还要在这儿藏多久?"

"不知道……"

"你躲在这里,是逃避结婚,还是在想给我一个什么样的解释才好?"

"都有。"

"我想了一天一夜,百思不解,之前你一秒钟拒绝结婚的迹象都没有,为什么会在注册当天突然当落跑新娘?"

"我很难向你说清……"

"那也必须说清!我不见得能接受,但我至少有权利要一个合乎逻辑、能够理解的理由。"

"你爸妈反对有他们的道理,我们选择现在结婚时间不太合适……"

"什么时间合适?"

"可能过几年、等我们生活事业都稳定下来、他们双方都能接受时。我都看到了:你妈同意得那么勉强,尤其是你爸,直到最后都没说出一句祝福,我不希望结婚这样一件本来皆大欢喜的事情,变成双方的芥蒂和不快,我不想要一个不被你父母祝福的婚礼。"

"就因为这个原因?"书澈的表情写满怀疑和不信。

"其实,我爸也不同意咱们现在结婚,虽然他嘴上一直说支持祝福,但背后也表示过反对,也认为我们现在结婚过于仓促。"

"他为什么不当着我面说不同意?"

"他尊重我们的决定,不想过多干涉。"

"你爸是希望你有一个花费上百万的盛大婚礼,昭告天下、人尽皆知,那样才符合几十亿资产的成家女儿出嫁的规格吧?才不辱没你伟业继承人的高贵身份吧?"

缪盈当然能听出书澈的讥讽之意:"就算他这样想,也没什么错。"

"难道结婚成了我一个人的意愿?你被我感情绑架了,是吗?"

缪盈激烈否认:"不是!我心甘情愿嫁给你!这一天我和你一样,也等了好多年……"

"那为什么你要在注册当天逃婚?!你告诉我:前一天、前一晚你去哪儿了?发生过什么事儿?"

缪盈当然不能说出成伟带她会见鲁尼·斯特朗以及父亲和自己的谈话:"什么也没发生,我哪儿也没去,一直在家。"

"然后第二天一早你平静地吃完早餐,幸福地前往市政厅,不告而别从所有人视线里消失?你是不是在隐瞒什么?"

"我没有……"

"那为什么这天以前你一丝一毫不想结婚的迹象都没有流露过?"

"对不起！我挑了一个最不合适的时机，用了最不合适的方式……"

"现在又给我一个最虚弱无力的理由！"

缪盈的眼里充满了委屈的泪水："书澈，无论我这次处理得多么糟糕、多么让你失望，请你千万不要怀疑我对你的感情……"

"是吗？"书澈的反问里透着一股冷酷的平静。

"我可能因为任何原因从婚姻注册处走掉，但绝不是因为……爱你不够！"

但是，无论此刻缪盈多么悲伤，都软化不了书澈的冷漠。

"跟我回去吧……"

书澈的命令让缪盈难以置信，抬眼望向他，以为自己得到了他温暖的接纳，但随即，就被更疏远的寒意冻结。

"我绝不会再逼你结一次婚！"

缪盈跟在书澈身后，一前一后走出房间离开汽车旅馆的时候，宁鸣就躲在他的房间窗后眼睁睁地看着。缪盈回到她自己的环境里去了，身边是爱人和亲人，可宁鸣却对她的处境牵肠挂肚，她也许需要一处没有压力的所在和一份沉默的陪护，可他现在却爱莫能助。

宁鸣跌坐在床上，没有人需要他时刻盯着了，这让他怅然若失。打开手机，屏幕上显示出缪盈的坐标位置在移动，正一步一步，远离汽车旅馆，远离他。

书澈全程一言不发，缪盈几次扭头望向他，希望得到哪怕一个眼神的回应，每次希望都落空，他甚至不看她一眼。书澈把车开到成家别墅，缪盈解开安全带，正准备下车，见他不熄灭发动机，纹丝不动，毫无和她一起进门之意。

"你不下车吗？"

"我只是送你回家。"

"你没打算和我一起进去？"

"我想我不在场，你和你爸说话更方便。"

"那你……要去哪儿？"

"回我自己那儿。"

"……我呢？"

书澈这才转头望向她："你不是需要一个我不在的空间吗？时刻面对我，你不觉得难受有压力？"

缪盈明白了，这是他拒绝和她共处一室、把她送回娘家的节奏，自嘲苦笑："谢谢你为我着想。书澈，我们都需要一段时间，你比我更是。我知道这很难，但我向你保证：你和我之间，什么都没有变，我希望我们还和从前一样。"

"你觉得在你从婚姻注册处走掉以后，我们还能像什么事儿也没发生过，没心没肺地'和从前一样'吗？"

缪盈早就知道她没有理由，也没有权利希望书澈迅速原谅她从婚礼上落跑，更不能指望他们之间不会因此留下一丝一毫的伤痕。

成伟迎到门口，看到了缪盈沉默地归来，也看到了书澈沉默地离去。他呵护着女儿走进家门，小心翼翼观察她的神情，不轻易发问。

成然追着缪盈问："书澈怎么不进来？"

"他走了。"

"一会儿还来接你吗？"

缪盈摇头否定。

"你俩这是冷战的节奏？"

缪盈沉默不答。

成然百无禁忌，连环追问："姐你什么情况呀？你前四分之一伟光正的人生，开天辟地第一次不靠谱，就在自己婚礼上当落跑新娘，到底为什么？"

成伟训斥儿子："就你那从来没靠谱过的人生，有什么资格说你姐不靠谱？"

"爸，如果评论者必须有被评价者的成就才有评论资格，世界上就没有舆论监督了。姐,你是不是移情别恋了?"

缪盈摇头否认。

"除了这个,还能因为什么别的原因呢?"

"别瞎猜了,不关任何人的事儿,就是我自己心里不确定。"

成伟命令儿子:"别纠缠你姐,让她安静待着,不要给她增加心理负担。"

"姐,我没道德谴责你,只是想探究你反常行为发生的原因,这是一个心理学和社会学命题。在你内心深处,是不是潜伏着一种不自知的、对一切正确的东西无因的反抗心理?这是不是你对长期伟光正的自我的一种厌倦和逆反?"

"你慢慢研究,我上楼睡觉去了。"缪盈筋疲力尽,起身上楼去了。

成然追到楼梯口,还继续分析:"这是我这学期心理课的课题:每个自我里,都藏着一个逆反的自我……"

成伟走到儿子身后,揶揄他:"为什么你对从来不靠谱的自我就没有一丝厌倦、没有一次逆反,让我也惊喜惊喜呢?为什么你在让我失望这件事上从来都没让我失望过?"

"我在研究学术时,老爸你在做什么?"

"我也在研究学术。"成伟总算在嘴皮子上赢了成然一回。

虽然缪盈回家了,但不见其人、不闻其声的失联状态仍在持续,连晚饭也被她拒绝。成伟用托盘端着两盘炒菜和一碗米饭,来到女儿卧室外,敲响了她房门。敲了很久,缪盈才把门打开,他走进卧室,把托盘放在桌上。

"无论如何吃一点,你这样我很担心……"成伟凝视女儿,怀着感激和怜惜,"缪盈,爸爸很抱歉,也很自责……"

缪盈的喉咙哽咽了一下,潜伏在她内心深处的委屈被父亲的一句致歉勾起,漫上心头,泛滥成灾。

"我让你受委屈了……"

缪盈摇头。

"书澈有没有为难你?"

缪盈再摇头。

"那今天他把你送回来是?"

"因为我想了一天一夜,还是给不了他一个合理解释……"

"时间可以淡化一切……"

"但裂痕一旦有了,恐怕永远会留在那里……"

成伟词穷,无力安慰缪盈,因为女儿说的,是他早已预见到的。

缪盈突然发问:"爸,你和书伯伯之间……不仅仅是他帮你获得市政府竞标的友谊那么简单吧?"

"你要问什么?你认为还有什么?"

"比如……利益?"

成伟懂了,他明白女儿问的是什么,缪盈想明确了解的,是成伟和书望如何交换和捆绑的利益。

"投之以木桃,报之以琼瑶。感情和利益从来无法割裂,两者一旦被割裂,我们用什么表达感情呢?"

缪盈立刻听懂了父亲的回答,虽然隐晦,但成伟毫不回避地承认了他和书望之间存在着某种"利益"关系,她的心往下沉:"我不敢想如果有一天,书澈知道这一切……"

"他知道会怎样?"

"我不知道……但至少,他会怀疑这些是你蓄谋已久步步为营的计划,会怀疑我从头到尾都知情,甚至怀疑我也是你计划的一部分;然后,他会认为我们的爱情不再纯粹,或者,从来没有纯粹过……"

"缪盈,我同意爱情因纯粹而美好,但纯粹的好处仅此而已,任何纯粹都无法永恒,唯有利益可以长久。一段感情要想天长地久,从来不是靠它有多纯粹,而是靠双方的利益互惠有多牢固,有没有使相爱的两人各自利益最大化。这个道理，你早晚会懂，书澈也早晚要懂。在我的人生经历中，大浪淘沙，最后留在身边的，都不是纯粹的感情，而是实实在在的利益共同体。爱情是最经不起诱惑和考验的东西，现在让你幸福地纯粹，以后可能就是让你痛苦地幻灭。但是，把你和他系于一线、无法分离，让你俩一荣俱荣、一损俱损的，只有利益。"

"你说这些，是让我认同和接受利益交换的爱情婚姻吗？"

"我是想让你明白：我和书望、我们两家之间的利益联系，非但不会玷污你们此刻爱情的纯粹和美好，反而会将你和书澈牢牢捆绑在一起，成为保证你们婚姻牢固、不可撼动的安全绳。"

"如果爱不纯粹了，捆绑即使再牢固，又有什么意义？"

"我并不要你现在赞同我，但有一天，你会认同我今天说的话……"

"爸，我累了……"

"好好睡一觉。"成伟走到门口，又回身说道，"缪盈，爸爸欠你一个婚礼。"

缪盈的嘴角浮现出一丝苦笑："我不知道还会不会有那个婚礼……"

在成伟安抚女儿的同时，书妈劝慰儿子的努力也在进行，她做了锅卧了鸡蛋、加了蔬菜的方便面，热腾腾地放在书澈面前。

"缪盈不在这两天，你这儿又成单身狗窝了，除了方便面什么东西都找不着，赶紧趁热吃，一会儿坨了。"

书澈并不拒绝，他狼吞虎咽，饿了很久的样子。

书妈心里泛起对儿子的无限怜惜，也包含着巨大的歉意："我要不来，你还能把自己饿死不成？慢点儿吃！明天去把缪盈接回来……"

书澈吃面的动作突然停顿："我们需要分开冷静一段儿。"

"你要惩罚人家多久？"

"这不是惩罚，我想要一个我能理解的她的逃婚理由，这要求过分吗？"

第 10 章

书妈无言以对,她理解缪盈的为难,同时,也理解儿子的执拗。

"妈……"

"嗯?"

"你们有没有瞒着我给缪盈施加过压力?尤其是我爸,他有没有要求缪盈不和我结婚?"

书妈竭力掩饰内心的虚弱,坚决否认:"没有,当然没有!你爸不同意就会当面对你说,怎么会背后强迫缪盈呢?"

书澈直视母亲的双眼:"真没有?"

"真没有。"

"我完全想不出是什么原因会让她一夜变卦?让她从和我一样渴望着结婚到突然就变成了落跑新娘?我感觉在注册前一天、前一晚,似乎发生过什么事儿,猝不及防地改变了她……"

"你问过缪盈发生了什么事儿吗?"

"她说什么也没发生,但我总感觉她对我有所隐瞒,像是有什么难言之隐,无法面对我,才不得不逃避。这两天的缪盈,突然让我觉得我对她从来没有这么陌生过。"

"书澈,妈是女人,男人才讲逻辑,女人都是情感动物,我们经常会产生某种说不清道不明的情绪,没有什么道理可言。你要给缪盈一些时间和空间,让她自己去消化。我也从来丝毫不怀疑她对你的感情,说到底,结婚延期不是什么关乎原则的事情,你一个男孩子,别那么矫情,搞得自己受了多大的伤害似的。啊,赶紧把缪盈接回来,你俩该怎么样就怎么样。"

"拒绝结婚难道是件不值得追究的小事儿?我想要个解释,难道就是矫情?"

书澈和缪盈的关系就此陷入了困局,夭折的婚礼,让宁鸣向自己的感情进行遗体告别的原计划告吹,拖延了他闪电来美、再闪电回国的脚步，但这个突变，却是宁鸣的梦寐以求，他毫不犹豫取消了原订的回程机票，留在美国，虽然并不知道下一步他要干什么。

这几天的斯坦福和没有书澈相伴的缪盈，让宁鸣重回四年清华岁月。每天，他按图索骥，追逐手机上的缪盈定位，出现在每一处她在的地方，和她在一个教室听课，在一间餐厅吃饭，一起坐在湖边，呼吸同一平方米的空气，走一样的路，做一样的事。宁鸣比缪盈自己更清楚她每天的行动和每天的情绪，他发现缪盈就是自己的兴奋剂，只要见到她，他就春风拂面。

也是这几天，让宁鸣突然明白了一件事：四年无果的暗恋，为什么自己竟然从来都不觉得苦涩？因为——不是缪盈需要他，而是他需要缪盈，即使是不为她所知的暗恋，也是温润他情感的水，也是照亮他人生的光！宁鸣开始思索自己的生命到底需要什么，为什么如眼下一样在无望的爱情里动荡，在他的感觉里，竟胜却平淡安定无数。

只有深夜一个人回到汽车旅馆，面对每天需要支付的住宿费用和急剧萎缩的存款，宁鸣才会恍然惊觉：白天是一场幻象，美国和斯坦福是他不敢妄想之地，缪盈是他可望而不可即的生活。但是第二天太阳升起，他打开手机，依然义无反顾地走进幻境。

缪盈一直陷落在郁郁寡欢里，无论在哪里，无论做什么，她都像与世隔绝，连熟人都被她无视忽略，更别说发现一直跟踪她的宁鸣。

宁鸣跟随缪盈在商学院外驻足，她停下，他也不走，她安静得像在等什么人，他就安静地等她。见缪盈精神一振，显然等到了她要等的人。宁鸣顺着她的视线望去，看见书澈正走出教学楼，他能清楚看到缪盈因为面对书澈而紧张的身体和忐忑的表情。

缪盈迎上书澈，说道："一起吃个午饭？"

书澈的脸上看不见一丝暖意："你现在能给我解释了吗？"

"书澈，我向你解释过了，没有其他原因了……"

执拗的他和疲惫的她，对面僵持。

"算了，我怕面对你就会不停纠缠这件事，要你给我一个理由，这样的状态连我都讨厌自己。"书澈绕过缪盈就走。

缪盈在他身后喊道："我不给你一个你认为合理的解释，我们就再也回不到从前了，是吗？"

书澈头也不回地走了。

宁鸣继续一路尾随缪盈，见她神思不属、没有目的地四处游荡；见她在售卖车前心不在焉地买食物，忘了付钱；见她走到水边长椅上坐下，有一口、没一口地吃着……这是宁鸣见过的缪盈最艰难的时刻了，但他只能袖手旁观。

一个熟悉的身影突然进入了宁鸣的视线，他猛然想起自己见过这个女孩，虽然只是在首都机场相撞邂逅过一面，但她却让他记忆深刻。

萧清一屁股坐到了缪盈身边，缪盈扭头见是萧清。

萧清被她脸上的憔悴吓到了："你怎么这么憔悴？结婚很辛苦吗？"

结婚？缪盈被这个字眼猛然刺痛。

萧清并没有察觉到缪盈的情绪变化，拿出一个系丝带的礼盒，放到缪盈腿上："这可能是最不值钱但绝对最花心思、最费工夫的礼物。"

缪盈解开丝带，打开盒子，捧出一对面塑人偶，男偶是书澈的样子，女偶有着自己的面孔，惟妙惟肖，憨态可掬，这个礼物让人惊喜："这是我和书澈？"

缪盈的反应让萧清很自得："一眼就能看出来？看来不算失败。"

"你从哪儿买来的这个？"

"我自己做的，私人订制耶！"

"哇！这个你也会？"

"初中上过一段兴趣班，略通。"

缪盈爱不释手："这是我收过的最好的礼物！"

"你真给穷人面子。"

"我说真的！我好喜欢它！"

"祝你和书澈像他俩一样,永远连体,永远幸福!"

萧清的祝福让缪盈眼圈一红,眼泪突然开闸:"抱歉萧清……"

"怎么了缪盈?哭什么?你对我抱歉什么?"

"我……辜负了你这么用心的礼物,但我能把它留下吗?"

"当然!我就是给你的呀,为什么不能留下?"

"因为我……没有结婚。"

"啊?!没结?"萧清对书澈和缪盈的结婚变故一无所知,始料不及,"就在你们注册前一天,成然还来邀请我去参加第二天你俩的单身趴……"

"就在那天,我丢下书澈,从注册处走掉了……"

"为什么?"

"为什么?书澈在问我为什么?所有人都在问我为什么?"

"那你为什么不告诉他们你为什么走呢?"

"因为……真实原因我不能对任何人说,尤其是书澈……萧清,记得飞机上第一次见面我对你说过的话吗?得到财富的同时,我也得到捆绑;拥有越多便利,我就失去越多自由,我从来不能随心所欲……"说完,缪盈泣不成声。

萧清把她揽在怀里,让她靠着自己肩头哭:"虽然你的话我一知半解、基本听不懂,虽然我不知道发生了什么事儿,但我保证今天听到的,我对谁都不会讲。你可以放心把我当成树洞、纸巾,我全身任何一个部位,你都可以随意使用。"

缪盈破涕为笑,把眼泪全都蹭到了萧清肩上:"这件衣服我给你洗。"

在宁鸣的视线里,一个哭哭笑笑的女孩,靠在另一个女孩身上,这画面太美,让他垂涎三尺,恨不能将身替了萧清。

书澈接到成然约他见面的电话,一走进咖啡馆,就看见成然挂着一张秋风扫落叶的决斗脸!

书澈在他对面坐下:"你叫我来干吗?这是要替你姐伸张正义?"

成然从背包里噌地拽出一把手枪,"啪"的一声,拍在书澈面前!

"你还敢欺负我姐不?!"

"她逃婚,算她欺负我吧?"

成然转念一琢磨:"是这么个理儿,那你也不该让她难过!"

"我难过就得憋着?"

成然又一琢磨:"也是。你就说你的诉求是什么?我也可以替你伸张正义。"

"我就是想要个说法儿!"

"你的要求不过分啊!"成然瞬间叛变立场,一屁股坐到了敌人阵营这边,"这两天我也百思不解,你说我姐为什么临结逃婚?我也不停追问、不停研究啊,太奇怪了!"

"到现在,她依然没有给我一个哪怕算清晰的解释。"

"她在家也什么都不说,我旁敲侧击过几次,她都一言不发。哥,卧底我尽力了,不是我不帮你,这一回,我可是活脱亲眼见了一个成语解释:女人心,海底针啊。"

"赶紧把枪收起来,让警察看见,邀请你去住几天。"

"哦!"成然手忙脚乱把枪收进背包,"不过我真研究出一点成果,你想不想听我分析分析我姐的逃婚真相?"

"洗耳恭听。"

"写论文首先立论,我的核心观点是:人为什么逃婚?只有一种可能:感情不确定。为什么不确定?因为发生了变化。为什么发生变化?就是因为出轨了呗!"

打了半天雷,就下这么一滴雨,书澈对成然的分析报以鄙夷:"切!这就是你的学术成果?"

"我刚抛出观点,还没抛论据呢,论据比论点更重要,当论据足以说明真相时,论点甚至不用说话。"

"你的论据是你姐和哪个男人出轨了?我很好奇。"

"你现在和我一样陷入了思考盲区,我就卡在你这里一两天都没想通,因为除了你、我,还有我爸,我姐生活中再没有其他男人了。"

"那她和谁出轨呢?"

"思维定式呀哥!如果不是男人呢?"

书澈蒙圈了:"那……是个啥呀?"

"还可以是女人啊……"成然意味深长。

书澈目瞪口呆、张口结舌,成然的这个研究成果,可谓举世震惊!

成然一脸神秘,凑近书澈:"你关注过'北美吐槽君'吗?全中国海外留学生都去那里自爆隐私、吐槽的一个微博账号,江湖人称'北美房事君'。那里有海量的残酷现实警示我们:送你绿帽儿的,未必是同性,而是异性。"

"你是在暗示我:缪盈弯了?"

"我是明示呀哥!不光我姐,这个世界人人都有可能分分钟会弯,直直弯弯不再遥不可及呀。"

"你怀疑谁?有嫌疑人没有?"

"有三个!两个是我姐国内的闺密,陈虹羽和王诗琳,本来我就象征性邀请她们来美国观礼,声明不负担机票食宿,结果人俩锛儿都不打,直接打飞的来了。不远万里来送出嫁,这是什么感情?可能就是她们婚前最后的告别。"

"哦……还有一个呢?"

"这是新欢,但她嫌疑最大!也许就因为她的出现,直接导致我姐情变逃婚!"

"谁呀?"

"萧清!"

书澈终于放声大笑:"哈哈哈哈!"

成然看出他对自己的嘲笑和不以为然,反唇相讥:"多么虚妄自信的直男啊！多看一看'北美吐槽君'，认清这个世界的真相吧。这就是我姐难以启齿、解释不清的原因，你让她怎么说呀？这不光是出轨，还得出柜呢！不过就算是头顶被女人栽了一片绿油油的草原，也没人同情你，因为现在通行的法则是：异性劝分不劝合，同性劝合不劝分。直男是第三世界，咱是弱势群体呀哥。"

书澈起身要走。

被成然一把按住："哪儿去你？"

"我找萧清决斗去。"

成然掏出手机，寻找视频，想进一步证明他的推断："你觉得我在扯淡？再给你看个视频证据！"他把手机屏幕推给书澈。

那是陈虹羽发来的"清华经管后宫团热烈祝贺缪盈小主大婚"——就是宁鸣充当自拍杆拍摄的那段视频。视频里陈虹羽正在说："她最美最好的四年，是我们的！你要是胆敢让她有一点点、一丝丝、一丢丢不幸福，我们这里不分性别、不分年龄、不分物种，人人都是接盘侠！你的卧榻之侧，有很多人抱着枕头等待上床安枕……"

成然在此处插话提示书澈："还要说得更明白吗？这就是明晃晃的挑衅！"

书澈发现视频画面一直在抖动，然后，陈虹羽跑到镜头前，一把抢过手机表达不满："为什么画面一直在抖哇？宁鸣你帕金森了？"

宁鸣？这个名字，让书澈恍惚有些许记忆。

镜头转向，宁鸣一脸囧态地出现在视频里，陈虹羽指着他对镜头说："缪盈，宁鸣碰巧今天也回清华了，他有话要对你说。"

书澈辨别着宁鸣的相貌，努力搜索记忆：他在哪儿见过这个人？貌似很面熟，又貌似时间并不远……

视频里，宁鸣面对镜头张了几次嘴，硬是一句话也说不出，像条干涸的鱼，只剩下张嘴喘气的节奏，陈虹羽一把推他出了镜头："这人屎出天际了！"

关于宁鸣的记忆，书澈全想起来了！第一面，是他克制不住对缪盈的思念，打着飞的飞回北京，出现在毫无准备的她面前，当时他按照清华学生指引，寻到了音乐教室门外，看见缪盈正和这个男孩对面而立，当她像风一样刮向自己时，他清楚看见了男孩脸上的失魂落魄。第二面，就在几天前，在汽车旅馆缪盈的房门外，宁鸣将一个纸袋放在门外地上，举手想要敲门，又转念放弃，转身离开。当时，书澈觉得他面熟，但随即以为就是个送餐小哥。

手机视频和亲眼所见现在一起告诉书澈：这个宁鸣，应该是缪盈的清华校友，不久前他人还在北京，这几天，却出现在了旧金山汽车旅馆缪盈的房间外，这些——还不足以引起他的怀疑吗？！书澈瞬间变了脸色，猛然起身。

成然被他的动作吓了一跳："是不是觉得我的研究成果振聋发聩？"

书澈一言不发拔腿就走，让成然以为自己的一番神扯竟然不幸言中了事实："真让我说着了？！"他拿起背包追赶，因为还没有买单，被服务生拦在门口，急得冲着书澈的背影跳脚高喊，"冷静啊哥！冲动是魔鬼！"

书澈顾不上搭理成然，冲出咖啡馆，开车就走，他的目的地，当然是缪盈。手机响个不停，缪盈看到来电显示是书澈，心里一紧，他主动来电，让她又惊喜又紧张。

"喂？书澈？"

"你在家吗？"

"在。"

"能出来一下吗？我有话跟你说。"

"你在哪儿？"

"就在门外。"

"我马上来。"

缪盈慌慌张张冲向门外，错乱的脚步就是书澈在她心中的分量，冲出大门，不见书澈，她顺着门前车道，一路小跑寻找，看到书澈靠在车门上，在等她。

两人望着对方，感觉像被分隔了一个世纪。

缪盈的眼里，有了泪。

书澈走到她面前："我来是要问你一个问题。之前我一分钟也没设想过这种状况，即便我们两地分开了六年，但是……如果……一旦有，请你一定要告诉我，我可以理解，甚至可以接受……"这段话，他表达得很艰难。

缪盈狐疑："什么状况？告诉你什么？"

"缪盈，除了我，你……爱过别人吗？或者还爱吗？"

缪盈猝不及防，因为对这个问题她几乎从未思考过，一脸蒙圈："你……为什么突然问起这个？"

"我不该问吗？尤其是在你拒绝和我结婚以后。"

"你怀疑我移情别恋、出轨了？"

"我们分开那么久，你又那么优秀，身边狂蜂浪蝶再正常不过，其中不乏优秀的吸引到你，也很正常……"

"没有！一个也没有。从12岁遇到你，我心里就只有你！"缪盈斩钉截铁。

缪盈的话让书澈的心跳漏跳了几拍，她眼里的坚定和热烈，几乎让他瞬间软化、缴械投降，几乎让他忘乎所以、抱她入怀，但是……书澈没有动。

"书澈，我告诉过你：我可能因为其他原因产生犹豫，但绝不是因为我不够爱你；我和你即使分开再久，任何事情都可以改变，唯独对你，我一丝一毫都没有变。"

还能说什么呢？怎么能继续追问下去？书澈沉默着开门上车，缪盈看着他来、看着他走。书澈的车开走后，成然的宾利欧陆风驰电掣而来，急刹在缪盈面前。

成然跳下车,直奔他姐:"姐,书澈把你怎么着了?!"

"他没怎么着我呀。"

成然手抚心脏压惊:"那就好,那就好!跟他分析完,我就想抽自己大嘴巴……姐,对不起!我差点害了你!"

缪盈莫名其妙:"你说的什么鬼?"

"书澈有没有对你说什么?"

缪盈不想告诉他:"和你没关系。"

"他是不是问你出没出轨?"

"是不是你和他说过什么?"

"都赖我!我不是想帮他找到你逃婚的理由嘛,我说你可能出轨了……"

缪盈努力压制着上涨的火气:"我倒想听听,你说我和谁出轨?"

"我说你不光出轨,还可能……出柜了。"

"What?!"

"姐,你——有吗?如果有,你可以打开柜门面对我,我绝对无限包容你,'同志,我撑你'!"

缪盈撸胳膊、挽袖子:"今儿不打死你,我就不是你亲姐!"

"救命啊!"成然撒腿就跑。

这天午休时间,校园快餐店里坐满了吃午餐的学生,萧清端着买好的快餐,寻找空座,店里没有空位了,她只好走到户外露天座,外面也几乎坐满,只有一张四人餐桌边就坐了一个人,于是她走过去问:"我能坐在这儿吗?"

桌边正独自闷头吃饭的人抬起头,是书澈!

萧清一愣,坐也不是,走也不是,书澈也不回答她,低头继续吃饭,她决定离开,刚一转身,身后就传来他的声音:"坐吧。"

萧清回身,坐到书澈对面的座位,两人各吃各的饭,气氛尴尬,

第 10 章

说话也不是,沉默也不是。萧清抬眼望向书澈,他看也不看她一眼,她只好和他一样,埋下头使劲吃,突然肩膀被拍了一下,萧清抬头,见是凯瑟琳。

"嘿,萧清,这儿没人吧?我们可以坐吗?"凯瑟琳身边还站着一个让萧清感觉有点面熟的美国女生,两人都端着一托盘食物,看来也是在找座位。

萧清快速瞥一眼书澈——他视若无睹——只好说:"哦,没人。"

凯瑟琳挨着萧清坐下,那个美国女生也挨着书澈坐下。

萧清注意到美国女生一见自己就目光不善,心里纳闷:我招你惹你了?

凯瑟琳注意到同伴和萧清之间的眼神互动,为她们介绍:"这是劳拉,这是我室友萧清。"

萧清冲对方点头致意:"很高兴认识你。"

但是劳拉一丝笑容也没有:"其实我们早就认识了。"

"是吗?抱歉我不记得我们在哪儿见过……"

"哦,当然你不会记得了,因为你当时的注意力不在我身上,而且你一直在哭。"

萧清完全想不起来:"啊?我哭?什么时候?在什么地方?"

书澈也像是被劳拉的话吸引,他抬头瞥了一眼劳拉,最后望向萧清。

劳拉提示萧清:"在安德森教授的办公室呀,你怎么会忘了呢?"

此言一出,凯瑟琳的面部表情定格成一个大写的惊讶,看萧清的眼神立刻变化了。萧清想起来了,劳拉说的是她向安德森教授请假回国、得到他的安慰、忍不住哭了的那次,劳拉就是闯进办公室撞见这一幕的那个女生。

"不好意思让你看到我那个样子……"

"你让我很开眼呀,中国女人果然名不虚传,听说你们只要掌握两样技巧：一个是嗲，一个是哭，就可以操控全世界。"

劳拉这句话绝对是一个引战帖，让萧清勃然变色："你有权随意理解你看到的场面，但你无权用你的曲解来侮辱别人。"

"我曲解了你吗？凯瑟琳，你有没有对我吐槽过很多次你的室友，说她……那句中文怎么讲？"劳拉说了一个成语，"长袖善舞。"

凯瑟琳惨遭猪队友出卖，一脸尴尬："以前那个室友。"

萧清的脸因愤怒而涨红，书澈从对面凝视她，他的目光也充满审视的味道，这让萧清更加孤独。

萧清质问劳拉："我不知道谁给了你侮辱我的权利？"

"你自己！如果不是你善于发挥女人的天生优势、强取豪夺别人的工作职位，你以为我有多大兴趣侮辱你？"

"我？夺走了谁的工作？"

"我的！你敢否认你正享受着一份优越的校内工吗？那个职位原来是我的！是安德森教授解除了我的聘任合同，把这份工作给你了，仅仅凭借——你会哭！"

萧清对此毫不知情，听到这些，她也蒙了。

对面——书澈投来的审视目光，像针一样刺痛萧清。

身旁——凯瑟琳斜睨她的目光，也含着一种幸灾乐祸。

萧清百口莫辩。

"你可以受之无愧，也可以心安理得，但我也不会为我下面的行为抱歉……"劳拉起身，拿起还没喝的一满杯番茄汁，扬手泼了萧清一头一身！

凯瑟琳尖叫一声"啊"，猛然跳起来躲闪。

萧清一动不动，看着自己——整个上身都在滴番茄汁。

突然，她对面的书澈跳起身，以迅雷不及掩耳之势一把钳住劳拉刚泼过番茄汁的手腕，命令她："向萧清道歉。"

劳拉被钳住手，用力挣脱不开。

书澈再次命令:"为你对她的无理侵犯和种族歧视的语言,道歉!"

"番茄色儿"的萧清意料不到书澈竟然会有这样的举动,她忘了自己的窘迫,在周围所有人的注视下,在僵持中,在狼狈里,暗暗地感动和温暖。

劳拉终于屈服,冲萧清说了句:"对不起。"

书澈这才松开攥住劳拉的手,扭头对萧清说:"去洗洗。"

萧清起身离开,在众目睽睽下,滴滴答答滴着番茄汁,努力让面部表情正常,离开快餐店。在卫生间洗掉一头一脸的番茄汁时,她差点泪崩,在水龙头下奋力揉搓外套上的大片绛红色,以此来克制泛滥上来的委屈。萧清不许自己因为辛苦而软弱,不许自己因为被误解而委屈,但是,书澈在窘境里伸过来的一只援手,和成然让人烦恼的死缠滥打,却能勾出萧清的眼泪!

宁鸣把他的信用卡还有全部美钞现金百、十、块、分各单位平摊在床上,他的财政状况一目了然,六个字概括,就是:即将弹尽粮绝,剩余钱款只够他买一张飞回北京的廉价机票。继续留在美国,即使还能支撑几天的吃喝住行,可他怎么回去呢?

家庭微信群里发来了宁爸宁妈的语音微信,宁爸说:"鸣儿,你还在美国呢?我和你妈都想你啦!"宁妈问:"儿子,你咋还不回来呢?美村儿把我儿子饿瘦没?"宁鸣回复他们:"爸、妈,我很快就要结束在美村儿的工作了,这两天就回北京,你们放心,我一切都好。"

宁鸣仰倒在自己贫瘠的财产上,时间和金钱这两样他都不富裕,即将山穷水尽,除了滚回北京,他还有别的选择吗?

第二天,宁鸣拖着行李来到酒店前台,把信用卡交给贝茨:"请您帮我结算房费。"

"你是要离开这里吗?"

"是，我今天就要回中国了，那边还有一份工作等我回去。"

"那个你从酒吧背回来的女孩子，她现在怎么样了？"

"她……应该回到自己的正常生活里了。"

"你舍得离开她吗？"

"她……其实不需要我。"

贝茨说了一句让宁鸣暖心的话："我觉得，她需要你。"

宁鸣用微笑感谢美国老太太的好心："谢谢您！"

"我会想念你的，孩子。"

"我也会想念您。"

告别了贝茨，宁鸣的最后一站是斯坦福，他最后一次走进这个校园，向对他的到来、他的存在和他的离开一无所知的缪盈，最后道一个别。宁鸣一边走，一边用手机定位确定自己和缪盈的距离，他向她走去，来到了商学院。

就在宁鸣低头确认手机屏幕上他和缪盈的坐标即将重合时，他经过了书澈的面前，没有看到对方；书澈却看到了宁鸣，并在第一时间认出了他，略一犹豫，尾随上他。

宁鸣站在商学院外，抬起头，就看到了缪盈，她走在三三两两的同学中间，他的目光恋恋不舍，追随着她的移动，一刻不舍得离开。宁鸣不知道：他跟踪偷窥缪盈的全部场面，都落在书澈眼里。直到缪盈的身影消失，宁鸣才收起抽丝拉线的眼神，完成了和她的道别。掉头准备离开，一转身，差点撞到一个人身上，等看清对方的面孔，宁鸣目瞪口呆。

站在他面前的，是书澈！

第11章

宁鸣当然认识书澈，虽然他们之间没有说过一句话，虽然他认为对方根本不认识自己，但此刻和书澈面对面，还是让宁鸣有一种无地自容的尴尬，不知道是缘于心虚还是缘于自卑。

更没想到书澈先发制人："我们是不是见过面？"

宁鸣只好点头承认："啊，对。"

"你是缪盈的清华同学？"

"嗯。"

"你怎么会在这里？来留学？"

"不是。"

"那是来美国旅游，或者工作？"

"都不是。"

书澈不想兜圈子，就单刀直入："你是来找缪盈吧？"

宁鸣张口结舌，没法否认："不……算是。"

"那为什么几天前你会在她住的汽车旅馆里出现？"

宁鸣一愣，这是他完全没有料到的，原来在那个时候，书澈就已经发现了他："你看见我了？！"

"还说你不是来找她的吗？"

宁鸣无法抵赖："我……确实是为她来的，但不是来找她。"

书澈脸上浮现讥讽的嘲笑："你和我玩文字游戏吗？你为她来，但不是找她，下面是不是要说：你来阻止她结婚，但随后发生的一切和你毫无关系？"

"阻止她结婚？"宁鸣自嘲，"我哪有那个能力值？"

"我们注册前，你对她说过什么？做过什么？"

"什么也没有，连面儿也没见过，她不知道我来。"

书澈对他的话难以置信："你学什么专业？"

"计算机。"

"怪不得连个谎都编不圆。我们查遍旧金山所有酒店，才知道缪盈躲在那家汽车旅馆，她逃避所有最亲近的人，可唯独你知道她在那儿……还要坚持你和她连面儿都没见过的说辞吗？"

"你来找她前，确实只有我知道她在那儿，那是因为我从市政厅一路跟踪她到汽车旅馆，但她真不知道我跟着她，也在那儿。"

"你为缪盈飞到美国，一不联系，二不见面，目睹她逃婚，一路尾随，在只有你们两个人独处的一天一夜里，居然连面儿也不照，也不告诉她你来了，之后又跟着她回到斯坦福，直到在这里碰到我，你相信自己这一套说辞吗？你来美国究竟想干吗？"

"我听说她要结婚，就来了，什么也没想干，就想看看，看完就回去。"

"你想看什么？"

"我想看……就好比挖坑儿下葬前，给棺材板儿钉上最后一颗钉子。"说完宁鸣突然意识到这样比喻人家的婚礼未免缺德，赶紧解释，"我、我、我不是说你俩的婚礼，我是说我的感、感……"

书澈再次单刀直入："你爱她？"

宁鸣没有回答，咧嘴笑了一下，笑意褪去后，是一脸的无限寂寥。

"你追她多久了？"

"我？没追过她。"

"你逗我？四年朝夕相对！你没追求过她？没对她表白过？"

"表不表白，追不追，结果都一样，没戏。"

"你不会说你一直单恋吧？各种爱她在心口难开围绕左右默默守候？"

宁鸣坦诚傻笑："我……会呀。"

"你意思是说：你什么都没做，她就一夜变了卦？"

宁鸣这才听明白书澈对他的通盘误会，真命天子居然认为是他导致了缪盈悔婚，享受到错误的被重视让他受宠若惊："你以为她是因为我不结婚？！我多想承认：怪我、都怪我，然而并不是，因为她甚至都不知道……我喜欢她。你不必对我启动情敌防御，我连备胎都算不上。不信你回去问她：有没有见过宁鸣？她一定觉得你在说火星文、在谈论一个火星人。"他坦诚迎视书澈咄咄逼人的目光，一点也不做贼心虚。

书澈将信将疑："你能告诉我离开市政厅到汽车旅馆，这一天一夜，缪盈都做过什么？"

"离开市政厅，她还去了一个地方，那地儿具体在哪儿我也搞不清楚，是海边一片礁石滩，她一个人在那儿哭了很久……"

"她去过礁石滩？"

"随后她就去了汽车旅馆，一直到你来，把自己关在房间里不吃不喝，夜里好像还喝醉了……"宁鸣私心隐去了——自己背着醉得不省人事的缪盈回来——这一段专属于他的记忆。

"她从不酗酒！夜里喝醉了？你怎么知道？"

"我……看见她出门买酒。"

"就这些？"

"就这些。"

凭着直觉，书澈相信宁鸣说的每句话的真实性，他对宁鸣的敌意

255

烟消云散。基于对感情的自信和对缪盈的把握,他本来对于情敌这个庞大的群体不屑一顾,只是因为缪盈让人如此费解地从婚礼上落跑,他才对情敌有所警惕。

宁鸣告诉书澈在清华四年他看到的真相:"其实,你压根儿没有情敌,不是没人追求缪盈,事实上,第一批倒下,第二批又不知死活地冲上去,前仆后继,死而后已,就是没人能在她心里挤进去哪怕一条缝儿,那里只有你,任何人都是浮云。虽然你人不在清华,但你的传说,无处不在。"

书澈听乐了,笑容有些苦涩,越是如此,越解释不了缪盈到底为什么逃婚。

宁鸣也忍不住探究:"我能多嘴问一句:你们有过矛盾吗?出什么问题了?"

书澈摇头否认:"没矛盾,没问题,我到现在也不知道她为什么……"

"有点混乱,有点复杂……但肯定不是因为我。再多一句嘴啊,我百分之二百地确定:绝对不是缪盈对你的感情有了变化。"

宁鸣的话让书澈想起了缪盈对自己说过的那一句"我可能因为任何原因从婚姻注册处走掉,但绝不是因为爱你不够!"于是他问宁鸣:"你凭什么这么确定?"

"我没凭没据,没有资格为她代言,更没有资格评价你俩的感情,但至少,我了解她。"

书澈也对他这个人产生了探究的兴趣:"你是从什么时候开始的?"

"你说我暗恋?四年前,刚进清华,见到她第一眼。"

"为什么不让她知道?"

"我知道会死。"

"可说出来难道不比憋死强吗?"

"不觉得,如果不能让你喜欢的女孩子幸福,你的爱就没有意义。我问自己：你拿什么让她幸福？就像她现在已经拥有的一样。答案是：Nothing。"

"你虽然不说，但一点没少做吧？我记得在清华登山队去绒布冰川的照片上见过你。想起来了，那个一冰镐割断缪盈的安全绳、砸裂她身下的冰面、害她掉进冰缝又救了她的笨蛋，也是你吧？"

宁鸣唯有傻笑："我在她和你们眼里，就是这种形象？"

"四年，不长也不短，你做的不止这些吧？"

"抱歉，我对自己无能为力。这四年，我天天努力结束它，甚至希望没开始过。我对自己爱或者不爱，一点办法也没有；对她对追求者一概无视的现状，也一点办法也没有；对明知她不可能爱我，但我还是爱她而且不知道这种没有结果的爱还会持续多久的将来，更是一点办法也没有。"

书澈聆听得专注和毫无敌意的平和，给了宁鸣继续倾诉下去的欲望。

"当你千方百计还是没有办法结束它时，有一天我突然醒悟：你的爱对她没有意义，但是对你自己有意义！不管它带给我的是稍纵即逝的欢乐，还是无边无际的痛苦，但即使是无望的、没结果的爱，也比日复一日上班下班、编写程序、月薪到账、吃饭睡觉，更让我意识到——我存在！爱是我活着的最大意义，哪怕谁也不知道。

"你永远也不会明白像你这样拥有财富、地位和爱情的多重富豪，怎么能理解我们无产阶级一穷二白的快乐？只有赤贫到我的程度，你才会知道：如果你的爱和你爱的人爱不爱你无关，和你爱她多深、就要求她爱你多深的本能索求无关，甚至让她知道你爱她这件事都无所谓的话，你对这份爱不抱一丝希望，你就不会有一毫失望。不以占有为目的的爱，就不会因为失去而痛苦，只会因爱而快乐。"

"真有'我的爱与你无关'这种事？"

"我不就是吗？当爱只和自己有关，你就有了最大的自由，想爱就爱，爱谁是谁，爱多久就是多久，一个人的爱情，也能自嗨。当然，别人也有权认为这可怜。随便吧，既然我的爱和任何人无关，任何人的评价又与我何干？"

"你这人，挺奇葩！"

"就算爱是一件被你爱的人忽略、微不足道的小事儿，依然可以成为照亮你自己生活的惊天动地的大事儿。"说完，宁鸣露出一脸灿烂的笑容。

书澈在内心坦率承认：自己被宁鸣的所作所为和所言所语感动到了，随即，他产生了一个疑问：如果缪盈知道这一切，她会不会被感动？

"我马上要离开美国回北京去了。"

"那今天你来，是向她默默告别的？"

"对。"

"这趟美国之行，本来你是想来看一看就死心的，对吧？"

"对，不见棺材不掉泪。对不起，一比喻就是棺材，我不是故意的……"

"那你没见着棺材，也不打算死心吧？"

"就像掌控不了什么时候开始一样，我也掌控不了什么时候会结束。但你放心，我从来不具备破坏力，以后更不会。"

书澈把宁鸣送到开往机场的巴士站，对他说："再见，很高兴认识你。"

宁鸣感觉到了书澈的真诚："我也很高兴认识你！"他跳上巴士，在车门关闭前的最后一刻，冲着书澈，喊出一句祝福，"哥们儿，你俩一定要幸福！"然后，看见书澈微笑着对他挥手。

巴士载着宁鸣离开斯坦福，他在车上找到空座坐下，扭头回望，见书澈渐渐走远，背影高挑帅气。转回头，宁鸣突然热泪盈眶，终于，他要和缪盈的一切告别了。

第 11 章

书澈走在校园里，宁鸣给他造成的震撼，不是情敌，却不亚于情敌，他那一句"不以占有为目的的爱，就不会因为失去而痛苦，只会因爱而快乐"在耳边回响。书澈突然产生了一种前所未有的危机感，油然生出一种失去缪盈的恐惧感。这种恐惧，并非来自宁鸣或某个人的威胁，而是缪盈身边竟然有这样的爱，一直在爱着她；而他，对于缪盈逃婚的耿耿于怀和对自己尊严受到伤害的愤怒，远远压倒了对她的包容。在爱的纯粹上，相比宁鸣，书澈自惭形秽。

宁鸣站在旧金山机场行李寄存箱前，输入密码，取出他的双肩背包和登机箱，走向安检入口。一小时前他对书澈说过的那句"就算爱是一件被你爱的人忽略、微不足道的小事儿，依然可以成为照亮你自己生活的、惊天动地的大事儿"在耳边回响。生命的意义是什么？自己不是无意间说出来了吗？牛顿的机械论指出：有多大的力作为一个因，就有多少的位移决定一个果；而莫顿定律颠覆了牛顿的确定论，认为有了对未来的信念，这个信念就会对现在的行为产生引力。所以，为什么要顺从和安于既定的人生？就算不可能终究是不可能，如果你不为之沸腾、不为之挣扎，又怎么知道一定不会变成可能？

书澈在斯坦福校园里突然停下时，宁鸣在旧金山机场的安检通道外也戛然止步。

书澈转身飞奔，宁鸣掉头疾行。

书澈前往商学院，宁鸣返回旧金山。

他们，都回到了缪盈的身边，一明一暗。

缪盈一走出商学院，就发现书澈站在面前。

"缪盈，我再也不会纠缠你为什么从注册处离开，我就想和过去一样爱你！比过去更爱你！"

缪盈被书澈牵着手回了家，一进门，她就忘乎所以地亲吻他，激烈地解开他的衣扣，撕扯他的衣服，拉拽着他走向床边。她的主动令他意外，两人的关系里，女方从未如此"攻"过。书澈看见缪盈的双眸里，有星星闪烁，那是一层抹之不去的泪光。他将她抱起，他们密不可分。

宁鸣做了一生中最疯狂、最不理性、最不负责的一个决定：留在美国！理想的丰满的下一秒就是现实的骨感，想在美国有床睡、有饭吃，他就必须赚钱、赚美元！因为持旅游签证入境，在美国工作属于非法，所以他只有打黑工一个选项可选。在找到让自己吃饱穿暖的饭碗前，先要找到一张便宜的床。

宁鸣走在中国城街道上，一路寻找便宜的酒店旅馆，进了无数家，片刻之后都被价格吓出来。于是，他从宽敞的大街拐进曲里拐弯的小巷，深入城市的角落旮旯里寻找更低的价格。

经过一家悬挂中英文两种招牌、中文名字为"日昌旅馆"的三层老旧建筑，宁鸣被立在门口的价格牌吸引，停在这栋很有年代感的老楼前，价格牌上写着：10美元一小时、50美元一天。这个价格，是宁鸣遍寻网络也找不到的低价，也是他一路走过、问过的最低价了。

宁鸣一走进日昌旅馆的大门，就像一步踏进了时光隧道，瞬间回到30年前。大堂装修、沙发和陈设，是20世纪90年代的风格，灯光的氤氲和前台孤独的人影，散发着寂寥的惆怅，薄薄一扇门，就把宁鸣和他身后的花花世界隔绝开来。带着瞬间产生的恍惚感，宁鸣走到前台，40多岁、日昌旅馆的继承人、现在的所有者——黎国生，此刻头正垂在胸前打盹。

宁鸣向他打招呼："Hello！"对方置若罔闻，宁鸣只好提高声调，"Hello！"还是得不到反应，宁鸣只好把手伸过前台，轻轻碰碰他。

对方才以慢动作缓缓抬头，落在宁鸣脸上的眼神还在睡眠中，尚未苏醒。

"Check in，Please."宁鸣取出护照递上，"这是我的护照。"

黎老板的视线缓慢移动到面前的护照上，又缓慢移回宁鸣的脸，开口说了一句字正腔圆的标准中文："大陆来的？"

宁鸣改说中文:"欸。"

黎老板有了苏醒迹象:"这么早Check in?"

宁鸣看看外面天光,这会儿天都快黑了:"啊?这还早?"

黎老板往他身后看了看:"就你一个人?"

"啊,就我自己。"

"要住多长时间?"

"先……住一周再说。"

黎老板一下就精神了,惊诧发问:"啊?你要长住?"

"一周就算长了?"

"太……长……了!"

"看来您这儿都是短住客人。"

"嗯,流动性很强。"

宁鸣揣摩着黎老板的表情,猜测自己是否受欢迎:"您是不……不太欢迎我长住?"

黎老板一副聊胜于无的表情:"无所谓,反正客满的时候不多,你喜欢就好。我这里一律现金结算,不接受刷卡。"

"OK,您先帮我开一周房,另外能不能宽限一点?我先付一半房费,结算时一定给您补齐,我可以把护照押在这儿。"宁鸣给自己找到工作的宽限时间是一周,一周还没有找到工作的话,他就只能流离失所沿街乞讨去了。

黎老板上上下下一顿打量,让宁鸣感觉自己受到了比机场安检还严格的审核,最后,黎老板盯住了他价值不到1000元的休闲运动手表。

"除了护照,抵押也加上这个。"

"行!"宁鸣摘下手表,从钱包里掏出200美元现钞,和护照一起推到黎老板面前,"房间有免费Wi-Fi吗?"

黎老板一边收钱、护照和手表,一边回答:"有。"

"太棒了,网速快吗?"

"一兆。"

"几十个房间一起用,会不会有点慢?"

"不用担心,基本上,只有你我两个人在用。"

"为什么只有我俩用?别人难道不用?"

黎老板翻了个白眼,答道:"别人都很忙。"扔给宁鸣一把钥匙,"二楼,209房间。"

"还用钥匙开门?!感觉像回到20世纪我小时候。"

"晚一点你就会发现这里很超现实。"

黎老板决定给这个一眼可见的纯良处男一个含蓄的暗示,但宁鸣显然未解其意,一双无知的大眼睛扑闪扑闪,那就让几小时后的声音和动效告诉他吧。

安顿好,已经是旧金山晚7点、北京时间上午9点,宁鸣拿起手机,在微信通信录里找到北京公司的部门主管"老大",向他发出语音聊天的邀请。

老大一接通语音聊天就开喷:"宁鸣你还活着呀?!出于对本部门员工的人道主义关怀,我已经向平安北京报警了。"

宁鸣自知理亏:"不好意思老大,您还麻烦警察叔叔,给人家增加不必要的工作量,问题是,他们也找不着我。"

"这一个多礼拜你死哪儿去了?!"

"我……不在国内。"

"你咋不上天呢!连个招呼都不打就溜到国外去了?"

"我向您请过假……"

"我准了吗?!"

宁鸣被震得把手机挪开耳朵一尺远。

"你把公司当成什么?向老人免费开放的公园吗?!你把这份工作当成什么?来去自由、旱涝保收的社会福利卡吗?!"

"我向您请罪……"

第 11 章

"何止我？！你回来向全部门、全公司负荆请罪吧，就这样我也不保证你活着！"

"我……现在回不去，可能要晚一些回去受死。"

"你还要在外面溜多久？！"

"几、几个月吧。"蹊跷的是，宁鸣抛出这一句，老大那边一点回声儿也没有，他斗胆继续，"要不，请您批准我停薪留职……"

老大突然变得和颜悦色："宁鸣，你想要在外面浪多久，就给自己放多长时间假好了。"

"您准了？"

"我准了——准你下岗！"老大恢复了凄厉，"我不知道你在国外干什么？为了什么？但宁鸣你一个平常家庭出来的素人，一没背景，二没颜，靠不着父母，也吃不上软饭，一份有前途的工作就是你的天！还有什么比天大？比你的事业、你的前途、你的未来更重要？知不知道？你和满街屌丝一样，没有青春飞扬、没有恣意放纵的资本！还用我说得更明白、更露骨吗？你是个不负责任的人，对公司不负责任！对父母不负责任！对你自己，更不负责任！鉴定完毕！"

"我……"还想申辩，语音通话已经被粗暴切断，拿着被老大的漫骂震得灼热的听筒，宁鸣只好自嘲，"我就是个——不负责任的人。"

现在，宁鸣彻底没有后顾之忧了，因为他失业了。向父母发出视频聊天的请求后，他换上精神抖擞、喜气洋洋的表情，视频一连通，手机屏幕上同时出现了宁爸和宁妈。

宁妈大呼小叫："鸣儿，这么多天没给家里来信儿，我和你爸都担心死了……"

宁爸批评宁妈："就是你啊，我没有，我对儿子非常放心……"

宁妈揭露丈夫："刚才是谁呀？就仨小时前，今天早上，你爸睡着睡着噌地就坐起来了，说'儿子兜里就剩200美元了，我得给他送钱去'……"

263

宁鸣目瞪口呆,难道隔着太平洋,父子之间也有心灵感应?连忙掩饰自己的经济窘境:"不至于!我、我有钱……"

宁爸反击妻子:"前天是谁呀?哭着说儿子在美国满大街找火锅吃不上,遭老罪了……"

宁鸣越听越心虚:"真不至于!这边有海底捞了。"

"美国也有海底捞?那还行!"

"鸣儿,你啥时候回北京?"

"是这样,爸妈,我这个视频就是要告诉你们我暂时不回国了。"

"啊?!你还要在美国待着呀?"

"公司给我的工作安排发生了变化,经理觉得我英语不错,这段时间对业务、环境、客户熟悉快,所以,让我留在旧金山拓展北美业务……"

宁妈一听到这儿就要哭:"这就把我儿子扣留在美国不让回家了?"

"这是美差,妈,竞争还争不到呢。而且,这边的工作报酬都按美国标准走,薪水是国内同等职位的三倍。"

宁妈立刻止住了眼泪:"啊,是吗?!那还凑合……可你什么时候能回家呀?"

宁爸严厉制止宁妈:"好男儿志在远方!应该以事业为重,现在就儿女情长,未来能有什么出息?!鸣儿,别惦记回来,在那边好好干,面对老美要不亢不卑、有理有节,显示出我泱泱大国礼仪之邦威武之师的风范……"

宁爸正在视频里慷慨陈词,宁鸣这边一种让人脸红心跳的声音乍起:"Oh,Ah!Yes!Yes!……"宁鸣惊惶四顾,寻找来源,那个声音应该来自隔壁,这房间也太不隔音了!

宁妈耳朵尖,在视频里问:"鸣儿,你那边什么声儿?"

宁鸣赶紧用手捂住手机听筒:"没有没有,不是我,是……电视!"

第 11 章

就像故意调戏他,无耻之声陡然放大了几倍,还是双声道,女生高音咏叹,男生低频怒吼,"Ah! Ah! Ah! En! En! En!"

这回连宁爸都听见了,视频里的脸登时严肃:"鸣儿,你看的是什么电视?"

"是隔壁,隔壁看的,爸妈,今天差不多了,咱们下回视频见。"宁鸣不由分说切断了视频。

男女生二重唱越发高亢起来,宁鸣走去,耳朵贴住墙壁,确定声源就是来自左侧客房,想象着一墙之隔那边的情景,他很嫌弃,但是,又有点垂涎。身后,同一性质的声音又起,右侧客房也响起来了。他站在房间中央,一边浅吟低唱,一边声震屋瓦。宁鸣仓皇爬上床,一头钻进被子,以被蒙头,再压上一个枕头,抵挡这些声音的杀伤力。

艰难睡着了,睡到半夜,杀人般的号叫突然响彻了夜空!"I'm dying! I'm dying!!"

宁鸣被持续不断的号叫吓醒,寂静的夜把人声放大成了舞台回声效果,听上去,就像是一个男人正在谋杀一个女人,说话就要出人命!宁鸣跳下床,披着毯子,趿拉上鞋,冲出房间。

身披毯子、头发倒竖、失魂落魄、鬼一样冲到前台的宁鸣把夜班经理吓得魂飞魄散,从椅子里弹起一米多高才落下。

"抱歉,吓到你了?"

"你是人是鬼?"

"我是209的客人。"

夜班经理这才惊魂稍定:"干吗?"

"麻烦你到我隔壁房间去看看,我听到很惊悚的声音,一直在喊她要死了,我担心出人命。"

"她是不是这样喊的?"夜班经理模仿出一种销魂的女声,"I'm dying! I'm dying!"

265

宁鸣点头确认，没错，是这个动静。

夜班经理非常肯定："那是Jessica，我确定她一切正常。"

"我怀疑隔壁客人可能要杀了他女朋友，也许她需要帮助。"

"我们对'惊悚'的定义不同。帅哥，你没交过女朋友吧？"

宁鸣感觉自己被凌辱了："你对女朋友这么不怜香惜玉吗？"

"哦，每个人表达激情的方式不尽相同，有些人激情的程度听上去就像是谋杀。这是让人向往的境界，希望你能体验到。"

"可是……这种激情干扰了其他客人休息，你不管吗？"

夜班经理耸肩摊手："到这儿来的客人都不是为了休息。"说完拿出一副耳塞扔给宁鸣，"上帝保佑你晚安。"

投诉未果，宁鸣愤而离开前台，走出几步又折回，一把夺走耳塞，这确实是他急需的。回到房间，两边鬼哭狼嚎此起彼伏，他用耳塞堵上双耳，世界安静了一些，坐在床上，盘腿打坐，敛心静气。这地儿，明天绝对不能住了！

因为跟书澈回了家，这一晚，缪盈没有回到成家别墅，于是接到了成伟打来的询问电话。

"你在哪儿？这么晚还不回家？连个电话也没打来，我很担心……"

"抱歉，爸，忘了告诉你一声，我在书澈这儿。"

听筒里，成伟愣了片刻，随即传过来高兴的声调："啊！那我就放心了，好，好，早点睡。"

挂断手机，得知女儿和书澈重归于好，成伟发自内心地欣慰，解决了官商关系的暴露危机，绕过了伟业前进路上最大的暗礁，他心情无比愉悦，这趟美国之行，总算功德圆满，他可以放心回国了。

缪盈把手机放回床头柜，一回头，看见书澈醒了，正在凝视她，她翻身依偎进他的怀抱。

"缪盈，今天的你，我从来没有见过……"

缪盈被说得不好意思了，脸埋进他的胸口。

"我知道你一定有什么事儿瞒着我，而且你瞒我的原因，是因为爱我。我不再逼你给我一个逃婚理由，是因为——我想让你面对我依然保有自己的秘密，我想让你拥有不必对我开放的空间，我想让你拥有爱我，或者不再爱我的自由，这是我希望给你的、最好的爱。"

缪盈说不出一句应对的话，能说什么呢？明明是她对书澈负疚，却偏偏换来他更宽容的深爱。

"但是缪盈，不要委屈自己！即使……即使你有一天不爱我了，也千万不要勉强自己。"

缪盈连连摇头，一句话也说不出，眼泪随着她的摇晃纷飞。怎么会有她不爱书澈的那一天？！可她依然无法用合理的语言和逻辑解释自己的逃婚，只能始终沉默地、用身体告诉他：她对他，矢志不渝。

第二天中午，宁鸣身背背包、手拖登机箱来到前台，准备退房，不巧碰上了昨晚的夜班经理正被黎老板训斥，听了两句就明白了，原因是夜班经理突然辞职，让黎老板猝不及防。

黎老板怒喷夜班经理："你这个人人品有问题！这么突然辞工，让我临时到大街上去抓人回来吗？"一斜眼，瞟到了等在前台的宁鸣和他的背包行李，一腔邪火喷向了宁鸣，语出讥讽，"要退房吗？你不是要长住吗？"

宁鸣说："我不知道这是钟点房……"

"什么钟点房？！我开的是旅馆！旅馆！"

"入住时您提醒我一下也好……"

"我都告诉你'别的客人很忙''晚上超现实啦'，你自己听不懂，怪我？"

"请算下房费，抵押给你的护照和表，也请还给我。"

黎老板两股怒汇成一股怨，把电脑键盘拍得啪啪作响，怒火又掉转回夜班经理:"我不管你怎样,在找到接手工作的人之前,你不可以离开!"

夜班经理不由分说:"大不了这月薪水我不要了,拔腿就走,你能把我怎样?"

两人寸步不让。

宁鸣看看黎老板,又看看夜班经理:"我那个……"

"你先等着。"黎老板吆喝住宁鸣,不得不向夜班经理屈服妥协,"你能不能容我几天找到人再走?这几天时薪给你涨到一小时15美元,好不好?我找人过来需要时间的。"

宁鸣眼里的星星被"一小时15美元"瞬间点亮!

夜班经理不为所动:"我急着走,也是因为有急事儿,我也不想老板你这么被动的,抱歉啊!我马上就得走。"

"那你让我怎么办呀?!"

宁鸣跃跃欲试插嘴进去:"那个我……"

"要不要这么没礼貌?没见我现在焦头烂额吗?!"

夜班经理主持公道:"老板,人家是顾客,应该先照顾人家的。"

宁鸣赶紧解释:"我想说:他不做的那个职位,能提供住宿吗?"

黎老板一愣,这才反应过来:"你想做?"

宁鸣明白告知:"但我声明是旅游签证,没有工作签证……"

夜班经理为了让自己立即脱身,大力促成这一桩非法聘用:"老板,能天天熬夜吃这份辛苦的黑工也不好找呢,他也算高大威猛、肌肉结实,我看行!"

宁鸣从录用条件里听出一丝情色的味道,诧异道:"啊?这工作对身高肌肉还有要求?"

夜班经理笑而不语。

宁鸣问黎老板:"你刚才说时薪是一小时15美元?"

黎老板一秒暴露奸商本质:"黑工当然不是这样,一小时8美元，每天工作时间晚7点到早8点，一共13小时，每周休息一天。"

宁鸣听得咋舌："你这是资本家剥削的节奏吗？"

"不过我可以免费提供一间客房，伙食自理，你做不做？"

宁鸣想了想，一巴掌拍在前台上："成交！"

"今晚就开工。"

"行！"

就这样，宁鸣找到了他在美国的第一份黑工，温饱和住宿问题得以一并解决。回到209房间，上工前，他用手机计算器反复计算自己每个月即将获得的收入：8美元乘13小时，每天挣104美元；乘6天，每周挣624美元；乘4周，每月挣2496美元，按即时汇率折算成人民币，相当于每月16650元。宁鸣欢欣鼓舞："月薪翻三倍，我这也算升职吧？哈哈哈哈！"

为了在MBA毕业后继续攻读法学院JD，现在书澈每周固定去听刑法大课，因此势必会和萧清碰面，但两人几乎全无交集。这天下了课，萧清走出法学院，看见走在前面的书澈的背影，鼓起勇气，追了上去。

"嘿。"

书澈见是萧清，不咸不淡回了一个："嘿。"

"谢谢你！"

"谢我什么？"书澈想不起萧清谢他是因为什么。

"谢谢那天你挺身而出、让劳拉当众向我道歉，谢谢你在那种时刻维护我。"

书澈想起来了，但依然拒人千里之外："你误会了，我不是维护你，只是反对她当众无礼冒犯你的行为，不代表对于你和她的争端、我选择站在你这边。"

"既然你碰巧听到了这件事，我向你解释一下……"

"不必，你没有向我解释的义务。"

"可我不希望你误会……"

"一千个观众，就有一千个哈姆雷特。很多事情，结果比解释更接近真相。"

"你是不是和劳拉一样，也认为我哭来了一份校内工？"

"因为你跑到教授办公室去哭、展示自己的弱小无助，于是安德森教授给了你工作，而这份校内工，论资历轮不到你，确实是从劳拉手里抢来的，你是建立在别人利益受损基础上的获益。如果这几件事都是事实，我认为你的任何解释都显得多余和徒劳。"

"你为什么不直说虽然你出于道义帮我、迫使劳拉当场向我道歉，但你心里和她一样，认为我就是利用了女性特质，以不正当手段抢夺了别人的利益？"

"我认为你什么，一点也不重要。"

萧清眼里快速积蓄着委屈的眼泪，但她一忍再忍，不让它掉下来，不让书澈看出她心里对他的格外在乎，只有她能听见自己内心对书澈怒吼的腹语：你认为我什么，对我十分、十分、十分重要好吗？！

正巧缪盈这时走来，以为书澈和萧清在正常交谈，兴高采烈地凑过来："咦！难得咱们仨凑一块儿，萧清，和我们一起吃午饭。"

萧清把脸扭向另一侧，避免被缪盈发现自己情绪失常。

书澈对缪盈说："也许人家有自己的安排。"

萧清立刻接住他的话头儿："对，我还有事儿，先走了。"说完匆匆离开。

缪盈还是看出了萧清的异样，察觉出她和书澈之间诡异的气氛，问："萧清她怎么了？"

书澈若无其事："没怎么呀。"

"没怎么？我来之前你们在聊什么？"

"什么也没聊。走，咱俩吃饭去。"

离开书澈和缪盈后,萧清的眼泪才敢掉下来,但连抬手抹眼泪的动作都不敢做,她怕被身后的缪盈看见。终于看见一个廊柱,萧清快步走过去,背靠廊柱的遮挡,才敢一把抹掉脸上的泪。然后,她从廊柱后探出头,遥望着书澈和缪盈的背影。那对童话一般的璧人相拥远去,因为没结成婚而产生裂痕的他们又和好如初了。书澈对自己的偏见让萧清无能为力,偏偏她又那么在乎他的看法,甚至她都不知道自己为什么那么在意书澈。

一起吃午饭时,缪盈依然想探究书澈和萧清一直别别扭扭、疙疙瘩瘩的关系是如何造成的,她希望男朋友和好朋友能和谐相处。

"为什么萧清刚才那种神态?"

"她什么神态?"

"好像是又生气又委屈,而且,她有点躲我。"

"我没注意,我不觉得。"

"你是不是和萧清有什么问题?"

"我和她?能有什么问题?"

"我怎么觉得你有点故意装糊涂呢?"

"你什么意思?我和她几乎是陌生人,我一点也不想谈论她!"

书澈一脸不快让缪盈确定了他确实不喜欢萧清:"你和她发生过什么矛盾吗?"

"没有。"

"但我怎么感觉你和她之间好像有过什么事儿,但你没告诉我。"

书澈不想让缪盈了解他对萧清产生成见的缘由,因为——那就涉及成伟、涉及那辆日本车、涉及贿赂撒谎和法庭翻供的黑幕交易,所以他保持沉默,什么也不说。

"我喜欢萧清,把她当成来美国后最好的朋友,我不希望你对她有敌意,夹在男朋友和好闺密之间左右为难,我会很别扭。"

"不会让你为难,我保证:不和她打任何交道。"

"我现在可以百分之二百确定你就是对她有成见。"

"我真的没有兴趣和你聊她,而且我不喜欢评论女生的人品。只给你一句建议:你看到的她,也许并不是她的全部。"

"你这话什么意思?愿闻其详,你见到了她哪些我没有看到的部分?"

"我对她更不可能了解全部。"见缪盈还试图为自己的姐们儿争辩,书澈结束这个话题,"到此为止,我们结束这个话题吧。日久见人心,咱们走着瞧吧,如果她果真如你眼里那么美好,也许我会和她相处愉快。"

面对他如铁板一块的强硬冷淡,缪盈又气又无奈,他们之间到底发生过什么?

萧清站在安德森教授的办公室外,踌躇了几秒,举手敲门,里面传出教授的回应"请进",她推门走进去,正想反手关门,顾忌到可能给教授带来不必要的非议,故意把门留了一条缝。

"嘿,萧!你找我有什么事?"

"安德森教授,我来是想向您求证一下:是否因为决定把这份校内工的工作给我,所以才和劳拉解约?"

安德森教授没有否认:"哦,你问这件事,确实如此,不过,劳拉的聘任合同也刚好到期。"

"如果不是因为我,您是否会继续聘任劳拉做助理?"

"也许吧,但也可能会聘任其他人。怎么了?你感觉到什么压力了?谁对你说过什么?是劳拉?"

"其实我知道,如果不是因为您善意帮助,以我硕士第一学期的资历,是不该获得这份工作的。"

"萧,我只是把工作分配给了最需要它的人而已,不必把劳拉的话放在心上。"

第 11 章

"教授，如果我以别人的同情心理获取了不该属于我的利益，那有违公平，所以，我向您辞职。"

安德森教授对萧清的决定感到震惊："你是让我把工作还给劳拉吗？"

"聘任谁做助理是您的权利，但劳拉对于失去这份工作很在意，我想也许她也非常需要它，也处于需要帮助的处境。"

"萧，你这么说，我还能说什么呢？"

"您对我的好意，我会永远记在心里。谢谢您，教授！"

"那你的生活费怎么办？"

"您放心，会有着落的！不要忘了，中国人可是在任何逆境、绝境下都能存活下来的人种。"

"校内工职位一向僧多粥少，竞争激烈，我认为你不可能找到比它更好、薪水更多的校内工作了。"

"我知道，校内找不到，我就去校外找……"

"第一学年你还不能申请校外合法打工的CPT，尽量不要打校外黑工，还是有风险的。下个学年，我会早点帮你留意法律相关工作职位，一旦确定雇佣意向，你就可以向国际学生办公室申请CPT，合法在校外打工了。"

"谢谢您，不知道我能不能有那个运气。"

"祝你好运！"

"谢谢教授！"

"萧！"安德森教授在身后叫住萧清，"等你有了校内工作资历，并且认为这件事情公平时，我还是会聘你做助手。"

萧清绽放出一脸灿烂的笑容，离开了安德森的办公室。即使被劳拉当众侮辱，萧清也不会因为对她的怨恨，就将抢夺了对方工作岗位的受之有愧转为心安理得。她给凯瑟琳打了一个电话，拜托她帮忙约劳拉见面，还在自己被泼了一身果汁儿的那家快餐店。

273

走到快餐店，见劳拉在凯瑟琳陪同下已经来了，坐在户外露天座上等着她，萧清上前热情招呼，坐在她们对面。劳拉有点儿惴惴不安，她不清楚萧清约自己见面的意图何在。凯瑟琳也很紧张，尽管萧清在电话里一再保证：这是一场解除误会的谈话。

劳拉一副戒备的姿态问萧清："你想对我说什么？"

"劳拉，我想告诉你：今天，我刚刚向安德森教授辞职了。我尊重你的感受，认同我基于安德森教授的同情心获得校内工作对你不够公平，我向你道歉。"

萧清主动道歉认错的态度大大出乎了劳拉的预料，让她非常惊诧，难以置信："你向我道歉？"

"之前我之所以接受这个工作职位，是因为我妈妈发生了交通意外，家里的经济状况出现了暂时的困境……"

"我知道，凯瑟琳刚刚告诉我。"

凯瑟琳也趁机表达了自己的内疚："抱歉，萧清，我因为之前一直对你有成见，所以你家发生的情况，我一直都没有对劳拉说。"

"当时，教授为劝阻我休学回国，好心将工作给了我，你看到我在他办公室里哭，就在这种状况下……劳拉，我不强迫你改变自己的认知，你对我的误会我也不在意，但我不希望你误会安德森教授，你能否重新获得这份工作，我也无法保证，但我依然为之前不知情抢了你的职位感到抱歉。"

劳拉紧张戒备的表情消失了，松弛下来："安德森教授刚刚找过我，他告诉我你要求把职位物归原主。"

"啊，他找过你了？那你重新得到工作了？"

"是的。"

"太好了！这就是我希望的，约你来，想说的就是这些。"萧清起身要走，被劳拉一把拉住。

"我也有话对你说。"

萧清重新坐下，等劳拉开口。

"萧清，非常抱歉，之前我对你怀有肮脏的恶意，我接受你的惩罚，比如……你也可以向我泼点什么。"

听到劳拉这么说，萧清抬手拿起面前一满杯果汁儿，劳拉紧盯住她的动作，凯瑟琳也不自觉地往一边挪动屁股，和劳拉拉开一点距离，避免自己一起被惩罚。

萧清把果汁儿举到自己嘴边，说："我还是喜欢喝它。"说完笑着喝了一口。

在第一个夜班上岗前，黎老板对宁鸣进行了一次上岗速成培训，第一步，先学习操作电脑，录入客人入住信息和结算房费。

"你的第一项工作内容：房间登记和结算，就是开房和退房。每位客人来，你要在电脑上录入房间号和开房时间，同时问清楚和录入退房时间，大多数客人都只开一两小时房间，也有包夜的，不到24小时都按小时结算，一律只收现金。懂？"

"懂！难怪我七天就算长住了。"

"住宿时间越长我越不赚钱，懂？"

"懂！你追求的是翻床率。"

"第二项工作，退房附加服务。"除了结算，退房还有其他什么"附加服务"吗？黎老板严肃点头，说"有"，他带领宁鸣上楼，来到客房门前，现场亲自示范。

"前台电脑设置了退房时间提示，每间客房退房前10分钟，你要来敲门提醒，不然，激情澎湃或者疲倦慵懒的客人百分之百会赖着不走。"

"那我提醒无效怎么办？"

"就再提醒一次！"

"我不会挨客人揍吗？"

黎老板没有坚决否定宁鸣提出的可能，而是说："May be！这就是对你的身高和体格有要求的原因。"

宁鸣一听快哭了："提醒退房真会被揍？！"

重中之重的注意事项到了！

"下面是关于time is up的正确站位，重要的事情我说三遍：不要正对门！不要正对门！不要正对门！"

黎老板先示范了一个面朝房门而立、举手敲门的常态动作，随即双手交叉，做出一个大×的严禁手势，伴以恫吓的表情，警告宁鸣："这样的time is up是严禁的！绝对不可以！"

宁鸣被逗乐了。

"不要笑！这是非常非常严肃的事情！记住我下面的正确站位和姿势，务必要站在房门一侧，身体倚靠墙壁，用一只手敲门，同时高喊'time is up'，确保不要因为伸手而倾斜身体，更不要让脑袋不由自主跟随手臂伸到门外！总之，房门外，就是身体的禁区！记住了吗？"

宁鸣对如此刻板严苛的动作要求感到莫名其妙："为什么要这样？有什么道理吗？"

"务必！千万要这样做！我是为你负责！上帝保佑你永远弄不懂为什么才好，照我的演示做几遍。"

宁鸣只好照猫画虎，模仿黎老板的示范，站在门侧，面贴墙，伸单手敲门："Time is up！"

黎老板对他一次动作到位表示满意："再来几遍！巩固记忆。"

第三项工作，House keeping。

"每间客房客人离开，你都要检查床单、被罩、枕套是否有破损，取下旧的，换上新的，将换下的单罩收纳在操作间。"

宁鸣第一次被暴击："这不是客房服务员做的吗？我还要干这个？"

"夜班经理兼任客房保洁。"

"啊？！这难道不是白领、蓝领两个工种吗？"

"我是老板，也是日班经理，客房服务我也做，你说我是白领还是蓝领？"

"请问我这个经理下面有几个下属？"

"有个墨西哥工人，他负责每天送取两趟换洗单罩。"

宁鸣第二次被暴击："啊？！整个酒店就只有你和我两个……经理？"

"这些年一直都这样啊。"

宁鸣恍然大悟，终于明白他要做的是一份什么样的黑工了，真黑呀。

"噢，对了，客人留在房间里的小费，都归你。"

宁鸣被暴击的心灵这才得到一丝抚慰。

黎老板又补充一句："不过别抱太大希望，来这儿的客人一般都不给小费。"

宁鸣第三次被暴击。

入夜，暮色四合，黎老板和宁鸣并肩站在日昌旅馆的前台后，面朝大门，迎接宁鸣第一个夜班的到来。

"旅馆也是一个江湖，这个江湖的险恶，既非不可描述的床单被罩，也非无法形容的卫生间，而是——人心！每天晚上，你都会见到三教九流、魑魅魍魉走进来……"

宁鸣吓得身子矬了半截。

"今晚不用担心，我陪你熬个通宵，手把手教你待人接物、辨人识鬼，教你无招胜有招、以不变应万变。"

宁鸣矮下去的身高又长回一点。

大堂墙上的时钟走到7点，"叮"一声报时，黎老板宣布："你的魔幻夜开始了。"宁鸣用一种恐惧的眼神望向大门，那扇平常的旅馆大门，突然散发出诡异的氛围，仿佛随时会进来各种妖怪。

第一个摇曳生姿进门的，是个浓妆艳抹、看不出年龄的华人站街女，她身后尾随着一位颤颤巍巍、耄耋之年的华人老者。

黎老板对两位来客笑靥如花："嘿淑芬，好久不见，你真是越夜越美丽！"

站街女来到前台，每个细胞都对黎老板发出娇嗔："黎哥你故意躲我。"

"怎么会？黎哥岁数大了，熬不动夜了，现在只做日班，白天你来看我啊。这是今天刚来上班的阿鸣，以后我不在，芬姐你要罩着他。"

芬姐拿媚眼将宁鸣浑身上下一扫，得出鉴定结果："颜不错。"

宁鸣献上一脸堆笑："为您服务。"

"你怎么为我服务？"

"开房！"身后的耄耋老者一声断喝，阻止了芬姐对小鲜肉的调戏，同时强势宣告了此刻他对芬姐的主权。

"运气好的话，芬姐今晚还会出现三次，让我们祝福她生意兴隆、财源广进。"黎老板是预言家，黎老板是报时器，果然，两小时后，芬姐牵着一个满脸青春痘、表情怯生生的华人少年再次走进旅馆；午夜12点，她又和一个肌肉爆炸的黑人壮汉一边热吻一边撞进旅馆门。

这是宁鸣生平第一次见识到活的性工作者和她的工作状态以及工作效率，同时得到了黎老板的谆谆教诲："我们对客人要一视同仁，不要有分别心，不管白猫、黑猫还是黄猫，送钱来的都是招财猫。"

第二个引起宁鸣关注的客人，是个脚下踉跄、身子晃悠的瘦削白人男子，宛如僵尸，踉跄扑倒在前台上，抬起一张苍白如鬼的吓人脸。

宁鸣往他身后看去："请问您是一个人？"现在他晓得了：像自己一样独自一人来到日昌旅馆的，都很可疑。

僵尸男木无反应，涕泪交流，接过宁鸣递来的门钥匙，跌跌撞撞进了电梯。

黎老板问宁鸣："看不出这是什么鬼？毒虫嘛！这种人呢，跟他不用废话，因为你说什么他都不知道。退房时间过了还不出来，你就开门进去，不用担心，他们没有攻击力，一般都不省人事，用平板车从后门推出去，扔在街上就好，醒来自己会爬走。"

宁鸣张口结舌，又是生平第一次见到了活的吸毒者。

午夜过后，走进来两个黑人少年，他们一进旅馆门就东张西望，向前台走来。宁鸣低头发现，刚才还在打盹的黎老板的一只手，正拉开柜台下的抽屉，里面赫然有一把手枪！

两个黑人少年走到前台，不说话，把手放上台面，露出袖管里的刀刃，和黎老板大眼瞪小眼。宁鸣全身石化，战力为零，完全不能指望。黎老板手握住枪，从抽屉里缓缓抽出，再慢慢放上前台，让对方看得足够清楚。两个少年对视一眼，抄起袖子，转身离开，出了旅馆大门。

整个过程无一字交流，直到黑人少年不见踪影，黎老板才悠悠吐出一口长气："金主来了有空房，豺狼来了——咱有猎枪！"

旧金山的天就要亮了，黎老板告诫宁鸣："你的战斗一般在黎明破晓前打响。"果然，客房里的客人们纷纷赶在光天化日之前逃离这个不可告人之所，宁鸣开始了在前台和客房之间的折返跑，一刻不得停歇，耳麦里，每隔半分钟就传来黎老板的急急召唤令：

"宁鸣宁鸣，立刻来前台，两位客人等结算。"

"宁鸣宁鸣，211房间要清洁，赶紧过去。"

墙上的时钟走到早上8点，"叮"一声报时，宁鸣终于挨到下班，黎老板刚问了一句："在这里做一夜，胜读十年书吧？"他就一头扑倒在前台上。

现实真的很骨感。

第12章

回国前，成伟给书望打去了最后一个秘密电话。如果说阻止缪盈和书澈结婚算是完成了既定计划，那么两个孩子重归于好的消息，对两个父亲来说可谓圆满，他们可以自我安慰：并没有毁掉儿女的幸福。

"这个危机总算波澜不兴度过了，我可以放心回国了。"

"那就好。上次你提起给书澈投资的谈话，后来有什么结果？"

"他拒绝得非常坚决，抵触在经济上和我有任何瓜葛，他是出于为你的考虑，我自然不能勉强。"

"离开美国前，你还打算和他再谈这件事吗？"

"不，书澈堵死了继续这个话题的可能性，再强行重提，反而会暴露我们的意图。"

"你认为既定的计划和步骤让书澈知道、让他配合接受的难度有多大？"

"几乎不可能！"

书望一声苦笑："嗯，这确实是我儿子。既然如此，就不让他知道，让他在不知不觉中配合。"

"可用不了多久，他还是会醒悟、会知道。"

"他一定会在某个时间回国来问我，让我来处理，那时候已成既定事实，他就不得不接受。"

想借儿子之手受贿，就不可能瞒住书澈，书望做好了在不远的将来有一天向书澈"摊牌"的准备，这件事只能自己来做，各管各的孩子。在离开美国之前，成伟要再给女儿打一剂预防针，确保她和父辈步调一致。父女两人约了一场高尔夫球，缪盈何其聪慧，知道这绝对不是一场闲球。

"爸，回国前，你有什么话要对我说吧？"

"缪盈，我想告诉你有些事正在发生，有些事早晚一定会发生……"

"拒绝书澈求婚、我们的恋爱不可告人，你要求我做的，还不止这些吧？"

"我走后，很快会发生一些事儿，就在你的眼前，你会比所有人更早知道那些事意味着什么。爸爸不能要求你为了成全我、成全家族和企业利益做得更多，但至少，你可以沉默。万一有那么一天，请在书澈可能做出损伤我们两家利益的举动前，阻止他！"

缪盈明白根本不是"万一"，而是"一定"会有那么一天。

"还是要对你说声抱歉，虽然用这两个字表达对你的心情，过于轻飘。爸爸现在可以给你们很多很多钱、很优越很优越的生活，未来还会给你们更多，财富、股票、地位、身份，和一个几万人的商业帝国。但我知道给你的越多，你越不自由。"

"那不是我的宿命吗？"

"将来有一天，你不想要我给你的这些，爸爸希望能还你——'自由'，但不是现在……"

缪盈几乎能看到令她惶恐的未来就在不远处，父辈们越合二为一、一荣俱荣，她和书澈越渐行渐远，两人本来无比清晰的未来，竟然模糊渺茫起来。

回国前夜，书澈给妈妈收拾行李衣物，书妈坐在一边宠溺地望着儿子："平时坐飞机你担心，明天我坐缪盈爸爸的私人飞机，你还担心什么?这一趟算提前借上儿媳妇的光了……"突然意识到"儿媳妇"三个字会刺激儿子,赶紧刹住,"书澈,答应妈妈:别对缪盈太苛责。"

"妈,你放心,我像从前一样爱她,我会耐心等到她心甘情愿嫁给我。"

"傻儿子,这个还用怀疑?她怎么会不心甘情愿啊……"

书澈此刻的心思却不在自己身上:"妈,关于……我爸那个女人……"

书妈一秒开启抵触防御:"好好的你提她干什么?!"

"我想多知道一点。"

"和你没关系!你打听她干什么?!而且我不是说了那些都已经过去了!"

"她和我没关系,爸和你也和我没关系吗?真的过去了吗?"

书妈脆弱的硬壳被儿子轻易敲碎,情绪一落千丈,以手撑住额头,来掩饰内心弥漫上来的悲伤和恐慌。书澈挪到母亲身边,伸臂把她揽在怀里,这一刻,儿子像可以依靠的男人,母亲则像需要安慰的女孩儿。

"在我面前都要伪装,你还要一个人扛多久?谁都不能说,但你还能对我一个人说;没有人提供援手,至少我还可以替你分担。妈,记住了:虽然我和你不在一起,但遇到任何事,你都要和我商量,任何情况下,我都是你的依靠。"

书妈的眼泪夺眶而出,不停摇头,眼泪纷飞,她什么也不能说,即使是对儿子。副市长夫人,就是一个丈夫有了外遇都要死守秘密、不能控诉、不能求助、连背叛的创痛都不能向外人泄露一丝一毫的大写的忍者!她唯有紧紧抱住儿子,这是她最大的心理安慰。

旧金山机场,成伟的私人远程商务飞机湾流G550等待起飞,停机坪上演着告别。这边,准婆婆拉着准儿媳的手,难免尴尬地说着宽慰话:"缪盈,本来我是来观礼你俩结婚注册的,不过也好,这样过几年我就可以亲力亲为,在北京给你和书澈策划一个盛大婚礼。"

那边,未来岳父仍在关心准女婿的事业前景:"书澈,你的域名解析服务器研发到什么程度了?"

"进行中。"

"有困难吗?"

"没有。"

书澈的回答简短笼统,明显排斥与未来岳父产生任何经济牵连。

"记住了书澈,任何时候,我都愿意把经商20年的经验和资源分享给你。"

成然在一名机组人员陪同下走出机舱,蹦下舷梯,兴奋得眉飞色舞:"这飞机,炫酷牛逼屌炸天!爸,下次我回国也要坐这个。"

"你有什么资格?凭什么啊?"成伟对亲生儿子换上专属苛刻脸。

"我好歹也是伟业第二股东吧……"

"冻着呢!什么时候等你解了商婚那个套儿,你才有资格坐这飞机!"成伟对机组人员下令,"没有我的许可,如果他强行要求你们为他飞,不用客气,马上报警!"机组人员笑着点头听令。

成然一腔委屈洒向缪盈:"姐,只有你一个人是亲生的!"

登机前,成伟、书妈分别和书澈、缪盈拥抱告别,轮到成然,成伟无视儿子张开的双臂,转身走上舷梯,成然欲哭无泪:"我来是受侮辱的!"

然而成然的屈辱感迅速就被冲上云霄的飞机带走了,剩下的是久违的自由天地。因为果断对绿卡封锁了成伟回国的消息,他获得了格外彻底的自由,可着劲自由了几天,往常该玩该闹的节目轮番折腾一遍,心头竟没来由地泛起一股子茫然。这天,成然戴着墨镜漂在泳池浮床上,百无聊赖地晒着美国西海岸的阳光,享受着把时光浪费在美好事物上的奢侈，美好事物引发了他对美好人物的惦记，茫然一扫而光，他翻身入水，游到泳池边，抓起手机，拨通了萧清的号码。

"Hello！女神，我掐指一算，你刚下课，对不对？"

"刚从教室出来，你改算命了？"萧清刚走出法学院，步履匆匆赶往下一个教室。

"这叫心灵感应，我过去接你，一起喝个下午茶？"

"你没感应出我后面还有课？"

"那就下午茶改晚饭，我晚点去接你。"

"免，我没时间。"

"吃饭时间都没有？学霸都是用电池的？"

"小朋友，我真心没空陪你玩，找别人去吧，乖。"

女神不由分说挂了电话，根本没get到他的情有独钟，小成总悻悻了三秒，迅速端正态度，恭敬不如强迫！对美好事物的追求怎么能隔着电话这么没诚意呢？当然，必须面邀啊！成然蛟龙出水，三步并作两步上楼沐浴，正在古龙水的香雾里摇头晃脑，楼下忽然门铃骤响，一声紧似一声，随即听到马姐在楼下扯着嗓子通报："您太太来了！"

"谁？！"

成然瞬间遗忘，又瞬间想起，腰上围着浴巾跑下楼，见到正拉着行李箱迈入客厅的绿卡，本能地用双手遮挡光着的上身，绿卡一见半裸的成然，两眼放光。

"老公！你好香艳！"

"你来干什么？还拿着行李箱，什么意思？"

"当然是要搬过来住了。"

"谁？谁让你搬来的？我爸他还……"

"你爸他可走了啊！"

"谁告诉你的？你怎么知道我爸走了？"

"还好意思问？你爸走难道不该是你告诉我吗？"

第 12 章

"我还没……没来得及呢。"成然本想用谎言捍卫自由，被绿卡戳穿后，瞎话只好原地拐弯。

"是不是你爸一走你就预感爱妻要来，所以洗白白在等我？"绿卡笑眯眯伸手抚摸成然裸露的前胸。

成然阻挡入侵者的魔爪："没有！白白不是给你洗的，我可没同意你搬来。"

"我无须征得你同意，合法夫妻，共同生活，天经地义。"绿卡要上楼，却被成然像面墙一样堵住。

"这是我家，我是户主，我说了算！"

"不对，你有鬼！"

"我有什么鬼？"

绿卡抱膀审视成然，冷不防出手偷袭他腰间浴巾，趁他手忙脚乱抢救浴巾、避免全裸之时，闪身冲上楼梯，像一辆横冲直撞的坦克，迅速扫荡了成家别墅的二楼，挨门、挨床、挨衣柜，地毯式搜索，直到最后一个房间、最后一个角落，也没有发现"奸情"。带着行动没有得逞的失落，带着居然没被奸情暴击的欣喜，绿卡遭遇成然一张黑脸。

"鬼呢？"

"此刻没有，不等于永远没有。"

成然愤怒爆发："受够你这个神经病了！你这是对我人身自由和领土主权的无理侵犯和粗暴践踏！立刻给我滚出去，不然后果自负，别怪我不客气！"

绿卡秒变扭股糖，含笑带嗔抱住成然胳膊。

"老公，真生气了？看不出人家在跟你撒娇吗？"

"我只见到撒泼。"

"笨死啦！咱俩一对有情人被你爸生生拆开这么久，好不容易把他熬走了，我想立刻跟你在一起，有错吗？"

"想法没错，做法过激。"成然奋力推开她。

"我想你就来找你，怎么过激了？"绿卡又奋力黏回来。

"想我可以抒发，但不经我同意，你不能想搬来就搬来。"

"为什么我不能搬来？你是不是给别人留地儿呢？"

"和别人没有半毛钱关系，绿卡，我要给你讲讲爱情的道理。"

"洗耳恭听，你说爱情有什么道理？"绿卡一脸膜拜。

"爱情必须对等，来而不往，非爱也。你爱我对吗？"

"爱！深爱！"

"收到！但必须我对你也有相同程度的爱，你搬来才水到渠成、皆大欢喜。但你从来都没有问过我愿不愿意、爱不爱？"

"我现在就问，你对我有吗？相同程度的爱？"

"目前——没有。"

"没——有？我就粗暴践踏你了，怎么着吧？你有什么大招儿尽管放，后果我自负！"

眼瞅着绿卡眼里的星星瞬间化作子弹，成然果断辰回地平线，两人不错眼珠地对视三秒之后，成然调门陡降八度。

"你瞧你，撒娇没两分钟，又改撒泼了，老这样，我能对你产生相同程度的爱吗？跟你说多少回了，婚姻可以交易，爱情不能强买强卖。你知道你现在什么形象？强占民女的恶霸。"

"我就恶霸了！我就要强占民女！"绿卡一把将成然推倒在床上，成然死死攥住恶霸不停进犯他身体的两只手。

"别，别，别，得肉体容易，得芳心难。"

"说！我怎么才能赢得你芳心？"

"只有抖M才会在被强制的关系里产生快感，我是一个正常人，你必须对我使用常规性武器。"

"什么是'常规性武器'？"

"就是追求哇、表白呀、挑逗啊、糖呀、苏啊，爱情里一切喜闻乐见的手段，一个也不能少。"

"你说的这些,我都对你用过了呀。"

"你心态不对,导致动作变形,一切手段都用力过猛,变成强迫。"

"老公……"

"一开口就错,'老公'这个称呼,就是在强调婚姻关系。但对男人来说,恋爱过程才最迷人,一旦两人过上日子了,还有什么劲?"

"你是想说婚姻是爱情的坟墓?"

"对呀!更何况咱俩本来也没有爱情,就是堆个空坟摆摆样子,你还非拉着我拼命往里钻,瘆人啊!"

"咱俩有爱情呀,就是爱的程度不同,没事儿,我爱得比你多,我可以努力,咱先结婚后恋爱,坟墓里也能开出爱情的花朵。"

"但追求和培养爱情不是死缠滥打,你必须忘掉法律上的夫妻关系,要像个情窦初开、欲语还休、欲拒还迎的萝莉一样,找回爱的初心,含蓄,含蓄是关键。"

"那我从现在开始追求你,你得配合,不能拒绝。"

"我当然可以拒绝!"

"你要是拒绝,我还费那劲拧巴自己干吗呀?"

"我拒绝,你可以继续追呀,一次不成就两次、三次,屡战屡败,愈挫愈勇,春风化雨,我没准就被你润物细无声了呢?这样一波三折,才虐心、才撩嘛。"

"你喜欢我怎么追求你?"绿卡认真做起市场调查。

"连套路还要我给你码好?这能打动我吗?情商这事儿得自己琢磨,自由发挥,我看你表现。"

"行!好玩儿!有挑战!就这么来吧。"

"丑话说在头里,我可不保证你一定能追到我。"

"我懂,这是游戏规则,愿赌服输,如果追不到你,我就认命。"

"哎,这态度就对了……"

"反正最差结果,就是回到现在的样子,你还是我老公呗!"

得，绕一圈又回到起点，成然知道自己唾沫星子全白费了，一脸生无可恋，绿卡却摩拳擦掌要立刻进入新时代。

"那我可从现在就开始追了。欧巴，我想邀请你：现在扑倒我！"

"我坚决拒绝你这种粗俗低级的追求方式。"

"那我邀请你拉着我小手去海滩晒太阳。"

"对不起，佳人有约，今日号满，明天请早。"

成然一跃跳开，冲出卧室下楼，绿卡紧追不舍。

"你号给谁了？跟谁有约？你是不是真在外面有人了？"

"追求者无权干涉被追求者的个人隐私，而且必须接受自由竞争。"

"别的都依你，就这条不行，不许有人和我竞争。"

"规则的制定权掌握在被追求者也就是我手里，死缠滥打属严重犯规，再无理取闹，我直接宣布你出局！"说话间成然已经把绿卡的行李箱拎到别墅大门外，手往外一指，"你是想让我请你出去，还是打你出去？"

"明天我第一个来！"女恶霸掷地有声，愤愤退场。

成然关上门，长出一口气，突如其来的遭遇战总算结束，他得赶紧调整状态，奔赴围剿女神的战场。开车来到斯坦福，把车停好，拨通了女神的手机。萧清接到他的电话时，刚上完全天最后一堂课，一路小跑冲出教室，正要骑上自行车奔校外走。

"少爷，你又干吗？"

"接你吃晚饭，我已经到斯坦福了，你在什么位置？"

"跟你说了我没空，我有事儿，得赶紧走。"

"我都来了，总得照个面儿呀，你还没出校门吧？"

"出了出了，已经离开学校了。"

萧清嘴上糊弄着成然，脚下猛蹬，冲向校门口，只要出了校门她就不算说瞎话了。没想到成然正好堵在校门外，他靠着宾利欧陆，得意扬扬地冲她乐。

"撒谎现世报,罚你陪我吃饭。"

"你找别人当饭搭子吧,我真有事,赶时间。"

"什么事这么急?"

"和你没关系。"

"那你要去哪儿?我开车送你,总比自行车快。"

"谢啦,不用。"

萧清骑自行车的身影一溜烟就消失不见,她紧赶慢赶的节奏和神秘兮兮的行踪燃起了成然的好奇,他决定改围剿战为侦察战。

萧清轻车熟路来到湾区一家日料店,停好自行车,一头扎进店里。这是一家规模不大但很有范儿的日料店,因好吃的寿司闻名湾区。萧清当然不是来吃饭的,自从把校内工还给劳拉之后,她就在斯坦福附近方圆30分钟自行车程的范围内到处找黑工,法律JD一年级的课业超紧张,打工已是迫不得已,没有时间可以让她浪费在路上。这家日料店离学校骑车只要十几分钟,算是很理想了,下午4点开始,一直工作到深夜打烊,这个时间段和她这学期选的课基本不冲突,能找到这样的黑工,已经相当幸运。

日料店老板正在收银台后清点物品,听见店门上清脆的铃铛声,抬头看见汗水晶莹冲进门的萧清,又看看墙上的时钟,16:15。

"15分钟是我的容忍极限,这周你已经挑战我两次了。"

"对不起老板!明天我一定不会迟到。"

店里的镇店之宝、寿司之神春田大厨,隔着后厨展示窗冲萧清眨眨眼睛。从来店应聘那天,她就感受到了这位春田大厨的热情,本能地敬而远之。避开春田的目光,萧清迅速钻进更衣间,换上员工制服。她在店里的工作是女招待兼杂工,开餐前在后厨打杂,开餐时招待客人,打烊之前还要负责打扫卫生。

一进后厨,配菜员就把半筐洋葱推到萧清面前:"葱头不够了,会削洋葱吗?"

"会。"

"这些洋葱别人也就15分钟,怕你不熟练,给你半小时,行不行?"

"没问题!"

不就是削洋葱吗?虽然在家没削过这么多洋葱也没计过时,但只要别人能行,自己就必须行。萧清拖着半筐洋葱,来到厨房后门外,往小凳上一坐,开始干活。用刀小心地把洋葱皮削下来,不时转开脸躲避着辣味,眼睛却还是被辣得哗哗冒眼泪,才削好三个洋葱,已经睁不开眼了,谁能15分钟削完半筐洋葱?盲人吧?她一边把眼泪往胳膊上蹭,一边想不通。

"谁教你这样削洋葱的?下次不会就说不会,不要毫无意义地逞强。"

萧清泪眼蒙眬地回过头,见寿司之神春田大厨站在她身后,嘴角挂着笑。

"我会削,就是不太熟练而已。"萧清嘴硬。

"顶着风口坐,眼睛不想要了吗?站起来!"

春田不容置疑地发号施令,萧清起身,春田用脚把小木凳挪了个位置,示意她在新位置坐下。萧清重新坐下,拿起洋葱削了两下,果然没刚才那么辣眼睛了,恍然明白自己竟忽略了这么简单的常识。

"背着风果然好多了,原来坐的方向也有讲究,春田大厨,谢谢您!"

"你这速度不可能按时完成工作,我来教你,好好看我怎么削。"

不等萧清反应过来,春田大厨已从背后俯下身来,双臂环住她,双手拿过洋葱和刀。萧清被他环抱在怀里,身体僵硬,不敢妄动,只能目不斜视盯着春田手上的动作。只见他先在葱头两边各削一刀,然后又把刀刃插进洋葱外层转了一圈,最外面的葱皮就掉了下来,瞬间,一个洋葱就被完整地剥出来。尽管授课姿势让人别扭,但这个削洋葱的窍门手法还是把萧清震惊到了。

"哇！"

"你试试。"

春田把刀还到萧清手上，人却依旧贴在她身后，头挨头地看着她手上的动作。萧清照猫画虎，削好一个洋葱，动作虽不流畅，但已经有模有样。

"非常好，漂亮又聪明。"

近在耳边的夸奖透着暧昧，萧清的注意力瞬间离开洋葱，站起身拉开两人的距离。

"多谢指教，我抓紧干活了！"

掌握了正确方法，速度果然快了许多，萧清终于在半小时内完成任务。此后，春田摆出一副照顾自己人的架势，替她挡下洗菜剥虾的杂活儿，分配她去做清点食材、配料之类无须体力只需心细的工作。以春田在厨房里的绝对权威，萧清甚至无法拒绝他的怜香惜玉，只能暗暗希望这种照顾不要再升级了。

当晚，店里其他人都下班了，萧清要负责清洁店面和锁门。做完最后的清扫整理工作，萧清换好衣服，拿着背包从更衣间出来，突然迎面撞上个人，吓得一声惊叫："啊！"还穿着厨师服的春田，插着手，笑眯眯看着她。

"吓到你了？"

"春田大厨，你怎么还没走？我以为我是留在最后关店门的。"

"辛苦你了，一定饿了吧？跟我来。"

春田不由分说拉住萧清的胳膊，来到餐厅一角的雅座。桌子上摆放着两个精美的定食漆盒，里面是色香味俱全的烤鳗鱼饭和几样小菜，两个食盒之间，还摆着两个手卷和一壶清酒。萧清一脸诧异，刚才自己打扫店面时明明还没有这些，她不知道这是春田的精心安排，特意趁她换衣服时摆好的。

"我特意制作了宵夜，一起吃吧。"

"谢谢,我……不饿。"

"我这个寿司之神专门为你做的特制手卷,不想尝尝吗?"

说不想吃是假的,萧清看着诱人的手卷,肚子里不争气地"咕噜"了一声。春田大厨听到了萧清肚子发出的变节之声,微微一笑,双手把她按在座位上,自己坐到对面,倒了两杯清酒,推给她一杯,萧清连忙摆手拒绝。

"我不喝酒。"

"我们这样的店,是从来不雇用黑工的,因为我替你求情,老板才同意让你来,这一点你应该清楚吧?"

"谢谢您!"

"就只是口头上的谢谢吗?"春田的眼神瞟着萧清的酒杯。

如果对方索要的感激只是喝杯酒,还真是不好拒绝,萧清端起酒杯。

"好吧,我敬您一杯,啊,一口。"

"要干杯哟。"

春田露出笑容,和萧清碰了下杯一饮而尽,萧清勉强喝光杯中酒,春田随即又满上两杯。

"因为对你有好感我才帮你,以后也会一直照顾你的。"

春田表达好感和索要感激一样直白,萧清有点接不住,只能再三道谢,春田满意地笑着站起身。

"你先慢慢吃,我去换衣服,等我哦。"

等他一走,萧清立刻抓起手卷,不顾仪态地整个塞进嘴里,脚不沾地忙到午夜,她真是饿了。吃得正欢,手机响了,是来自春田大厨的视频邀请,萧清纳闷地接通手机,屏幕上赫然出现一个刺着炫酷文身的裸露后背。什么情况?一定是他换衣服时误碰了手机,她需要提醒一下。

"春田大厨,你误操作碰到手机了。"

第 12 章

"并没有误操作,我特意直播给你看的,喜欢我的文身吗?"

视频里的后背转过来,春田表情魅惑,举起胳膊,秀出健美肌肉,抚摸自己大臂上的花纹。萧清顿时被雷得外焦里嫩,石化两秒之后,触电般从座位上弹起来,拎包就往外跑。跑到门口想起美味佳肴才刚吃了几口,又急刹车折返回来,拿上食盒,以迅雷不及掩耳之势的速度蹿出店门,自行车风驰电掣,消失于夜色中。手机一直响,不用看就知道是春田,萧清理也不理,奋力蹬车。直到确认离开日料店足够远了,才气喘吁吁停下,拿出手机查看,果然都是春田的电话和视频邀请。

坐在路边长椅上,萧清开始整理思路:一、春田大厨喜欢她;二、此人是个奇葩;三、类似事件在自己的打工生涯里肯定不会是最后一次,要正确面对,决不能为这点小骚扰辞掉工作!被静音的手机屏幕不断亮起,春田还在坚持不懈请求视频。萧清果断把手机扔进包里,从车筐里拿起食盒,继续被打断的宵夜,正确面对的第一步:糖衣吃下,肉弹打回;第二步:打工继续,假装失忆,你能咋的?

自从当上日昌旅馆的夜班经理,宁鸣的每个夜晚都很魔幻,战斗结束后的清晨,睡意来势汹汹,他连昏死在床上的姿势都无法选择,一闭眼就睡掉半个光天化日。剩下半个清醒的白天对他格外宝贵,沐浴更衣、精心打理之后,宁鸣走出房门,去赴一场浪漫之约。日昌在白天褪去了夜晚的魔性,露出它本来的破旧颓败。大堂空无一人,门外门可罗雀,也没有了午夜的车水马龙。宁鸣经过前台,驻足俯视坐在里面打盹的黎老板,立刻明白了:自己的夜班经理,有多么血泪。

黎老板似有感应,缓缓抬头,缓缓睁眼,看到宁鸣。

"醒了?"

"那个,老板,你和我日夜两班多长时间轮换一次?"

"不轮换。"

"就是说我完全变成了一只夜行动物?"宁鸣快哭了。

"但你拥有所有白天的自由和阳光。你以为我白天不懂夜的黑?我做了20年夜班,才换来现在的白班。"

"20年?这儿的夜晚到白天,比我到我公司总裁的距离还远。"

黎老板被这句话刺激到了,当即黑脸:"你们大陆人时刻变变变,永远不安分,永远走捷径,永远不满足,永远也不知道'永远'是什么。在美国,你要学会循规蹈矩地工作、循规蹈矩地赚钱,20岁就要循规蹈矩地吃苦受累,懂吗?你干吗去?"

"出去一趟,您不是说白天的自由和阳光都是我的嘛,不能辜负。"

"晚上7点前必须回来,我不会再替你多值一分钟班。"

"OK!每天这时候,我都会外出一趟,夜班前回来,提前跟老板你说一声。"

"每天?你在别处还有一份工作吗?"

"差不多吧。"

不,那不是工作,而是他停留在异国他乡的全部意义。宁鸣踩着滑板在斯坦福校园追随缪盈的身影,感受和她相同的风和阳光,隐身在人群里,藏在她留意不到的角落,看书、吃饭、听课,做一切和她相同的事,如同这也是他的校园、他的留学生活,这是飞一般的美好感觉,相比之下,他付出的辛苦根本不算什么。

飞翔的心情戛然而止,前方突然出现的异常令宁鸣立刻掉转头,背身向后走,一溜烟闪身躲进廊柱后面,偷偷探头观望:缪盈的身影奔向迎面而来的书澈,踮起脚尖儿,当众吻他。原来,缪盈和书澈复合了。廊柱后的宁鸣被辣瞎了双眼,内心有些失落,却也不至于受挫。这结果原本也在预料之中,虽然在深深的心田里也许埋着那么一丁点出现其他可能的愿望,但他从未奢望它能萌芽。

宁鸣回到日昌旅馆,黎老板正在吃晚饭,面前的组合饭盒里,饭菜汤齐全。黎老板抬头看见宁鸣。

"回来了？晚饭吃了没有？"

"没有。"

"想吃这里有。"

黎老板拍拍另外一套摞在一起没打开的饭盒，宁鸣乐了，走进前台，打开饭盒，接过黎老板递给他的筷子。

"谢谢老板赏饭。"

黎老板看着狼吞虎咽的宁鸣，冒出了好奇心。

"不像留学生，也不像游客，拿着旅游签证打黑工，你来美国到底干什么？"

"怎么说呢？我自己也说不清，不可描述……"

"不会是高危工作吧？不会给我带来麻烦吧？我的客户群虽然层次不高、素质堪忧，但我也不想更糟糕了。"

"老板你不用担心，我做的……是一件风花雪月、不足挂齿的小事儿。"

"具体是什么？你有什么目的？诉求是什么？怎么获利？在我这里，也就是有吃有住、饿不死而已。"

"目的？没有。诉求？也没有。获利？更没有。"

"那你图啥？"

"我没有循规蹈矩地工作，也没有循规蹈矩地赚钱，在别人眼里，我大概做了一件对自己不负责任、对老板不负责任、对父母不负责任的事儿。"

"那你为什么还要做呢？"

"因为，我想知道'永远'有多远……我为什么不能做一件没目的、没诉求、没利益的事儿呢？为什么要用人生每一分钟对世俗的那个自己、对世俗的人生负责任呢？为什么不能溜会儿号、任性地辜负老板、辜负父母、辜负朋友哪怕一小会儿也好呢？"

"呃……你开心就好。"

295

"对，我开心就好。"

黎老板彻底整蒙圈了，到了也没弄懂他到底来美国干吗，大概这就叫年轻任性吧。宁鸣忽然意识到，他刚才的话并不是说给黎老板，而是说给自己听的，或许，是自我谴责之后的自我安慰。

成然的侦察战卓有成效，他埋伏在萧清下课后的必经之路，一路跟踪，终于发现了女神的神秘去处。看着萧清走进日料店，成然果断尾随进去，她身上的店员制服印证了他的猜测，女神果然是在这里打黑工。萧清看见成然，没想到他会在这里出现。

"你怎么知道我在这儿？跟踪我？"

"我就想知道你每天下课就神神秘秘跑出去到底有什么事？你在这儿打黑工，为什么不告诉我？"

"我不想告诉任何人。"

"哦，那我保证不跟别人说。"

"好奇心满足了，你可以走了。"

"不是好奇心，是对你的关心。"

"谢谢关心，我上着班呢，不能跟你闲聊，慢走不送。"

萧清发现老板脸色不对，赶紧把成然推出门外，回身对老板道歉："抱歉，我去干活了！"却见老板目光看向她身后，回头一看，成然又进来了，这次直接走到一张桌子边坐了下来。萧清皱眉跟过去。

"你到底要干吗？"

"这不是餐厅吗？我来吃饭啊。"成然直接走到一张桌子边坐下。

"我们还没开餐呢，你别在这儿打扰我工作行吗？"

成然直接问老板："请问什么时候可以点餐？我可以在这里等吗？"

"厨房15分钟后就可以开餐，你可以先点菜。萧，给客人拿菜单。"老板当然没有拒绝客人的道理，萧清不情愿，只好拿来菜单放在成然面前。

"请给我倒杯茶。"

"请给我推荐一下你们店里的特色。"

萧清被成然此起彼伏的服务要求牢牢粘在桌边,只好端正态度。

"本店的春田大厨是湾区闻名的寿司之神,所以我们这里的明星菜品是寿司,尤其是严格遵守米饭37℃恒温制作的手握寿司,非常受欢迎。"

"啊,我好像听说过这个寿司之神,必须品尝一下他的手卷啊,还有什么别的推荐吗?"

"你差不多得了,没事儿别在这儿消遣我。"

"绝对没这个意思,我保证就安安静静坐这儿吃饭,不打扰你,还不行吗?沙拉、海胆刺身、烤鱿鱼,再来一壶松茸汤。"

成然说到做到,这顿饭从店里空空荡荡吃到食客满满当当,吃得无比安静而绵长,只有眼珠子不安分,跟着萧清忙碌的身影滴溜溜乱转,他吃的根本不是饭,是人。

萧清拿着账单来到他桌边:"你吃完了吗?"

"还没喝完。"

"一顿饭细嚼慢咽两小时,可以了,别赖在这儿影响我们翻台。"

"好,买单!"成然看了看账单,掏出钱包抽了100美元放在账簿里,"不用找了,多出来是你的小费。"

"餐费六十,小费用不了这么多,我们的统一小费标准是比较满意百分之十五,特别满意百分之二十,以我对你的服务态度,最多百分之十五。"

"满意程度是客人说了算,我就是比特别满意还满意,愿意多给。"

"你愿意多给,我不愿意多收,等着,我找给你。"

萧清转身走向收银台,把账簿递给老板:"找30。"

小费还有给不出去的?成然还就不服气了,跟到收银台。

"老板,你们店里有规定小费上限吗?"

"没有。"

"那我不需要找钱,都给这位服务生当小费。"

"可以。"

"我只收百分之十五,请找给他30。"

老板的目光在这两个中国人脸上扫了个来回,客人吝啬被服务生追着要小费的场面常有,眼前这一个非要多给、一个坚辞不就的戏码实属少见,作为老江湖,他当然看得懂,这两人之间推让的根本不是小费。老板把30美元拍在柜台上。

"你们自行解决,萧,现在客人很多,不要影响工作。"

"走吧,别给我惹麻烦。"

萧清把钱塞进成然衣兜,一路推着他出了店门。这回麻烦没有再回来,萧清脚不沾地忙到深夜打烊,关灯锁门,最后一个离开日料店。没走几步,就看到停在街边的宾利欧陆,驾驶座车窗半开,成然歪在座椅上睡着了。萧清犹豫一下,走过去,敲了敲车窗。成然睁眼抬头,看看仪表盘上的时间,下车。

"你这么晚才下班?"

"我要负责关店门。"

"你不是有校内工吗,怎么还跑这儿打黑工?"

"校内工我辞了。"

"为什么?"

"那个工作本来是别人的,教授照顾给了我,我知道之后就辞了。"

"你外星人吧?校内工本来就是流动的,大家争来争去很正常,你这么文明礼让,什么时候都轮不到你。"

"平等竞争不怕,但我不想被人照顾。"

"那你就情愿来打这种苦哈哈的餐馆工?还是黑的?"

"我没觉得有多苦,就当体验校园外生活了。"

"原来你不光是学霸女神,还是吃苦耐劳积极乐观的女汉子。"

"你这挖苦我就当夸奖听了。"

"绝不是挖苦,我是真心佩服,口说无凭,我用行动支持你,以后我就把这儿当食堂了,午饭、晚饭我都过来吃。"

"顿顿给我高额小费吗?"

"小费问题咱俩商量一下,百分之十五太低,百分之三十比较合适。"

"你这是要把我这份工搅黄吗?"

"我和其他客人一样来餐馆吃饭,怎么会搅黄你的工作?"

"成然,去哪儿吃饭是你的自由,愿意一天三顿都来这儿吃我也管不着,但有两条:一、请你别指定我给你服务;二、如果我给你服务就只按常规收小费。"

"不找你服务我来干吗,难道给别人送小费吗?"

"我尤其不需要你来送小费!"

"不是这个意思,我是……"

"无论你是出于好心想帮我,还是出于同情想救济我,我都不需要!我不觉得打工是什么悲惨遭遇,不管校内工还是餐馆工,都是我留学生活的一部分,和吃饭、睡觉、上课一样,正常得不能再正常了。我就是这么认为的,如果你觉得我是在逞强,我只能说你误会了。"

这位斩钉截铁、冷若冰霜的女神令成然一时无言以对。

"话都说明白了,我回去了,再见。"萧清走向她的自行车,成然跟过去。

"我送你。"

"我骑车。"

"可以把车放我车上呀。"

"骑车回家也是我生活的一部分。"

"何必舍快求慢呢?这不是浪费资源吗?"

"我又不演灰姑娘,你非要扮王子给我送水晶鞋,这才叫浪费资源。"萧清跨上自行车,脚下一蹬,走了。

被冷场的王子岂能甘心,于是滑稽的一幕出现了。宾利欧陆跟着自行车,她快,他跟着快,她慢,他也尽量慢,好好一辆跑车,跟自行车比慢,也是没谁了。萧清索性下来推着自行车走,这下成然没辙了,只好停下,看她走出一段距离,轻踩油门追上去,又停,萧清又好气又好笑。

"你也下来推啊。"

成然不说话,锲而不舍跟着,萧清扛不住了,脚步停下来,成然也跟着下车。

"求你了,走吧,别跟着我!"

"我真没别的意思,也没想演王子,就是这么晚了,不放心你。"

"大半个月我都是这么晚骑车回家,没什么好不放心的。"

"你不坐我车,那我开车跟着,也不影响你啊。"

萧清拿他没脾气,放出大招:"少爷,是不是需要我靠在你肩上,委屈地大哭一场,抽泣地说生活是多么艰难,你的英雄主义才能得到满足和升华,然后踏实回家睡觉?那我现在就来。"萧清一头栽到成然肩上,做抹眼泪状,"我好辛苦好辛苦,谢谢你来拯救我……"

一腔诚意却被无情嘲讽,成然生气了:"就算不领情,也犯不着嘲笑我无处安放的好心来展示你的强悍。"

萧清收招,退后两步:"我一点也不强悍,我困死了,还要去图书馆写作业!你这样弄得我下班比上班还累,拜托放我一条生路吧。各回各家,OK?"说完骑车就走,成然冲着萧清的背影发出不屈的呐喊——

"我明天还会再来!我天天来!"

"看你能坚持几天?累不死你个粉嫩少爷!"

萧清头也不回,她没工夫和这个有钱有闲的少爷纠缠下去,他有浪费时间的资本，她却恨不能一分钟当两分钟用。幸好斯坦福的图书馆经常是24小时开放给学生的，她才能在夜半打工后再去图书馆熬夜学习，对着笔记本电脑和各种资料、参考书奋战，直到困得脑门儿磕键盘，再钻进睡袋滚入图书馆地板上的黑甜乡，那一刻，简直可以叫作幸福了。

自从和书澈重归于好，缪盈就格外珍惜两人之间日常的幸福，却总是抹不去笼罩在这种幸福上的一层阴云。父亲临回国前说的那番话成了悬在她心头的一把剑："我走后，很快会发生一些事儿，就在你眼前，你会比所有人更早知道那些事意味着什么。"缪盈时常回想着这句话，猜测着究竟会发生什么事。

书澈创业团队负责技术研发的彭一打来电话，说有个风投公司的人对他们的项目非常感兴趣，有意向投资，想约时间跟团队CEO见面详谈。

"风投公司？是美国的还是国内的风投？"

"他本人是华人，讲普通话，但我没问他风投公司的资金背景是美国还是中国？他等我回复，很急切的样子，你人在哪儿？能不能见一下？"

彭一很快就带着西服革履的华人风投顾问Hanks来见书澈和缪盈。Hanks翻阅了域名解析服务器项目研发企划书以及Team团队成员介绍，表示自己对这个域名解析服务器的项目定位、发展蓝图、研发进程以及团队组建，已经有了基本认识。

"这些只是概况说明，团队会制定出更加详尽的发展战略和市场规划，另外，我们有间小小的工作室，随时欢迎实地参观考察。"书澈表现出最大的诚意。

"那就紧锣密鼓地动起来吧。我现在就代表公司明确表达投资意向，做出向你们的项目和团队投资的承诺。"Hanks笑容和语气同样笃定。

承诺来得太快，书澈、缪盈和彭一，三人交换眼神，缪盈淡定，书澈意外，彭一喜不自禁。

"项目初审、条款清单、尽职调查等一系列流程走下来，也要几个月吧？"书澈进一步探讨具体步骤。

"那些不过就是个形式，我们看中的是你们的idea和你们的技术，手续、流程我们来处理，不用你们费心，咱们争取在最短时间内签约。你们方面，就请抓紧时间招兵买马、扩建团队、寻找更宽敞舒适的Office。"

"钱什么时候能到位？"这是彭一最关心的问题，他知道，钱到位之前，再好的消息都随时可能化为泡影。

"签约即付。"Hanks干脆利落。

"这么快？！"

"能快则快，简单高效！"

原本以为从找到风投到确定投资意向会是个漫长的过程，想不到这个龙卷风一样的投资人，只用半个下午的工夫就拍板落实了投资计划。彭一欢呼雀跃，缪盈却看到了书澈笑容里的几分不确定。

缪盈挽着书澈走在回家的路上："你一直在琢磨那个风投？"

"太快了，迅雷不及掩耳。"

"是有点快……"

"感觉像他们捧着热钱定点专送给咱们，有一种老天对准了我的脑袋往下砸馅饼的感觉。"书澈的语气有些忐忑。

"毕竟是好事儿。"但愿真是好事，缪盈在心里默默祈祷。